他的情話不動聽

凱菈 著

【各界名家推薦】

我可以很大聲地說：我看過凱菈的黑歷史！

所以我在看完這部作品時，感受到了她的進步與蛻變。

青梅竹馬一直是青春校園不敗的題材，凱菈運用活潑的文筆將校園愛情的那股青澀感與稚氣感表現得活靈活現。

如同文筆，女主角小熊也同樣活潑生動，好似學生時期身邊都會出現的同班同學，和自己的校園生活產生共鳴。

像我本身最討厭的就是數學，女主角小熊所有嫌棄數學的橋段，都讓我點頭如搗蒜！

女主角小熊的父母也非常有趣，家人間的相處像朋友一樣自在又不拘束，這樣的家庭背景也造就了小熊開朗直率的個性，顯得人物更加立體。

面對愛情，女主角小熊也「正常發揮」，無厘頭到讓人摸不著頭緒的戀愛腦也笑果十足。

隨著劇情的推進，跟著女主角小熊討厭數學、喜歡奶茶，也跟著掙扎到底真正喜歡的那個人是誰，劇情節奏十足輕快，易讀的文筆讓人可以很順暢地閱讀。

如果喜歡清新又逗趣的校園故事，這部作品非常推薦給您。

最後，再次恭喜「小熊」成為凱菈的出版處女作！一百杯奶茶喝起乃！

——禾子央（《把你藏在雨季》作者、KadoKado百萬小說創作大賞BG組佳作）

你還記得十七歲時奮不顧身喜歡一個人的心情嗎？翻開這本書，凱菈的文字會帶你重溫學生時期最肆意熱烈的戀愛感。

從第一章開始我休眠的少女心就蠢蠢欲動，透過女主角小熊的視角走進故事，節奏輕快順暢，好像跟小熊一樣踩著活潑的步伐走進學校，和同學們一起打開歡樂但又被課業荼毒的一天。

青梅竹馬自然真實的互動和豐富的校園生活十分逗趣，從天而降的帥氣數學老師更是學生時期的夢想。小熊花式勇敢追愛的過程令人時而捧腹大笑，時而怦然心動。尤其小熊表達愛意的方式，無厘頭卻又可愛討喜、青澀卻又坦率熱情，完全是十七八歲才有的青春勇氣呀，看得我嘴角笑到發痠，真的太太可愛了。

故事裡有兩個帥氣的男主角，兩對都有不同好嗑的糖點，一開始我還差點站錯配對。特別喜歡小熊慢慢分辨對兩人感情差異、最後也學會以更成熟的姿態面對愛情，尤其用奶茶的喜好當作比喻太妙了，這邊不爆雷，但看到那段的讀者可以細細品味！

不只感情戲讓我少女心萌動，許多校園片段也都好有共鳴，例如躲開學校耳目偷訂飲料、找可愛小藉口去辦公室找老師聊天等小細節，都讓故事栩栩如生，好像真的有一個小熊在世界上，正活力十足地奔跑在校園和奶茶店裡。

最後，希望翻開這本書的你已經把書寶寶帶回家了，還沒的話不要猶豫，一起跟著凱菈和小熊走進故事，談一場甜甜蜜蜜的青春戀愛吧！

By已經坐等給凱菈簽名書寶寶的漠星

——漠星（《和月光最近的距離》作者、2023POPO華文創作大賞首獎）

目次
contents

楔子、從現在開始不喜歡

「劉謙文！起床囉！」我蹲在劉謙文的床邊，手肘撐著床墊托腮看他。

今天是開學日，劉謙文的專屬叫早服務小仙女重新上線啦！

這養眼的睡顏，我還真有點捨不得叫醒。

見劉謙文一點動靜都沒有，我上手一扯，「劉謙文，要遲到了，難道你想在開學第一天就遲到嗎？」

我聽見劉謙文輕嘆一聲，「曾奐晴，要我跟妳講多少遍，不要隨便進我房間。」他拉緊被子。

「我沒有隨便進啊，乾媽同意我才進的。」

「這是我的房間，所以妳要徵得我的同意。」

「可是我想早點見到你啊。」

「可是我不想。」

「喔，誰理你啊。」

「出去，我要換衣服……」

「好啦好啦，害羞喔。」我站起身，把制服裙拍直，「你全身上下哪裡是我沒有看過的。」說完，

我轉身離開劉謙文的房間。

我守在門口。

劉謙文就由我來守護！誰都不准肖想他青春的肉體。

過了好一會，劉謙文不知道在磨蹭什麼，我等不及了便敲門喊道：「劉謙文，你再不出來就換我進去囉。」

「就跟妳說不用等我，妳自己先去學校。」他終於走了出來，身上穿的是我們的情侶衣。就算是俗氣的白領襯衫配土爆的靛藍百褶裙，只要是跟喜歡的人在同天穿同款，那再醜我也願意。

「那怎麼行，萬一你遇到什麼危險怎麼辦。」我雙手叉腰。

怎麼能放你一個人自己去學校，多可憐啊，孤孤單單、淒淒涼涼的，光用想的就心疼。

「我覺得妳才是最危險的那個人。」他側身讓我先走。

我和劉謙文是鄰居，從父母那輩就認識了，而我們的緣分是從我媽和乾媽同一時期懷孕開始的，所以很自然的被放在一起養。

劉謙文家是開早餐店的，一樓是店面，二樓以上是住家。

我們剛走下樓，食物的香氣撲鼻而來，從吵雜的聲音就能知道生意有多好，這多虧了乾媽的好手藝，以及乾爸的熱情。

乾爸看到我走下樓，「小熊，今天想吃什麼？」

「我想吃豬排蛋堡、水果三明治跟一杯特特大杯奶茶！」我的早餐都是在這裡解決的。

「好！馬上給妳準備！」

「我們家遲早被妳吃倒。」劉謙文從冰箱拿出一杯紅茶，然後準備自己的那份早餐。

「乾媽——」我要打小報告，「劉謙文說我吃太多了，他嫌棄我。」

「才不會，妳不要理他，多吃一點。」乾媽在幫我煎豬排，台面因鍋鏟的碰撞而發出了清脆悅耳的聲音。

「聽到了沒，乾媽叫我多吃一點。」我驕傲地抬起下巴。

「妳還不是仗著我爸媽給妳撐腰。」

「有人給我撐腰哪有不仗的道理。」我把書包放到後面的桌上，「放心吧，你有我罩呢。」

劉謙文不再回應，繼續手邊的事。

而我在等早餐的這一段時間，會幫忙收桌、送餐一些雜碎的事，或者偶爾跟客人聊聊天，乾爸都說沒關係他來就好，不過我一再堅持，他也奈何不了我，只讓我別太累了。

屬於我的一日，都是從這炊煙裊裊升起開始的。

「小熊，來——」乾爸將我的早餐放到桌上，「水果三明治是三倍水果喔。」

「耶！」我開心地拎在手上，「有了這份早餐，我覺得讀再多書都難不倒我了！」

讀再多書都沒有問題——除了數學。

「我去上學囉——」劉謙文把書包背起來，然後就逕自走向門口。

「等我等我。」我快速拿起書包追上，「乾爸乾媽我走囉。」

「路上注意安全喔。」

「嗯嗯！」

劉謙文每次都這樣，明明知道我腿短也不放慢腳步。

我終於追上他，伸手拉了他的書包背帶，「你走這麼快幹嘛，有這麼迫不及待去學校嗎？」

「迫不及待逃離妳。」他拽了拽發現拽不動，於是就認命放棄了掙扎，「妳很奇怪，公車站離的又不遠。」

「你不能拿你的標準來衡量啊，對我來說就是很遠，就是一定要你在我旁邊。」為了防止再有人脫隊，我的手緊緊抓著死都不放開。

去公車站的途中，有很多與我們穿同樣制服的學生，這麼一比較，制服在他們身上顯得黯然失色。

雖然過了暑假，但太陽公公還是相當的熱情，我的髮頂被高溫烘烤，彷彿一坨鳥屎砸在上面會瞬間乾掉，劉謙文的背脊也被曬出了汗水，被浸溼的制服下，肌膚若隱若現——好一個風騷的男人。

果然，他沒有我不行啊。

已經有不少人到車站了，被喚起求生意志的我，躲到了劉謙文的後面，他長得這麼高，非常適合當人肉遮陽板。

「妳怎麼好意思讓我給妳擋太陽？」劉謙文開始抱怨，手裡還拿著吃了一半的早餐。

「有什麼好不好意思的？」我也開始吃起了早餐，「不然你躲到我後面啊，要死大家一起死嘛。」

過沒多久，公車駛來，有人到站牌前舉手示意司機停下，大家排隊逐一上車。

公車上人滿為患，一位難求，功德要積到一定的程度才能有座位坐，而我——曾奐晴曾小熊不同，我是被幸運女神眷顧的人。

我一看到有空位就秒坐下，當然也把劉謙文摁下了，「開學第一天就有座位能坐，看來這是我變數學小博士的前兆呀！」

「妳這是從哪裡得到的謬論。」

「欸劉謙文，怎麼辦啊，我們要分開了欸，我不想跟你分開。」我扁嘴。

「什麼怎麼辦，認命。」劉謙文對於我們要被分開這件事，一點難過的感覺都沒有。

「可是我從來沒有離你這麼遠過，我會不習慣。」

我們家到他們家只要十秒，但三班到五班的路程要三十秒！

「習不習慣那是妳的事。」

「我的事難道不是你的事嗎？」

「關我什麼事？」劉謙文真的很沒禮貌，跟別人講話就是要直視對方的眼睛，結果他一直在玩手機。

「我們這樣……是赤裸裸的遠距離戀愛欸！」

劉謙文終於肯看我一眼了，不過是略帶嫌棄的一眼，「妳能不能小聲一點。」他又低下頭，「還有，我們根本沒有在談戀愛，妳不要自嗨好不好。」

「喔。」我塌下肩膀，無力地靠在椅背上，「那你要不要跟我談個戀愛，公開且透明的那種。」

突然，一個顛簸，站在中間走道的人沒有抓牢拉環，直接一個踉蹌往劉謙文身上撞，劉謙文也沒反應過來，下意識地用左手撐著窗戶。

啊，天助我也，我們幾乎是鼻頭碰鼻頭的狀態，是任誰都會心動的距離。

正當我以為他要往我唇上一吻並表達愛意時，不料，他竟然借力使力一推，又坐回去了，然後說：

「不要。」

從我有記憶開始，我就很喜歡劉謙文，喜歡他尿床時佯裝沒事，喜歡他挑食被抓到的窘迫表情，喜歡他打呼磨牙，喜歡他在陽台曬內褲的英姿，只要是他，好像任何行為都散發著光芒。

我不是第一次對劉謙文表達我對他的愛慕之情，可是他都不當一回事，每次都拒絕得這麼輕鬆。我好一顆純真炙熱的少女心，怎麼都不懂得珍惜呢。

到了學校那站，站著的人都下車後，我們才跟上。

「喂——劉謙文，你得考慮清楚，不是隨便誰我都看得上眼的。」我仍拉著他的書包背帶。

「那拜託妳不要看上我。」劉謙文明顯想加快腳步，但又因為我的牽制而不得不放慢，「妳到底要抓我的書包抓到什麼時候，一大堆人在看。」

「有什麼關係，我喜歡你不是大家都知道的事嗎？」

「妳的臉皮到底是有多厚。」

「跟厚切沙朗牛排一樣厚。」我笑咪咪地回應他的無奈。

「沒看到有新生嗎？」

「有啊，我看到了。」

過了一個暑假，原本高三的學長姊畢業了，而我們升上了高二，那就代表會有新生入學，這一路上不免看到一些形單影隻的陌生面孔，惴惴不安地抓著書包，那青澀的模樣絕對是新生。

原來我們高一的時候也這麼可愛嗎？他們的表情就好像隨時會被吃掉一樣，萌死了。

「妳不要身為學姊的自尊那是妳的事，但我想建立我當學長的威武形象。」

「你是不是背著我偷偷喜歡哪個學妹？」我瞇起眼睛，「從實招來！」

「沒有。」我們拐彎進學校大門，這時候的人越來越多，劉謙文又試圖拉回書包，「要上樓梯了，放手。」

「好啦好啦，我說的你再好好考慮一下。」我鬆開手。

「不用考慮了，我不要，我不喜歡妳。」

「為什麼嘛！我這麼喜歡你欸！」我沒控制住音量，一時間樓道的人紛紛朝我們這邊看，「你……你又來了，走慢一點！」

一到劉謙文所分到的三班，他才停下腳步，然後轉過身對我說：「那就從現在開始不喜歡。」說完，他就走進班級了。

我如同被拋棄的可愛小飛鼠，孤零零地站在三班外的走廊。

就在這時，早自習的鐘聲響起，我朝劉謙文的方向看了一眼，他嘴巴開合用唇語對我說：「去教室。」

好吧，可愛小飛鼠現在得飛到五班教室了。

第一章、聽見撲通撲通的聲音

1

劉謙文是什麼意思？
從現在開始不喜歡？
怎麼可能嘛，他怎麼不從現在開始喜歡我呢。
我走到被分到離劉謙文十萬八千里遠的五班，進去後找了空桌坐下，大部分的同學都到了，也有少數人遲到。
教室裡有幾個熟面孔，都是原本高一就同班的同學。
一想到以後旁邊坐的不是劉謙文，我的心情就很不美麗。
我趴在桌上，思考如何渡過未來兩年。
上天為何要如此這般對待我呢，真殘忍。
「喂——」忽然，有道陰影落下，「曾小熊，有必要這麼悶悶不樂的嗎？」
我抬起頭，「喔，是妳啊，早安。」

翁琬瑜拉開我旁邊的椅子坐下，「看到我這麼不開心喔？幹嘛無精打采的？」

翁琬諭跟我在高一的時候就是同班，也是我的好朋友，分班後能又被分到了一起，這也算是不幸中的大幸了。

「因為我跟劉謙文被分到不同班了。」

「我記得他不是在三班嗎？很近啊？」她拿出水壺放到桌上。

「明明就很遠……」

「往好的方向想，起碼是在同一排嘛，如果被分到六班，那就要到另一排了。」

聽到她這麼說確實有好受一丁點，「好吧，說的也是。」

才開學第一天，大家對彼此還不熟悉，所以就算沒有人管秩序，教室也很安靜，整間學校只有樓上高三的班級有點吵而已，其他尤其是高一的班級，讓我懷疑樓下是不是根本沒人。

我們各自做自己的事情，有的在吃早餐，有的跟相識的朋友小聲聊天，有的偷玩手機。

又過了約莫十分鐘，疑似是我們班導的女老師從前門走進來。

她的穿著偏休閒，看似隨意，仔細觀察會發現，她其實把自己打理得很好，頭髮也是乾淨利落地綁成了低馬尾，既富有親和力又不失領導者的威嚴。

「各位同學——」她站到講台，大家紛紛望去，「我是你們接下來兩年的班導師。」

只要班導不是教數學的任科老師，那我就會無條件喜歡她、信任她、追隨她，但不會迷戀她。

「我叫李芷慧，直接叫老師或李老師就好了——」班導在黑板上寫下自己的全名以及聯絡電話，「這是我的手機號碼，大家可以抄下來。」

我直接偷偷在桌子底下把號碼輸入在手機的通訊錄裡。

「老師——」有個女同學舉手，「請問妳是教什麼的？」

來了，重點來了，攸關我能不能平平安安、健健康康、快快樂樂畢業的關鍵。

「我是教英文的。」李仙女芷慧老師答道。

我咧嘴一笑。

「妳幹嘛笑得那麼變態？」翁琬瑜問。

「班導不是教數學的——就很爽。」我已經開始喜歡這個班導了。

高一的時候我們班導也是女老師，不過是教數學的，因為我數學很差，她總是私底下對我訓話，連聽演講、運動會、校慶這種集體活動都不放過我，害我對數學的厭惡程度又升了兩個等級。

「我們先快速分一下班級幹部，待會打鐘就是開學典禮，下午會正常上課，先從班長開始，有人要自願或者提名的嗎？」

班導的操作很迷，難道不用先自我介紹嗎？我連誰是誰都分不清楚的，更何況是提名了，我提個鬼？

我對當幹部沒有半毛錢興趣，但一想到「特權」兩個字，我就忍不住舉起手，「李老師——」

「喔？這麼快就有人舉手了。」班導馬上就注意到我，畢竟也沒人舉手了，「那先請妳自我介紹一下吧。」

我站起來，清了清嗓，底下一雙雙的眼睛是聚光燈，現在是我的表演時間，「我叫曾奐晴，綽號叫小熊，喜歡喝奶茶。」

「奐晴，很好聽的名字，妳想擔任哪個幹部呢？」

「不是。」我低頭看了眼翁琬瑜，我與她對視。

她心領神會，瘋狂搖頭。

「那妳是要提名？」班導又問。

「對，我要提名翁琬瑜當風紀股長。」我手指翁琬瑜的腦袋。

「好。」班導在黑板上，本來要在風紀股長那列寫下翁琬瑜的名字，似乎是不確定是哪個字，於是先看了名單，寫好後，她對著台下問：「有人要競爭嗎？沒有的話那就是琬瑜了喔。」

三秒、兩秒、一秒——

「恭喜翁琬瑜勝任風紀股長——」我帶頭鼓掌，其他同學也跟著拍手。

「那琬瑜，妳先站起來自我介紹，讓大家對妳有個印象。」

「喔……」翁琬瑜哀怨地瞪我一眼，然後又不情不願站起來，「我叫翁琬瑜，玉部的琬瑜，興趣是攝影。」

「好！太棒棒了！」我使勁拍手，恨不得把手拍爛。

氣氛上來了，班導乘勝追擊，「還有人嗎？」

明眼人都看得出來我是故意的，那些想看朋友出糗的也開始提名，而且是亂提一通，然後在那邊幸災樂禍。

嘖嘖嘖，他們的想法可太天真了，幹部不是單純的幹部而已。

班級裡的幹部，就等同於辦公室裡的主任、學校的校長。

「如果想要競爭也可以，不是提誰就一定是誰。」黑板上很快就被班導寫下了被喊到的名字。

「曾小熊，妳很煩，」翁琬瑜拍了我一下，「而且，為什麼是風紀股長？」

「這樣以後我要是上課遲到，就不會被登記了。」

「那妳可以自己當啊。」

「可是我懶得寫秩序登記簿欸，這種苦差事不適合我這個小公主。」

她皮笑肉不笑，「那這種苦差事難道適合我？」

「適合！」我點頭，感覺到翁琬瑜一口氣哽在喉嚨，我討好似地挽住她的手，「哎呀——好嘛好嘛，不然我請妳喝奶茶？」

「請我喝奶茶？」她鄙夷地看著我。

「五杯。」

「那還差不多。」她收回目光。

「那妳要一次喝還是分批？」

「妳在問什麼蠢問題，妳覺得有人可以一次喝五杯奶茶嗎？」

「有啊，我啊。」我並不覺得這有什麼。

「我無法跟妳正常溝通，讓我靜一靜。」

我馬上放開她的手，「那妳想喝的時候告訴我喔，風紀股長——」

「妳真的很白目。」

有了我華麗的開場，接下來選幹部這件事進行得很順利。我記得高一的時候大家都太害羞了沒人敢選，最後還是抽籤決定的。

「那現在幹部都選好了，有沒有人有異議？如果沒有那就這樣囉？」

黑板上已經寫好了各幹部相對應的人名，同學們在底下窸窸窣窣聊天。

「翁琬瑜，怎麼辦啊？」

「什麼怎麼辦？」

「我從幼稚園開始就一直跟劉謙文同班，憑什麼現在把我們分開！」我憤恨不平地說道。

難道我要屈服嗎？

我命由我不由天吶！

「妳竟然還在想這件事？」翁琬瑜的表情寫滿了驚訝，「到底是有多喜歡他。」

「喜歡到可以為了他把學校燒掉。」

「冷靜點孩子，久了就習慣了，妳得向前看，沒有跨不過去的坎——」翁琬瑜拍拍我的肩膀，頗有知心姐姐的架勢，我連感動的情緒都還沒上來，她接著就說：「只有妳的腿太短。」

「妳腿才短！妳全家都腿短！」她憋著笑，這讓我更火了，「翁琬瑜，絕交！開學典禮再和好！」

她根本不以為意，「喔，知道了，開學典禮再和好。」

2

「蛤？他叫妳從現在開始不喜歡他？」

「嗯。」我聳肩，「他總是這麼任性。」

開學典禮進行了整個半天，無聊的要命，我索性就跟翁琬瑜說了早上發生的事。

校長還在致那冗長且乏味的詞，陶醉的不得了，一點都沒注意到台下的學生昏昏欲睡，還有幾位老師已經先逃走了，留下的都是主任跟教官。

終於結束了開學典禮。

在宣布解散的那個瞬間，學生如鳥獸散，全都往大門擠，所有人的目的地都一樣，那就是餐廳。

「終於呼吸到新鮮空氣了。」翁琬瑜大大地伸懶腰。

「根據我多年來的觀察。」我用兩隻手指捏自己的下巴，「全世界的校長應該都是同一個培訓機構畢業的。」

「妳從哪裡觀察出來的？」

我沉吟片刻，「我國小的校長、國中的校長、高中的校長，他們每次致詞的內容幾乎都一樣。」

「啊那妳跟我觀察到的一樣。」

「如果我以後當校長，一定不會講那麼多話，還會提倡廢除開學典禮、休業式。」

翁琬瑜睨了我一眼，「妳還是不要摧殘國家未來棟梁好了。」

本來以為到了餐廳可以偶遇我們家劉謙文的，結果沒有。

失落到不行。

我是不可能抱著這股失落的心情上下午的課的，於是趁著午休鐘響前去三班找他。

到了三班時，我趴在窗台上往裡頭探，可是怎麼都沒見到劉謙文的身影。

「不好意思——」我找了個離我最近的女生並問她：「請問你們班的劉謙文呢？」

「劉謙文？」她不知道劉謙文是誰。

「就那個……理寸頭也魅力無法擋的男人。」

「蛤？」她一臉懵。

為什麼這個表情？劉謙文真的是我見過最能駕馭寸頭的男生啊？我認為我闡述的已經夠多了。
正當我想辯駁時，「妳在幹嘛啊？」
我往左邊一看，「陳加承？」
陳加承在高一的時候也跟我們同班，是一個非常爽朗的男生，很多時候還有點蠢。
沒想到他跟劉謙文被分到同班。
羨慕、忌妒、恨。
「嗨！」他舉起手揮啊揮，「妳幹嘛跟樹懶一樣掛在我們班的窗台上？」
我現在的姿勢似乎真的有點像樹懶，我趕緊跳下來，然後拍了拍手，「你跟劉謙文同班喔？」
「妳眼裡是不是只剩劉謙文？竟然連我跟他同班都不知道，我要走心了。」
「不然你覺得我的眼裡會有你嗎？」
陳加承一噎，「妳……劉謙文去廁所了啦。」
「喔，那我要去找劉謙文了，拜拜——」
「欸！他在男廁欸！男廁！」他擋住我的路，「男廁，顧名思義，男生的廁所，只有男生能進。」
「那我可以在門口等他。」
「妳真的很變態……有必要堵在男廁嗎……」
「陳加承，你在幹嘛？」劉謙文在這時回來了，注意到我後，「曾奐晴，妳怎麼來了？」
「來找你啊！」我蹦到他旁邊，「劉謙文，你在你們班的存在感很低欸，我剛剛跟一個女生說要找理寸頭最帥的那個，她竟然不知道是誰，你們班難道有比你更好看的寸頭嗎？」
「妳來幹嘛，回教室。」

陳加承看戲似地說：「她千里迢迢尋愛，你感動不？」

就是說咩，我都快被自己感動死了。

「我動都不敢動。」

「劉謙文，你們班的班導是誰啊？男生還女生？你跟誰坐啊？我旁邊換了別人很不習慣欸，你有當幹部嗎？」我把積攢了好久好久的問題一次性拋出來。

從早自習到中午，夠久的了。

「妳很吵，快點回五班，要打鐘了。」

我的雙目沒有因為他的話而喪失光芒，一樣亮晶晶地盯著他看，「快打鐘了，但是還沒啊。」

「曾奐晴，我早上怎麼跟妳說的？」劉謙文問道。

「欸……不要隨便進你房間？」

「不是，再下一個。」

「要死大家一起死？」

他嘆了一口氣，「我叫妳從現在開始不要喜歡我。」

「蛤？哪有這麼簡單啊？」陳加承替我申冤，「你嘛幫幫忙，你以為是在玩喔？」

「對嘛對嘛。」我點頭，「還是你要試試看從現在開始喜歡我？」

「我不要。」劉謙文還是一樣，拒絕得很快。

走廊熙熙攘攘，不少學生從我們身邊走經過。

在被拒絕了幾千萬遍後，我的玻璃心慢慢從木頭心、水泥心一路鍛鍊成了鋼鐵心，已經沒有失戀的挫敗感了。

半晌，「好吧……」我低喃，「我試試看……」

「真的放棄啦？」陳加承欠揍一問。

「欸，我是說試試看，沒有一定嘿。」我當即反駁，「就現在此時此刻來說，當然還沒放棄，但等我真的放棄的時候，我一定會通知的。」

「這是妳說的喔。」劉謙文再次確認，深怕我反悔一樣。

「喔，我說的。」本來還想說點什麼，結果午休的鐘在這個時候響起。

「放學在一樓等。」

「啊？」

「啊什麼啊？妳放學不坐公車嗎？」

「喔，要！」我馬上反應過來，「在一樓等，沒問題。」

我跟劉謙文一起上下學的專屬福利沒有被剝奪。

劉謙文果然心裡是有我的。

他現在不喜歡我，不代表以後不喜歡我！

我樂壞了，手控制不住地大幅度擺動，走回教室的每一步都像踩在琴鍵上，那悅耳的踏聲，就是屬於我的背景音樂啊！

由於走得太過忘我，導致走過頭了都沒發現，回到原來的教室時，已經遲到五分鐘了。

翁琬瑜正看著我，感覺下一秒她就會大暴走。

「怎麼啦？」我用氣音問她。

「可不可以不要剛上任第一天就為難我，妳知不知道剛剛教官還來過。」

「保證……以後儘量不遲到！妳應該沒登記我吧？」我往她桌上的秩序登記簿瞧，上面確實沒有我的紅字，「剛剛教官來有說什麼嗎？」我鬆了口氣。

「我說妳去拉屎了。」

「妳講話很不文雅欸，能不能有點氣質。」

她咬牙切齒，「妳剛剛到底去哪裡了？」

「去找我的親親劉謙文寶寶呀——」

「妳——」她發現自己太大聲了，於是又降低兩格音量，「妳怎麼這麼執迷不悟。」

「沒辦法，愛情使人盲目。」

「妳不要一副看破紅塵的樣子好不好。」

「等妳以後遇到就懂了。」我頗為感嘆，「當遇到一個能讓妳奮不顧身的人時，妳也會像我一樣的。」

「那我真希望不要遇到……」她嫌棄地直搖頭。

唉，翁琬瑜還是太年輕了，真是操碎了我這個好朋友的心。

我們不再閒聊，我準備好好睡個午覺，看能不能夢見劉謙文跟我求婚，想想就好刺激。

3

開學第一天的下午開始正式上課，也正因為是第一天，老師們還沒有展開他們喪心病狂的「趕課」模式。

重新分班後，以前各科的任課老師幾乎都換了，現在除了要適應高二課程難易度的增強，還要重新習慣每個老師的上課模式。

別的科目還好，但數學很不好。

可是劉謙文的數學特別好！

我覺得一個家有一個數學好的就夠了，我其實不太需要認真學。

嗯嗯嗯，就是這樣。

而開學的今天是禮拜五，也就是說明天就又是週末了，同學們早已蓄勢待發，放學的鐘聲一響，當老師宣布下課的那個瞬間，大家都猶如脫韁的野馬，以最快的速度奔向自由。

「曾小熊，拜拜——」翁琬瑜站起身把椅子靠好。

「翁小魚，禮拜一見囉。」我朝她揮手，接著也背上書包準備離開。

幸好沒出作業，也沒安排小考，升高二的第一個週末可以過得很舒坦。

教室裡的人都走得差不多了，除了幾個還坐在原位閒聊，還有就是兩位值日生在擦黑板和關門窗，最後一扇要鎖的門，由最後一個離開的人負責鎖。

以前跟劉謙文都是同班，我們一直都是同進同出，這是第一次在除了教室以外的地方一起回家。

當我下到一樓時，劉謙文已經站在中庭等我了，他背對著我，厚實的臂膀在呼喚我。

「劉謙文！」我下了最後兩階台階，「你有等很久嗎？」

「沒有，我才剛下來而已。」

「嘿嘿，那我們走吧。」

校門口聚集了不少人，都是在等父母來載的，或者在等孩子出來的。

跟早上的溫度相比，現在已經沒那麼悶熱，而且也越來越接近秋天了。

微風掀起巨浪，綠與橘的落葉婆娑起舞，微光穿過樹葉片與片之間交錯的縫隙，輕輕灑在經過的我們身上。

我很享受與劉謙文一起上下學的時間，雖然我一直在講話，但總能感受到心臟與藍天有同步的恬靜安穩。

我喜歡這樣的感覺。

放學的公車上比來上學時多了許多，座位被坐滿，我們只好用站的。

「劉謙文，你現在旁邊坐誰啊？」我拉不到拉環，於是抓著座椅旁的小扶手。

「林孟穎，一個女生，妳不認識。」

「你怎麼沒有跟陳加承坐？不能挑座位嗎？」

「我本來是跟他坐的，可是我們班導比較嚴，最後全打散了。」

「原來。」我點頭，公車停在了某站時，下車的人很多，空了幾個座位，「那邊有空出來了。」

「再兩站就要下車了，讓給別人坐。」

「你好貼心喔劉謙文。」因為走道變寬敞了，我自然地往旁邊站了些，讓劉謙文能站得舒服一點。

「妳呢？妳被分到跟誰坐？」

我看向他，他正在看窗外的街景，這個問題似乎是不經意一問的，「你還記得翁琬瑜吧，我們被分到同班了，剛好班導不管這個，所以我就跟她坐啦。」

「喔。」

劉謙文想句點我，但我只想逗點他，「而且我跟你說一個超級爆炸好消息！我們班導，不是教數學的！」

「這算什麼好消息？又不是不上數學課了。」

「當然算啊。」

「妳說算就算。」

「還有啊，翁琬瑜當選風紀股長欸，以後遲到都有她罩了。」

「她是強迫當選吧？」他的語氣是很篤定的。

還真是什麼都瞞不住他呢，我都有點不好意思了。

車內的廣播提醒下站即將抵達，劉謙文按下車鈴，其他同站要下車的人也動身準備。

車一停駛，我率先下車，「謝謝司機大哥。」

劉謙文也下車後，我們才一起回家。

到家門口時，就看到早餐店掛了「已打烊」的牌子，而乾爸正在給他種的盆栽澆水。

「乾爸——」

「小熊，今天開學覺得怎麼樣啊？」

「還能怎樣。」媽媽從裡面走出來，「跟謙文分到不同班，哭都哭死了。」

「我才沒有咧。」

「乾媽。」劉謙文打招呼。

他的爸媽是我乾爸媽，同理，我的爸媽也是他乾媽，四捨五入，我們是可以結婚的關係。

互串家門，這就是我們的日常。
「恭喜你啊謙文，終於擺脫我們家小熊了。」
「什麼嘛！」
劉謙文失笑，「沒有，其實還有點不習慣。」
聞言，我樂了，「看吧看吧，我就說了嘛，我們是生命共同體。」
「好了，曾小熊，回家吃飯了。」媽媽強行把我往家的方向拖。
「劉謙文拜拜，明天見呦。」
「不見。」劉謙文直接進家門，連拜拜都不跟我說一聲。

「累累。」一到家我就往沙發上撲，然後放肆地把腳抬上來。
「才開學第一天而已，有什麼好累的。」媽媽還在玄關換鞋子。
「沒有跟劉謙文分到同班，所以心累。」我往後仰，徹底癱軟在沙發上，懷裡抱著的是我自己縫的熊掌抱枕，我喃喃自語：「我這麼多才多藝又貌美如花，劉謙文怎麼還不喜歡我呢，真是不知足。」
「妳怎麼知道謙文不喜歡妳？」
「他叫我不要喜歡他了。」
媽媽從廚房端水果出來，「要不要吃水果。」
「不要。」
「小番茄。」她坐在另一邊的沙發，接著說：「洗好的。」
「要！」我彈起身。

我唯一喜歡吃的水果，就是小番茄，因為不用剝皮也不用吐籽，但前提是要洗好的。

「既然謙文叫妳不要喜歡他，那妳就去喜歡別人啊。」媽媽也吃了幾顆，「說不定妳會遇到比他更好的男生。」

「妳說得倒是簡單。」

喀噠——門鎖被打開。

「我爸回來了！」我小跑去門口迎接，在見到親爹本人後，我用吃奶的力氣用力吼：「爸！」

爸爸明顯一抖，然後視線往下一帶，「妳要嚇死誰，又不穿室內拖了。」

「嚇死你，我有穿襪子所以沒關係。」

「杵在這裡幹什麼，我有欠妳錢嗎？」他把鑰匙扔鞋櫃上，「喔我知道了，又被謙文拒絕了，來跟我討情傷治療費是嗎？」

「親愛的爸爸，您講話有點欠揍。」

「親愛的女兒，妳也不遑多讓。」

「果然血緣是騙不了人的。」媽媽還在客廳，一邊看她的《霸道總裁愛上我》，一邊吃小番茄，「你們肯定是父女，青出於藍勝於藍呀——」

「什麼叫做討，人家只是想喝個奶茶。」我不理會媽媽的打趣，笑咪咪地朝爸爸眨了眨眼睛，使出賣萌攻勢。

除了自己的，我還得請翁琬瑜喝欠的奶茶。

「妳不是有零用錢，為什麼還要壓榨我？」

「零用錢要拿來買別的東西嘛。」

「那妳幹嘛不找妳媽要？」他換上室內拖。

「她會給我的話，我還用得著找你嗎？」

「知道了知道了，真的是。」

「耶！」得逞後，我成耍廢姿勢又躺回沙發。

「大小姐，妳現在還穿著裙子。」爸爸吐槽道，「妳這幅模樣被謙文看到，他會更不喜歡妳。」

「才不會，我去他們家都這樣。」

就當自己家一樣，舒服又自在，無拘無束的，這跟去別人家的感覺完全不同。

而且我裡面有穿褲子欸，又沒差。

「唉——」爸爸長嘆一口氣，「我看妳還是轉移目標好了，謙文被妳荼毒了這麼多年，我都不好意思找他爸一起去釣魚了，釣到了還得放生假裝手氣差。」

「咧——」我吐舌頭。

但我沒想到，這個新目標真的出現了，而且來得又急又猛。

4

「他是誰！他是誰！」我抓著翁琬瑜的胳膊，另一隻手指向目標人物。

週末的時間總是過得特別快，這週開始就算是真的步入了正軌。

高二又怎樣，還是那熟悉的配方——趕不完的進度、拖堂無極限、全部都是重點、明天要小考。

好不容易熬到中午，我們終於有喘口氣的機會，我和翁琬瑜在陽台聊天。

從我們這邊的陽台看出去是操場、室外球場、校門口和道路，在看了整個早上的文字符號後，看看遠景也算是放鬆身心的一種。

在午休鐘聲響起前，我看到一個男生從校門口走進來，雖然看不清五官，但光從走進來這個再平常不過的動作，就能感受到他非凡的魅力，以及不俗的氣質。

他絕對是超級大帥哥。這是我下的結論。

「沒看過欸？」翁琬瑜朝我指的方向看去，「怎樣？」

「他好帥。」我嘆為觀止。

「看不清楚吧？妳視力有這麼好嗎？」她瞇起眼睛，試圖理解我口中的帥。

「這跟視力沒關係，是我的第六感告訴我的。」即使他的身影早已不在，我的眼神還停留在那個男生走過的小道。

校門口的樹本來就那麼茂盛嗎？怎麼突然覺得每一株草木都鍍上了一層光芒。

「我的第七感告訴我，妳眼花。」

翁琬瑜並沒有把我的話放在心上，而我卻滿腦子都是後悔沒衝到一樓問對方是何方神聖。哪班的？生病了嗎？為什麼中午才到學校？剛轉學嗎？怎麼沒穿學校的制服或運動服？有好多好多問題。

然而再怎麼沉迷於美色，課業都不能耽誤，下午的課我還是很專心在上的，筆記一點都沒落下，只是畫了不少插圖，全是幻想中的帥哥。

下課後，翁琬瑜馬上就注意到了我紙上的傑作，「妳在畫什麼鬼東西？」她隨手翻了兩頁，「什麼新品種生物嗎？」

「哎呀！」我拍開她沒禮貌的手，「這是帥哥嘿，看不出來嗎？」

「帥哥？妳說剛剛在陽台看到的那個？」

「嗯哼。」我驕傲地抬起下巴，然後又補了兩筆加強。

還好現在沒有老師會檢查課本，不然整本跟插畫本一樣肯定會被罵，不過轉念一想，該抄的該記的我都有寫好，那畫一點圖絕對是可以被原諒的吧。

「那帥哥可真慘，連面都沒見過，就被毀容成這副模樣，替他的臉默哀三秒……一二三。」

「也沒有多醜吧？」我把課本立起來欣賞，「重要的是我的真心誠意好不好，我的手就不聽使喚啊。」

「好啦好啦隨便妳。」

下課後，還待在座位上的同學不多，畢竟剛開學沒多久，要認識新朋友也需要一點時間，所以就乾脆串班去找以前的同學了。

歡聲笑語從各間教室傳出，掩蓋了這個時節微弱的蟬鳴。

「好了，我要去三班找劉謙文玩了！」

「妳就不管妳的帥哥了？」

「管啊，我先去管認識的帥哥嘛。」

山不轉路轉，反正也還沒弄清楚到底是誰，那我乾脆先去找劉謙文嘛。

來到三班門口，我一眼就看到劉謙文的寸頭，我高興地朝裡頭喊：「劉謙文！」

他聞聲回頭，「曾奐晴？」

「嗯哼，我來找你玩了。」我直接走進他們教室，坐他旁邊的那個女生似乎不在，於是我就直接拉開椅子坐下來了，「我坐一下沒關係吧？」

「我怎麼知道，又不是我的座位。」

「喔。」我還是繼續坐著，「陳加承呢？」

「應該是跟其他人去球場打球了。」

「他這麼快就交到新朋友了喔？你怎麼不跟他一起去？不要這麼悶騷嘛，你這樣是得不到其他女孩子的喜愛的。」

劉謙文一直都這樣，悶悶騷騷的，板著一張臉，跟別人欠他八百萬似的，得虧他長得好看，否則被人當討債集團的也毫不意外。

話雖如此，跟他認識後就知道，他只是不善表達而已。

這樣的人配我，豈不是天作之合嗎？

我就是他生命裡的一束光呀！

劉謙文把上節課的課本收回抽屜，「我這麼悶騷，妳不是挺喜歡的嗎？」

「啊，是是是，超級喜歡。」我環顧四周，從桌椅上的排列來看，人數應該跟我們班差不多，「你有當幹部嗎？」這個問題好像還沒問過的，「陳加承有嗎？」

「我們兩個都沒有。」

「劉謙文，我告訴你一件晴天霹靂的事。」

「妳嘴裡的晴天霹靂一般不可信。」

「真的啦！」我立馬擺正身體，回想那短暫的美妙瞬間，「我中午看到一個男生，很帥。」

「哪個班的？」他從口袋掏出彩色玻璃紙包裝的軟糖問：「要吃嗎？」

「吃！」我捏走躺在他手掌的糖果，拆開來放進嘴裡，「我不知道他是誰，我就只看到那麼一眼，早知道就跑下樓問他了。」

糖果是水果口味的，尤其這是劉謙文給我的，甜甜的滋味再升級！玻璃紙的包裝紙會隨著光的折射而閃爍出不同的顏色，或藍或粉，或橙或綠。

「所以妳來找我幹嘛？」

「沒幹嘛啊，沒事不能來找你嗎？」

「我跟妳說……」

我直接打斷他，「我已經很努力在不喜歡你了。」

本來以為我跟他有心電感應，能猜到他要說什麼，不料，他下一句說的卻是：「我是要叫妳上數學課要認真聽，不要每次都要我從頭開始教，這樣很浪費時間。」

「喔，這個……我儘量啦。」

剛剛上課還在畫畫的說……

「上高二了，難度不比高一時小，你們開始上數學課了嗎？」

「還沒，禮拜二才有數學課。」我突然覺得嘴裡的糖不甜了。

別人都是藍色星期一，我是藍色星期二……到五……

「那妳做好心理準備吧。」

「喔……那我有問題還是可以去問你吧？」

「妳就算沒問題不也動不動就往我家跑嗎？」

「也是喔，反正有你在，我就沒什麼好怕的。」我又充滿了希望。

劉謙文斜眼睨了我一眼，「快上課了。」他提醒道。

「可是還沒啊。」我則一直都看著他。

「對，但我同學站在那邊很久了，妳什麼時候要把座位還給人家？」

「欸？」我轉頭過去，一個女生站在那，她顯然是這個座位的主人，「啊！」我馬上站起來，「不好意思喔。」

我絕對沒有要宣示主權的意思喔。

「沒關係。」她搖搖頭。

「劉謙文，那我走囉？」

「放學，一樣。」

「一樣一樣！」

5

我走出三班教室，正好碰到剛上樓的陳加承，他把玩著手上的籃球，一下用食指轉球，一下拋來拋去，一下頂在頭上，一下又拿球碰旁邊的人，沒一刻是停著的。

這個人好過動。

我假裝沒看到他，直接往五班的教室走。

「欸！曾奐晴！裝不認識喔！」陳加承在後頭喊。

我也不甘示弱，「陳加承！」我更大聲，「你喊這麼大聲是要讓全校知道我是誰喔！」

「妳吼屁喔！」

「是你先的！」

「我沒有！」

「你們為什麼要跟這種蠢蛋當朋友？」我走到那幾個人前面，非常嫌棄地直搖頭。

「喂喂喂，人身攻擊喔。」

陳加承的朋友笑了笑就回教室了。

「妳又來找劉謙文喔？」陳加承還在玩他那顆球，好像能玩出錢一樣。

我戳了戳球面，「這到底有什麼好玩的。」

「這才是我要問妳的吧，到底喜歡劉謙文哪裡？」他把球高舉過頭不讓我碰。

居然用身高壓制我，我改天就趁他不注意把他的球戳爆！連屍體都不給他留！

「喔對了我跟你說！我中午看到一個長得很帥的男生！如果你有遇到這種人，麻煩告訴我一聲。」

「蛤？有我帥嗎？」

「比你帥。」我不假思索。

「嗤。」他嗤笑，「那有劉謙文帥嗎？」

「嗯……」我猶豫了，「不一樣的帥。」

「居然有人能撼動劉謙文在妳心中的地位！」

上課鐘響起，「不跟你說了。」

「劉謙文！」他轉身邊吼邊走進教室，「劉謙文！有人要取代你了，你已經不是曾奐晴最喜歡的男人了！劉謙文！」

「神經病……」

回教室時，陳加承問的問題不停在我腦中打轉。

我喜歡劉謙文哪裡？

我們從小一起長大，是最了解彼此的人，我喜歡他不是挺正常的嗎？劉謙文不喜歡我才不正常吧？

次日一早，我又來進行我的例行公事。

我倚在門上，彎曲手指輕敲兩下，「劉謙文，你起床了嗎？」

因為劉謙文強烈的反對，所以我改成先敲門，他如果沒有回應，我才會直接進去，我絕對沒有期待他賴床。

雖然他有鎖門，但我手上是有鑰匙的。

「起了，不准進來。」

「不進就不進。」我對著門做鬼臉。

我本來趴著門聽裡面的動靜，趴著趴著，突然聽到拉鍊聲，驚覺這個舉動太過變態，於是又趕緊直起身靠在門邊。

反正，四下無人，天知地知我知。

門被打開，「妳到底在堅持什麼，在樓下等我也可以。」

「我要當你醒來第一個見到的人，你的早晨得由我開始。」
「走了。」
「走！」

「乾爸乾媽我們出發囉！」準備好早餐後，我和劉謙文一起去公車站。
「路上小心喔。」
「好——」
「小熊明天見啊——」這是一位每天都來買早餐的阿姨，已經熟到透了。
「嗯嗯，阿姨明天見！」

走往公車站的路上。
「今天的數學課認真聽。」當我正享受陽光沐浴的溫暖時，劉謙文很不合時宜來了這麼一句。
「你一定要這樣破壞氣氛嗎？」
「我只是提醒妳，不要被太陽曬傻了。」
「你才被曬傻。」我咕噥著，「欸劉謙文，你不喜歡我的話，那你喜歡誰啊？」
「為什麼非得要有喜歡的人？沒有的話不行嗎？」他的神情非常認真，哪裡都看不出來有遲疑。
反倒是我被他看得心虛，「有句話說得好，『知根知底，肥水不落外人田』，你難道希望我這個肥水落入別人家的田嗎？」
「也沒有不行。」他毫不留情地打槍我，說話的語調，讓我聽不出他真正的意思。

那我就解讀成這就是他的本意，「你很討厭欸！」我鼓起臉頰，扭頭不再搭理他。什麼叫「也沒有不行」！

哼！

我賭著氣，一路到公車站都沒有跟他說話。

就在我很沒骨氣地要跟他講話時，突然想到什麼然後抱頭痛叫：「啊！」

「又怎樣了？不是不跟我講話？」

「你知道我們數學課在第幾節嗎？」

「第幾節？」

「第……下午第一節……」我絕望地望著天空。

蒼天啊……

我覺得學校真的很殘忍，禮拜二的數學課竟然是排在午休結束的第一節課。可怕程度跟把體育課放午休前一節課不相上下。

確定不會把數字跟公式聽成什麼催眠曲嗎？

我覺得會，但我找不到證據。

鐘響時，所有人都還昏昏欲睡，在老師來之前，沒有人肯去開燈，也沒有人甘願從桌面上爬起來，能撐多久是多久，反正被罵了就到時候再說。

即使手因為趴著午睡而發麻，我也不想起身，仍半闔著眼。

「老師來了。」翁琬瑜小聲在我耳邊提醒。

「嗯。」我給她一個回應表示知道了，我能聽到教室裡各種細碎的聲音。

燈被打開了，眼皮外是光亮的。

「各位同學，起來囉，開始上這學期第一節數學課了。」

我哈欠打到一半停住了。

撲通——撲通——撲通——

我能確切感受到左胸傳來的不安分，心臟以不科學的速率跳動著，彷彿下一秒就能綻出千萬朵紅花。

若真是如此，我將會獻給這間偉大的學校。

第二章、不討厭就是喜歡

1

「我是你們這學期的數學老師。」這位數學老師的嗓音很溫潤，咬文嚼字清晰。

我立馬就抬起頭，想知道我的剋星是哪位老師任教，為什麼聲音有股莫名的吸引力。

這一抬頭，我驚了，就是昨天從陽台看下去的那個帥哥！

他居然是我們的數學老師？

接著他從溝槽拿出一支粉筆，在黑板上寫下自己的姓名，「我叫魏知宇，這學期由我擔任各位的數學老師，以後請多多指教。」他朝我們淺淺一笑。

我看著黑板上的三個字出神，又在對到他的眼睛時，瞬間落入陷阱。

學校太賊了，一定是知道我不喜歡數學，所以派這麼帥的男人來上課。

這不得不服從啊！

救命，我竟然有想發憤圖強學習數學的一天。

「妳發什麼呆啊，課本拿出來啊。」翁琬瑜已經把書翻開了。

「欸，他就是昨天我說覺得很帥的男生。」

「是喔，是長得還可以啦。」

「怎麼辦，我淪陷了。」我如痴如醉地望著黑板。

「冷靜點親愛的，帥又不能當飯吃，說不定他是媽寶或者有不良嗜好。」翁琬瑜的話如冷水般往我這潑。

但仍澆不熄我閃爍火光的星眸。

像她這種視愛情為墳墓的人，一點都不懂這股悸動有多麼甜美。

「各位同學可能沒在學校見過我，我是學校的新老師。」

「老師——」是我舉手的。

翁琬瑜轉頭，「妳又要幹嘛？」

「妳說。」

「老師，你看起來很年輕欸，幾歲啊？」我直白地提問，讓其他同學紛紛投來目光。

「是的，我畢業沒多久，還沒考上正式教師。」老師答道，他回以一抹微笑，「跟你們比算是老人了，平常在學校要叫老師，否則會讓其他老師的觀感不好，但在校外遇到可以隨意一點沒關係。」

「喔——醬喔。」得到解答後我心滿意足地點頭。

那也就代表他大我們沒多少歲嘛，我完全可以直呼他全名吧？叫老師多生疏啊。

他叫我老婆我都願意。

「還有什麼想問的嗎？」魏知宇把眼神從我這抽離，放回整個台下。

「快點，還有什麼問題可以問。」

翁琬瑜搞不懂我想幹嘛，「妳這花痴有點犯過頭了喔。」

「我覺得劉謙文跟他比，簡直……毫無可比性……」這是我的真心話，「死定了，怎麼辦，我心動了。」

「妳這叫暈船。」

「老師——」我又舉起手，而翁琬瑜已經是對我放棄治療的眼神了，「你為什麼會想教數學？」

「這位同學很活躍呢。」

討厭啦，被稱讚了。多來點多來點，我可以接住更多稱讚。

我難掩興奮。

「因為想當老師，但文類很差，所以選了數學。」

「哇喔——」我誇張地做出驚嘆，「數學好的人都很厲害耶。」

像劉謙文的數學也很好，我覺得數學很好的人都是神。

而眼前這位魏知宇，不僅數學好到能當上老師，還長得這麼帥，他的父母到底是套了哪組公式才解出了這樣的臉蛋？

鼻梁的角度剛剛好，嘴唇的弧線很完美，眼球的距離恰到好處，耳朵、下顎、顴骨都棒極了，完全就是照著我的審美地圖在走，三百六十度零死角。

「那能不能請妳做個自我介紹呢？」

可以可以，祖宗十八代都挖出來讓你認識。

「好啊！」我站起來，用自認為最美的表情看他，「我叫曾奐晴，綽號是小熊，喜歡喝奶茶，也喜歡老師你呦！」我朝他眨了單邊眼睛。

接招吧魏知宇，我要你拜倒在我的制服裙下！

「老師也喜歡大家喔。」他比了手勢讓我坐下，「就不讓你們一個一個站起來自我介紹了，我可能會經常點名答題，用這個方式記住各位。」

就這樣？他是真聽懂了裝傻迴避我，還是真的不懂？不可能這麼直男吧！

「那我們就先開始上課吧。」魏知宇翻開課本，「這一章我們先跳到第三回，這邊比較難我們先從這裡開始講，有聽不懂的地方就隨時舉手告訴我。」

蛤？就上課了？我嘴巴張得老大了。

劉謙文會直接拒絕我，魏知宇的段位更高，玩欲擒故縱是嗎？

「欸欸翁琬瑜，魏知宇這是什麼意思？」

「什麼什麼意思？他做什麼了嗎？」翁琬瑜正專注地看著黑板。

「我剛剛的告白啊。」

「妳剛剛是在告白？」她驚訝地看我。

「對啊，不然呢？」

「就因為他長得帥？」

「他數學也很好啊。」我手捧著下巴，我現在的模樣就像充滿憧憬的嬌羞少女。

「妳這叫精蟲上腦……啊不……卵子上腦……好像怪怪的，算了。」她再次將注意力放回黑板，把標了星號的重點抄到課本上，「專心上課，那邊畫了星星了。」

「嗯，他畫的星星真好看。」

我整節課的心思都沒在上課的內容，迫不及待想下課。

當下課的鐘聲一響，魏知宇就闔上書，「這個例題我們下節課再講，下課。」
年輕的老師不愧是年輕的老師，都懂我們在想什麼，連一秒鐘都不耽誤。
翁琬瑜在翻我的課本，「不是……妳怎麼一個字都沒寫，妳這樣數學又要考不及格了。」
「老師！」我在魏知宇要離開教室前喊住他，「老師老師老師！」
椅子因為我的動作太大，發出巨大的拖拉聲。
「怎麼了？奐晴。」魏知宇停下腳步。
嗚嗚嗚，他記住我的名字了！
「老師，你平常都待在辦公室嗎？」我小跑到他面前，「那我平常可以去找你聊天嗎？」
「呃……」
「不行嗎？」
「也不是不行，但我平常要備課、改作業，事情不少，可能沒時間跟妳聊天。」他委婉地說道。
「反正我就過去嘛，你有空再跟我聊天就好了。」
「那就……隨便妳吧……不過我現在得先回辦公室準備下堂課的資料了。」
「好咧！」我讓開路讓他走，「老師拜拜！上課愉快呦！」
徹底看不到魏知宇的身影後，我在原地自轉一圈。
他近看更帥了！
當我回到座位，翁琬瑜一直盯著我看，我問：「怎麼啦？」
「妳哪根筋不對？」

「遇到真愛，就是哪裡都不太對。」
「妳不要妳家劉謙文了？」
「不要了！」我相當灑脫，「我待會就正式通知他，我不喜歡他了！」

2

既然有了這個念頭，我就要馬上行動。
見我如此堅定，翁琬瑜問：「妳認真？」
「真到不能再真！」我重重點頭，用鼻孔吐出一口氣，「現在就去！妳也跟我去！」
「我跟妳去幹嘛？」
「人多比較有說服力。」
「我覺得如果是妳開口的話，連法官在都不一定會有人聽信……」她放下筆，自認倒霉似地站起來，「走吧。」
「這麼委屈的話不勉強啦。」
「我說不去的話妳會放過我嗎？」
「不會。」我朝她眨眨眼，用最無辜的表情，說最白目的話。
到了三班門口，果不其然，劉謙文坐在座位上，陳加承坐在他前面，他們正在聊天，還能聽到陳加承那肆無忌憚的笑聲。
陳加承不經意抬眼與我對視，隨後揚了揚下巴示意劉謙文轉頭，我朝他揮手。

他們走了出來，陳加承走在前面，「妳又來找劉謙文了喔？」

「是滴，我有重大的事情要宣布！」

「又有事情要宣布了？」

「什麼叫又有！我這次是真的好嗎。」我往後站了一步，雙手叉腰，架勢十足，「我在此通知你們，我不喜歡劉謙文了！我喜歡上別人了！」語落，我換來了一陣靜默，「給點反應啊？」

半晌，「現在又在搞哪齣？」劉謙文不以為意。

「你們不要理她，她就是覺得我們數學老師長得帥而已。」翁琬瑜是真的沒把我的心動宣言當一回事。

「我是認真的，有沒有看到我火光熊熊的眼睛！」

「我看看喔。」陳加承微彎身體，很仔細地看著我的眼睛，「嗯……熊熊火光沒看到，但我看到眼屎跟粉刺。」他說完還大笑。

「你！」我氣極了，抬起腳然後重重往他的腳一踩，「白目！」

他痛得驚呼，嘴裡還罵罵咧咧的。

「妳說她喜歡數學老師？」劉謙文指著我問翁琬瑜，臉上出現鄙夷的表情。

「嗯。」她點頭，「我就說不要理她了。」

「欸，不要這樣，人家是一個很偉大的人。」我是有理有據的，可不是隨便說說而已。

「他哪裡偉大了？」他們異口同聲。

「臉。」我頗為驕傲。

「曾奐晴，妳是有什麼問題，一見鍾情喔？」陳加承緩過勁後就來找我麻煩，被我踩的那隻腳躲在另一隻腳後面。
我假裝要去踩他，他立馬跳開，看到他驚恐的臉我得逞地笑了，「我跟他是二見，足夠瞭解對方了，我是全班第一個被他記住名字的幸運兒。」
「隨便妳好了。」劉謙文搖搖頭。
看來劉謙文是真的不喜歡我，但是沒關係，山不轉路轉，路不轉心轉嘛！
既然這樣的話，我就能毫無牽掛地奔赴新戀情了。
上帝關了一扇門，沒有再為我打開另一扇窗沒關係，說不定門沒有鎖。
「我一定會成功的！」
「喔，我們會給妳加油的。」劉謙文似笑非笑。
我當然也知道他們認為我只是隨口說說而已，並不走心，但我是非常肯定以及確定的。
他們怎麼想的不重要，反正我會證明的。
「話說，你們數學老師是誰啊？是怎麼讓妳放下對數學的厭惡的？」陳加承好奇地問。
「我對數學還是非常厭惡的，但愛屋及烏嘛，我願意嘗試與數學共存。」
「我勸你們等她退燒了再跟她說話。」翁琬瑜簡直不要太無情。
「我的熱情如麻辣鍋火爆。」
「欸，劉謙文你怎麼想的？」陳加承勾住劉謙文的脖頸，整個人掛在他身上，「曾奐晴不要你了，他要找別的男人了。」
「什麼想什麼？祝她好運而已。」劉謙文的臉上沒有任何波瀾，像是聽了某段不好笑的笑話一樣。
「你們真的不知道魏知宇有多帥，我昨天不是說遇到一個長得很帥的人嗎？就是他啊，居然是我們的數學老師，那就是緣分嘛，說不定你們見到他會直接撲上去欸。」

「魏知宇？你們數學老師？真的很帥？」陳加承鄙夷。

翁琬瑜沉吟片刻道：「有一說一，魏知宇確實長得挺好看的，但這不構成能喜歡他的理由。」

「妳要喜歡他就去喜歡他好了，要上課了我先回教室了。」劉謙文身子剛過教室門，腳步就一頓，「今天放學一樣，之後我就不提醒了。」

「喔，好咧！」

「妳真的不喜歡劉謙文了？」

「真的啦，你幹嘛一直問，陳加承……難道……你喜歡劉謙文？」

「對啊怎樣。」陳加承不反駁就算了，還接梗，「非常謝謝妳的成全，我會跟他過上幸福快樂的生活的。」

如果可以，我真的很想踩他的第三條腿。

鐘響，我和翁琬瑜回教室，她還在跟我分析暈船的相關症狀，而我都沒在聽。

走廊上還有一些學生在逗留，或者慢悠悠地才剛從其他教室回去，偶爾會碰到以前的同班同學，假如是下課時間，我們都會打招呼停下來聊兩句。

我的心情大好，連老師在寫黑板的聲音，都能被我譜成一段旋律，這就是象徵愛與青春的前奏，當粉筆灰落地時，那就代表新的篇章即將奏響，就連最前排的同學都盼得夠嗆。

眼看還有五分鐘下課，再過一節課就放學了，可是我有點餓，想著待會要去福利社買零食充飢。

「各位同學，下堂課小考。」老師拿不同色的粉筆在她剛剛提到的重點上畫了顆星。怎麼魏知宇畫的星星這麼好看，其他老師畫的都有些刺眼啊？看來魏知宇是自帶濾鏡的那一類人。

鐘響後，我從書包拿出錢包，然後再掏幾個零錢，準備要去心心念念的福利社。豈料，我腳都伸出去呈起跑姿勢了，老師居然來一句：「這個地方講完就下課。」這句話的意思大概可以理解成「不下課了」。

我極度哀怨地盯著手機螢幕看，每當它顯示的時間多一分，我就越覺得自己離暴走更近一步，隨時可能會掀桌。

當老師宣布下課的那一刻，「翁琬瑜，陪我去福利社。」

「好啊。」她沒有拿錢，應該是沒有要買什麼。

要去福利社的話，就要走另一個方向比較快。

「我要買洋芋片、巧克力、綜合水果軟糖……」我折手指細數，越數越饞。

「等等就要放學了，妳買這麼多能吃得完嗎？妳該不會要上課偷吃吧？」

「吃得完，上課偷吃也是為了有體力能上課嘛，不然我課上到一半暈倒了怎麼辦？」

「歪理一大堆。」

我的牙齒彷彿有了咬到餅乾的爽感，結果剛下了一層樓，鐘聲就如龍捲風般把我的幻想吹成一片荒蕪，立馬回到了現實世界，既沒有咬到餅乾，也沒有去到福利社。

隨著最後一音落下，回音消散在校園各個角落，我胃的咕嚕聲也跟著響徹雲霄。

「走吧，來不及去福利社了。」翁琬瑜轉身。

再怎麼心有不甘，也只能折返回去。

「為什麼老師不能準時下課呢，就剩那兩三分鐘給我們，連去趟廁所都不夠用，這些老師是沒有童年嗎？為什麼不能像魏知宇一樣……」我拖著沉重的步伐，腿重得彷彿綁了鐵塊。

「怎麼了，像我什麼？」

這個聲音是！

我轉過頭，「魏老師！」

「我記得妳們，妳們是早上五班的。」魏知宇手裡拿著的是高一的數學課本，「怎麼了……奐晴，怎麼看起來精神不太好？」

什麼精神不好，能不能有點自知之明，我看到你整個精神都接近失常了。

由於我還沉浸在魏知宇的美貌中，所以翁琬瑜代答：「她肚子有點餓，想要去福利社買東西吃，結果上一堂課的老師拖堂，我們來不及下樓就打鐘了，所以我們得趕緊回教室。」

「原來是這樣。」魏知宇從不知道哪裡變出來一條巧克力，「這個給妳們，一人一半。」

「啊？」翁琬瑜先是一愣，接著接過，「謝謝老師。」

「好了，快回去吧，你們老師估計快到了。」

「嗯，謝謝老師。」

待魏知宇從我們旁邊走過後下樓，我們才收回視線。

我目不轉睛地盯著翁琬瑜手上的寶物。

「好了好了，不要再看了，我的手要著火了，拿去。」她遞了過來。

我視若珍寶，雙手虔誠地攤開，「都給我嗎？」
「對啦，我又不想吃。」
「謝謝小魚寶貝。」我用臉蹭著巧克力，「我會好好珍惜的。」
「我勸妳趕快吃掉，天氣熱很容易就融化了，到時候欲哭無淚我可不理妳。」
「喔……也是……」
我得想一個好方法永久保存我們的定情信物才行。

3

放學後，我死守的最後一口巧克力也被我嗑掉了，真是滿含熱淚的一口。
「這個世界上怎麼有如此美味的巧克力。」我含在嘴裡，感受融化後附著在舌上的甜味。
「學校後門的雜貨店有賣，一條十塊，妳喜歡的話，妳生日當天我買一整盒給妳。」
「只有魏知宇親手買的、送的才吃得出來這種味道。」我把包裝紙攤平，每一下都很溫柔小心。
「妳該不會要把包裝紙留著吧？」翁琬瑜把書放進書包，隨口一問。
「對啊，我要放在錢包裡。」
「妳噁不噁……」她看了我一眼，隨後又繼續動作，「妳要幹嘛？招財喔？」
「招知宇呀。」
「蛤？」
我以為她沒聽清，「我要招的是——知宇——」
「知……宇？」她又複述了一遍。

「嗯嗯，我要招的不是財，是人，魏知宇這個人。」我皺眉，「妳今天腦袋當機喔？我講得這麼白話，總聽得懂了吧？」

她扶額，「這不是聽不聽得懂的問題吧……」

「不然呢？」

「不然呢？好……沒事，我的錯。」

我拿出我毛茸茸的小熊錢包，然後把巧克力的包裝對折一半放進去，心滿意足地把錢包舉起來左看右看。

翁琬瑜收拾好東西就先走了。

因為最後一個離開教室的人要關門窗，我覺得很麻煩，所以看到人快走光了，就立馬拎起書包下樓。下樓後就看到劉謙文單手插兜，另一隻手在滑手機，依我對他的了解程度，他現在一定是在看籃球比賽的直播或重播。

我墊起腳尖，悄咪咪地靠近他，就在我手要拍到他時，他突然轉過身，這下輪到我僵住了。

「妳在幹嘛？」他把手機收回口袋。

「你怎麼發現我的？」

本來還想嚇你一跳的說。

「視力好。」

「你後腦勺也長眼睛嗎？」我很失望沒有嚇到他，「你剛剛是不是在看籃球賽？還是在看解說？是不是？是不是？」

「是是是。」劉謙文在我湊近他時往後退了一步。
「我真的是……超聰明的啦。」我撥弄頭髮。
「好了，再不走就趕不上公車了。」
「沒差啦，大不了再等下一班。」
「妳看一下時間，我們已經錯過一班了。」
對吼，我今天比較晚下樓。
我們不再耽誤，到公車站時，幸虧剛好趕上了公車，否則下班車得再等半個多小時，這個時間都夠我們徒步回家了。

到家後，開門迎接我的是撲鼻而來的炒菜香，廚房傳出油遇熱後的啪滋聲，還有器皿的撞擊聲。
我打開鞋櫃換鞋，發現爸爸的鞋子在裡面，看來他已經到家了。
「我回來了。」
「喔。」應聲的是爸爸，他坐在沙發上翹腳看棒球。
我走過去，看他這麼專注在電視螢幕上，連我在旁邊扮鬼臉他都沒發現，我頓時起了玩心。
我先從沙發的扶手上拿走遙控器，「怎麼樣？誰要贏了？」
「剛開始打而已我哪看得出來，欸欸欸妳看——」他激動地直起身指螢幕。
我很配合他，做戲做全套，「哇！喔吼吼吼！好厲害哦。」
接著就是等待時機。
光從畫面上看就知道現場的聲勢浩大，啦啦隊、加油團卯足了勁，還有整片整齊劃一的同色系上衣，跟球員的球衣是同個設計，相當的壯觀。

「又來了！看球！」

就在這時，我抬手對準紅點點，然後摁下電源鍵，客廳瞬間沒了聲音。

「我什麼都看不到看不到！」我把遙控器扔到離爸爸最遠的沙發，然後溜上樓，「我先回房間寫作業囉！還要準備小考！」

「曾小熊！」爸爸連拖鞋都顧不上穿，只想著打開電視，因為太心急還按錯鍵。

我趴在樓梯旁的牆壁偷看，怕他跑上來揍我。

結果還好是沒有。

確認無生命危險後，我轉身回房間。

一打開燈，就看到我的小熊娃娃軍團可可愛愛地坐在床上、櫃子上、桌上，它們全都是我的俘虜，只效忠於我，每隻都有名字，擺在床頭櫃的其中一隻是劉謙文送我的。

我的房間算簡約，沒有什麼華麗的布置的奶茶色系，我也懶得花心思在這方面，最少女的部分大概就是隨處可見的小熊娃娃吧。

「小熊」這個綽號可不是浪得虛名。

我站在床前選妃，經過了漫長的五秒，一挑二篩後，我抱起白色的小熊讓它陪我寫作業。

「明明才剛開學，為什麼馬上就要小考了？高二生不配擁有偷懶的權利嗎？對，我們沒有，我們是準高三生了，四捨五入就是大學生了，再進個位就是已婚者了，唉……歲月不饒人吶……」我跟個老奶奶似地又抱怨又碎唸，還是認命把書拿出來讀。

我的書桌上擺著一個相框，是我和劉謙文小時候的合照，希望未來能換成我和魏知宇的婚紗照。除了桌上，牆面也貼了不少，還有一些和家人的、朋友們的合照。

總感覺魏知宇給的那塊巧克力有魔力，在我嘴裡融化，卻在我心上發了芽。

作業寫了好一會，樓下廚房的動靜變小了，取而代之的是音量越調越大的電視。

「我爸是不是耳朵有問題……」

完全影響到我背書了嘛。

就在這時，有人敲響我的房門，「曾小熊，吃飯了。」是爸爸上來喊我。

「喔——」我關的明明只有書桌的檯燈，陷入黑暗的卻是整個房間，「欸！幹嘛啦！」

爸爸居然從外面關掉我房間的燈！

「什麼？我什麼都沒聽到啊？」他打開後又馬上關掉，「裡面有人嗎？有嗎？」然後重複了好幾遍。

「你很無聊欸！」

為什麼房間外要設燈的開關！

我藉著從窗戶攀附進來的餘暉，走到床頭的開關處，打開燈，室內恢復了光明。過程中腳趾頭還不小心踢到了床腳，痛得我蹲在地上抽氣。

「吃飯囉曾小熊——」爸爸又在外頭喊了一遍。

啪——

燈又被關掉了。

「你真的很幼稚！」

「好了，報仇成功，我先下去了啊。」
什麼跟什麼嘛！哪有爸爸這樣報仇女兒的！
我要是知道關掉他的電視，最後犧牲的是我的腳趾頭，我死都不會碰到遙控器的。
腳趾頭踢到床腳，這個代價實在太大了。

4

「報告——」
「進。」
得到允准後我進到辦公室，左右張望尋找目標人物。
鎖定後我直接朝那人走去，「老師！」
魏知宇坐在靠飲水機的角落，他正在批改作業，旁邊的桌上還堆了一疊練習卷。
好辛苦喔，明明才剛開學沒多久，心疼死我了。
「奐晴？怎麼了？」他看到我先是露出了驚訝的神色，在用紅筆寫上分數後就停下了動作。
我瞄了一眼那考卷，上頭寫著大大的四十八分，然後又看了看魏知宇的神情，沒有憤怒的顏色。我合理地推斷，他應該不會歧視數學不好的人。
真是個好老師。
「我怕你上班太無聊，所以又來找你聊天啊。」
「不會啊，老師不無聊。」
每個辦公桌之間都有擋板隔著，也許是剛下課，所以在座位上的老師並不多。

我稍微看了一下魏知宇的辦公桌，相較於其他老師，他的桌面顯得整齊乾淨許多，也沒有什麼雜物。

「老師，為什麼你沒有名牌啊？」

開學一週多的時間過去了，我只要一有空就來這裡刷刷存在感，竟然到現在都還沒看到名牌。

「還來不及做，應該下禮拜就會來了，妳怎麼比我還迫不及待的樣子？」魏知宇跟我說話的時候會一直看著我的眼睛。

「那當然囉，多重要的東西啊，學校的辦事效率真差。」我一隻手撐在擋板上，站了個舒服的三七步，「老師，你下班後都在做什麼啊？啊……你改作業沒關係。」

「目前都在準備考試，偶爾會去運動，不一定。」他繼續改作業。

「這樣喔，那你交女朋友了嗎？」

「沒有，妳要幫我介紹對象嗎？」

「用不著介紹啦，遠在天邊，近在眼前嘛。」

「那我的近視度數可能加深了，一直沒看到近在眼前的女朋友。」

我啊，我不就近在你二十公分前嗎？

他是真的聽不懂？

正當我想繼續問，上課鐘就響了。

魏知宇從旁邊的書擋抽出兩本書，然後把改到一半的作業收回抽屜，「妳不回教室嗎？」

「我跟你一起？」我眨了眨眼。

「我要去高一，妳怎麼跟我一起？」

「喔……」

「快回去吧，免得被這節課的老師罵。」

「好吧，那待會……那下午的課見……」

當我回到教室，又被翁琬瑜瞪了，「妳又跑去找劉謙文？」

嘖嘖嘖，劉謙文？這個人已經是過去式了。

「不是，我剛剛去辦公室。」我從抽屜裡拿出這節課的課本。

「去辦公室？為什麼？」

「我去找魏知宇聊天啊。」

「喔。」

「各位同學，課本翻到第一章第三回。」老師走到講台。

上課時，難免會聽到有人竊竊私語的交談聲，或者背著老師在偷傳紙條，其實站在講台都能看得清清楚楚，只不過老師選擇睜一隻眼閉一隻眼罷了。

課上到一半時，翁琬瑜突然轉過來看我，「等等。」

「嗯？」

「妳剛剛去辦公室？找魏知宇聊天？」儘管她壓低音量，還是難掩不可置信的情緒。

這反射弧度也太長了。

「對啊，我經常去啊，還是妳也想一起去？」

「所以妳這陣子三不五時就不在教室，就是因為去找魏知宇？」

我怕老師發現，所以往講台上瞄了一眼，「是啊，有什麼好大驚小怪的。」

「妳……」

「那邊那個綁馬尾的女同學。」老師點人了。

因為我沒有綁頭髮，所以知道自己逃過一劫，而翁琬瑜就是綁馬尾，但她不確定是不是在叫她，只能先假裝不是了。

「就是那個低頭的那個。」

我看著鴕鳥心態的翁琬瑜，「欸，老師在看妳。」

她抬起頭，「我嗎？」

「對，妳回答一下這題。」老師八成是覺得翁琬瑜說話太大聲，警告她的同時順便殺雞儆猴，在得到正確答案後還叮囑她認真聽講。

果然其他同學都不敢再偷聊天了。

這些同學當中當然不包括我，等老師繼續上課時，我問翁琬瑜：「妳覺得魏知宇喜歡我嗎？」

「我哪知啊，我跟他也不熟好嗎？」

「喔……」我撇嘴，一手抄筆記，另一隻手撐著下巴，「妳紅筆借我一下，我的落在劉謙文家了，一直忘記去拿。」

「拿去。」

「謝啦。」

我拿起水壺喝下最後一口水，「陪我去裝水。」

「走啊，我也要去。」

我和翁琬瑜並肩走到茶水間，茶水間在一班的教室旁邊。走經過三班時，我下意識地往裡頭望了一眼，發現劉謙文和陳加承不在座位上。會去哪裡了呢？我不禁去想。

茶水間的人不少，大家都很有秩序排著隊。

排隊過程中遇到了之前班上的同學。

「欸？曾奐晴跟翁琬瑜？」她叫黃芮，排在我們前面，「妳們兩個現在被分在同班喔？」

「對啊，妳呢？」我問道。

「我在一班，但一班沒有之前的同學。」黃芮聳肩，她往前彎腰裝水，「不過還好啦，久了就會認識了。」

「對啦對啦，慢慢來。」

她站在一旁等我們裝好水，「話說，妳現在還跟劉謙文同班嗎？」

「沒有欸，我們被拆散了，生平第一次離他這麼遙遠。」

「那妳現在還喜歡他嗎？」

「她現在轉移目標了，迷戀的對象是一個老男人。」翁琬瑜裝好水蓋上杯蓋。

「老男人？曾奐晴妳吃這麼重口味喔？」

「魏知宇才不是老男人，老男人是像校長那樣的才是好不好。」我反駁。

本來就是嘿，大學剛畢業的話頂多二十三、二十四歲而已，哪有很老。

「魏知宇？哪個明星嗎？」

「是我們的數學老師。」翁琬瑜替我回答，「學校新來的老師。」

黃芮哈哈大笑，「我還記得妳上數學課被班導針對那敢怒不敢言的樣子，看來你們這個數學老師是個極品啊。」

「沒錯，這種絕世大帥哥怎麼不量產呢？」我無視了她前半段的話，因為重點在後面那句。

「翁琬瑜，妳覺得呢？」

「我覺得她只是一時腦波弱而已，連劉謙文都沒當回事。」

茶水間的空間有限，見進來的人越來越多，我們便趕緊離開讓其他人進來，其中還包含了其他年級的學生，畢竟大家都不想排隊，乾脆就到其他樓層來看看。

我們到走廊的角落接著聊。

黃芮靠在牆上，腳交疊在一起，「講真的，說不定劉謙文是喜歡妳的欸，他就是篤定了妳不會喜歡上別人，妳突然搞這麼一齣，剛好挫挫他的銳氣，時機到了他可能會反過來追妳。」

「我才不要，我現在百分之百認定了魏知宇，他就是我苦尋已久的白馬王子。」我比出食指在她面前左右擺動。

到底為什麼大家都覺得我非得死扒著劉謙文？

天涯何處無芳草，何必單戀一枝花呢？我都能看開了。

「妳確定？」翁琬瑜整張臉寫我在講屁話，「妳都喜歡劉謙文那麼多年了欸，現在要放棄了？而且，魏知宇絕對不會比劉謙文好追啦。」

「是啊是啊。」黃芮很認同她說的話。

「在我看來，劉謙文能成功的機率比較高，魏知宇完全是未知數。」

「妳們很奇怪，我喜歡劉謙文的時候，妳們都不看好，現在我喜歡魏知宇了，又覺得不切實際。」

我真的搞不懂了，只不過是喜歡一個人而已。

「哎呀妳不要生氣嘛。」黃芮捏了捏我的臉頰，「妳的臉怎麼還是一樣嫩。」

這時候了還玩我！我氣得左右擺頭不讓她捏。

「這不是在幫妳分析投資報酬率嗎，總不能眼睜睜看著妳越陷越深，然後受傷啊。」翁琬瑜捲起手指彈我的額頭，她的力道還不輕。

「哇……」我揉了揉那處，「痛死我了，我看我受傷前會先死在妳的手指下。」

「而且現在是因為只有二選一，妳要是有個簡單一點的目標，我絕對支持。」

「比如咧？」

黃芮扶著下巴假裝沉思，「我們班的班長？」

「他有劉謙文帥嗎？」

「呃……沒有，這標準有點高，退而求其次的話……比如……陳加承？」

「對啊！」翁琬瑜拍手，「唾手可得！」她連續拍了好幾下，「怎麼樣？考慮嗎？」

「我才不要，陳加承跟傻子一樣。」我嫌棄到早餐就快要順著食道從胃裡爬出來了，「選陳加承的話，我會把整個宇宙炸掉，一切從頭開始。」

救命，這兩個人怎麼也不先過濾一下言論再說話，竟然不動腦就脫口而出。

「幹嘛？一直聽到有人喊我的名字。」說曹操曹操到，陳加承上樓。

劉謙文在他後面，他們兩人手上都拿著水壺，應該是下樓去裝水的。

可惡，現在看到陳加承的臉就有股胃酸逆流的不適感。

突然就好想看看黃芮他們班的班長……淨化一下眼球……

5

「喔，原來你們兩個被分在同班喔？」

「欸？黃芮？妳現在在哪班啊？」

「一班，好好喔，你們都有認識的在同班，我只能孤軍奮戰。」黃芮看上去是真的羨慕。

陳加承還雙手叉腰，「不只喔，宋凱翔也在我們班。」

「欸？我怎麼不知道？」換我震驚了。

「妳當然不知道，妳哪次來我們班不是衝著劉謙文？妳還看得見我，我就要偷笑了。」

「看吧，我就說嘛，我站劉謙文。」黃芮舉手。

「我也站劉謙文。」翁琬瑜跟著舉手。

「蛤？」陳加承摸不著頭緒，「站什麼？」他看向劉謙文，「你為什麼被站？」

「我不管妳們站誰，反正我認定了！」我很堅持的，至少目前是這樣，「不過有一點妳們必須認同。」

「什麼？」她們異口同聲。

「陳加承是傻子。」

「同意。」

「喂！妳們三個當我不存在喔！」陳加承倒向劉謙文，「她們欺負人家。」

劉謙文躲開走到我旁邊，「我也同意，我站曾奐晴。」

我對陳加承吐舌頭挑釁，「你能拿我怎樣啊——」

「我……我……」他半天吐不出一個字，「我大人不計小人過！」

笑死，還「大人不計小人過」咧，我看他就是想反駁又反駁不了。

關於選不選陳加承的這個話題算是過了，還好陳加承沒有聽到，不然他一定會一直吵。

除了翁琬瑜，在新的班級裡，我最先熟悉的，那必然是坐在我前後左右的同學了，其他同學亦是如此，教室內的熱絡氛圍被慢慢組織起來，再過一陣子可能就會聽到教官罵人的聲音了。

教室最後面的公布欄在班導的要求下，學藝股長帶頭找了幾個人一起布置，現在也看得出來大致的風格了。藍色的底、粉色的花瓣，儼然就是以戀愛為主題去發想的。也不知道劉謙文他們班是什麼主題，他們班還沒要動工的跡象。

在開學的一週後，明顯能感受到各科老師們加快了步調，作業和小考的安排都沒在客氣的。

當然，魏知宇不同於其他老師，他非常注重學生有沒有聽懂，就算是下了課也願意留下來幫忙講題。也許是資歷較淺吧，感覺他還在抓教學時的手感。

也因為魏知宇，我開始期待上數學課。

要不是看在魏知宇的份上，學校的課表，我是每看一遍，把它撕爛種到土裡的衝動就多一分。可依舊不得不服從這慘無人道的排課。

有一天的數學課是在體育課結束的下一節。

真的不要跟我開這種國際級……啊不……銀河級的玩笑欸。上完體育課累都累死了，還沒喘完就得接著遭受數字的荼毒，我們流的不只汗水，還有淚水。

此時此刻的我，正在烈日下追著球跑，這個月的體育課上的是籃球，而室內的籃球場已經有班級在上課了，我們只能到外面。

雖說已過了盛夏，可在兩圈操場熱身下來，已經完全感受不到微涼的秋意了。

我哀嚎著：「好累——」

「快點啦，再來回運球三趟就能休息了。」

有些本來就拿籃球當興趣的男生，很輕鬆就能解決老師指定的動作，也有幾個不擅長的人來回運球一趟得花個五、六分鐘。

「來喔，都運完了吧？」體育老師穿著藍色大背心，胸前掛著哨子，脖子還吊著一條有點發霉的毛巾，他吹了吹哨子，「通通有，分組練習投籃……」

殺了我吧……

「欸翁琬瑜，妳覺得我現在跟老師說我生理期，可信度有多少？」

「零。」

「這邊這組用這個籃框，另一組用這邊——」體育老師把球抛給隊首。

我們只能乖乖投了。

「老師——」我抱著球，準備躍起前停頓了下，「要投進幾顆啊？」

「二十顆。」

「啊？」

「太少了嗎？不然三……」
「夠了夠了！二十顆剛好到不能再剛好了，太完美了！二十這個數字超棒！」我欲哭無淚。
投進二十顆也太多了，而且還不是每次投都能進啊。
我好想抱著球痛哭一場。

「今天就到這裡，下課——」體育老師吹哨。
聽見這個哨音別提有多開心，我球往籃子一扔就速速撤退。

我們回到教室，其他同學直接把風扇跟空調開好開滿。
什麼流汗不要吹風會著涼、天氣沒有很熱不用開冷氣，班導提過的這些話根本沒人去理。
在上下一節課前，我從筆袋裡拿出扁梳，梳梳瀏海、梳梳頭髮，還跟後桌同學借了小圓鏡照了照。
「好了好了不要再照了，很漂亮了，魔鏡裡的妖精快被妳操死了。」翁琬瑜在轉筆，悠閒的不得了。
「妳不懂啦，下一節是數學課欸，我要讓魏知宇看到美美的我。」我不理會她，把鏡子拉遠一些，
「妳覺得我要不要去剪一下頭髮啊？好像有點長了。」
「嗯……」她摸了摸我的髮尾，「感覺是有點長了，而且因為過渡期，有點往外翹了。」
「我也覺得，早上用離子夾夾順，來學校就亂掉了。」
我一直都是留齊短髮跟空氣瀏海，通常都是到鎖骨的位置，現在已經長到了肩膀。
「不然找個時間，我陪妳去剪啊，順便喝妳欠我的奶茶。」
我還以為她忘了奶茶這樁事，本來想就這麼忽悠過去的說。

「好啊，再看看吧，目前還行的。」我把鏡子還回去。
「可是我聽說，蠻多男生都是長髮控的。」
「真的假的？」
「不確定啦，都是網路上在說，實際上是不是還是看個人吧，這蠻主觀的。」
「這麼說也是。」
那魏知宇也喜歡長頭髮的女生嗎？劉謙文以前好像也沒說過啊。
可是留長頭髮很難洗，吹要吹很久才乾，還很容易掉頭髮。
正當我腦袋裡的各種矛盾陷入大對決時，上課鐘聲響起，魏知宇分秒不差地走進來。
「各位同學，我們開始上課囉，上次讓你們回去寫的練習題寫了嗎？」魏知宇走到講台中間，課本放在講桌上，「有人想自願上來做題嗎？我們選一兩個上來寫吧？」
「我！我要！」我秒舉手，扁梳都被我碰掉了。
「那就奐晴吧，還有誰嗎？」
翁琬瑜彎下腰幫我撿起來，用氣音道：「妳根本沒寫！」
啊對，我沒寫……
我沒寫，但是我的好朋友有寫啊！
我直接拿走翁琬瑜的課本走到講台，從溝槽掏出一支白色粉筆，接著複製課本上的解題過程完整的貼上在黑板。
寫完後，我沾沾自喜地看向魏知宇，期待他摸摸我的頭誇獎我。
「嗯……」他看了看，隨後拿起紅色的粉筆，往計算式上圈了一個數字，「這個地方錯了，不過是小問題，以後要稍微注意一下。」

「啊？」我第一個反應是看翁琬瑜，她只是聳了聳肩，那個眼神分明是嘲笑我活該。

「沒關係，粗心而已。」魏知宇用粉筆接著往下寫。

我很認真地看著——他的手，他的手骨節分明，指甲剪得很乾淨，手背能看得見青筋，絕對是手控看到會當場下跪的等級，仔細看會看到因長期握筆長出的繭，連繭都跟著發光。

我好想摸摸，我這麼想也就這麼做了，當食指滑過他皮膚的表面時，就想接著第二下第三下。

「要是能牽著該有多好……」我喃喃自語。

「奐晴？」

「啊？」魏知宇的喚聲把我的思緒拉回，我趕緊收回手，「哈哈哈……老師你……你保養得挺好啊哈哈哈……」這時候我也只能乾笑了。

開玩笑，我臉皮再厚，光天化日之下吃人家豆腐還是會不好意思的，況且又是在情不自禁的狀態下。

魏知宇乾咳兩聲，沒有明顯的不對勁，「各位同學，這邊是很常見的小錯誤，考試的時候要特別注意。」

我若無其事地看他解題，實際上耳朵早就冒煙了。

「奐晴，妳先下去吧。」

「喔喔喔好。」我一溜煙跑下台。

翁琬瑜搶回自己的課本，「妳剛剛到底在幹嘛！我有看到！」

「很多人看到嗎？」

「不確定欸應該沒有，少轉移話題！妳剛剛到底在幹嘛！色魔附身嗎？」

「我就……我就……情不自禁嘛……」

「我的天。」她扶額搖頭，「算了，我什麼都沒看到。」

「妳為什麼會寫錯啊，我還等著魏知宇誇獎我呢。」

「欸拜託，我有叫妳拿我的課本上台做題嗎？妳倒是理直氣壯蛤？」

「我的身體就不聽使喚。」我打哈哈。

「妳根本是做事情不動腦。」

「那我們繼續上課囉，翻到下一頁。」魏知宇把我剛剛寫的擦掉，重新把新的算式寫上去。

6

我在網路上訂了一隻小熊娃娃，本來是想一下課就送給魏知宇的，可是好多人圍著他問題目，那就只好放學再送了。

一想到他的桌上擺著我送的東西，就覺得幸福到原地爆炸。

小熊坐在牛皮紙袋裡，我掛在桌子邊邊的小掛鉤上，這樣就不會忘記了。

放學的鐘聲叮噹叮噹，我的心也跟著叮噹叮噹。

我傳了訊息跟劉謙文說要去辦公室一趟，不確定會待多久，讓他先回家。

魏知宇因為太感動而當場單膝下跪也不是不可能發生的。

在去辦公室前，我把娃娃拿出來檢查，順便給它理一理毛。

「這不是妳前幾天讓我挑顏色的小熊嗎？」

「對啊，我要送給魏知宇的。」
翁琬瑜先是一笑，「小熊送小熊，妳還挺有創意的。」
「那必須的，換個角度想就是獻身了。」
「這個角度換得太過頭了。」
「什麼角度不重要，重要的是我傾注的愛。」
「好好好，我等著看妳傾注的愛能得到多少回報。」她背上書包，「好了我要走了，祝妳成功。」
「拜。」

我穿上薄外套，然後提著袋子，動身前往目的地。
就算放學了，學校也還是很熱鬧，各間教室傳來歡聲笑語，不遠處仍能看見籃球場上奔馳的身影。到辦公室的走廊上，能碰見準備下班的其他教職人員。
不知道魏知宇下班了沒有。
我先站在門口往辦公室裡頭探，不少老師都已經離開了，發現角落那人還在座位上後，我走了進去。
魏知宇不知道在忙什麼，我在他身後好長一段時間了，他都沒發覺。雖然很好奇，但人家隱私還是很重要的，我不會偷瞄。
「老師。」我輕喚。
魏知宇聞聲回頭，「奐晴？」他轉動辦公椅面向我，「怎麼還沒回家？已經放學有段時間了吧？」
「老師，我有東西要送你。」
「送我？」

「嗯嗯。」我把提袋裡的小熊娃娃拿出來，「就是它，是不是很可愛？」

我是杏色跟棕色這兩色間拿不定主意，於是就讓翁琬瑜幫我挑，最後買的是棕色。

「是很可愛沒錯……可是……為什麼要送我這個？」魏知宇沒有要接的意思。

「老師，你的桌面空蕩蕩的看起來好無聊，把這個放桌上看起來就活潑多了！」我直接往桌上最空的那處擺。

嚴格來說，是有些格格不入，卻又達到了某種微妙的平衡，就有點像是汪洋中的一座島。

「奐晴，老師不喜歡學生因為這種事破費的，拿回去退掉。」

「老師，除了送你這個娃娃，我還要跟你說一件事。」

「妳說。」

我彎唇，「老師，我喜歡你！」雖是雀躍，但我有控制音量，只有我們兩人能聽見，「不是學生對老師的喜歡，是女生對男生的喜歡。」

魏知宇先是一愣，接著皺眉面露嚴肅，「奐晴，不能拿這種事開玩笑。」

「我沒有開玩笑啊，我是真的喜歡你，你要當我男朋友嗎？」

「不可以。」

「為什麼？」

「奐晴，我是老師。」

「我知道啊。」

「我年紀比妳大了整整八歲。」

「喔，那代表在八年前你跟我現在是同歲。」我的反應很快的，不論他說什麼，我都能回。

有股莫名的感覺，好像其他的雜音都被我隔絕開了，方才還在列印的印表機、輸入文字被敲打的鍵盤、某個主任咳嗽，這些聲音都入不了我的耳。

「奐晴，謝謝妳的小熊……娃娃，我收下了，但今天妳說的話我會當作沒這回事，以後不可以再隨便亂說話了。」

我噘起唇，聲音帶著哭腔，「老師……妳討厭我嗎？」

許是顧及我的情緒，他放緩了口氣，「不是……我沒有討厭妳。」

我偷偷瞄了他一眼。

他現在這種拿我沒轍的模樣，真的是有夠萌。

「喔這樣喔。」我略帶調皮地道：「不討厭就是喜歡，你就是喜歡我。」

「奐晴。」

「在！」

「曾奐晴。」魏知宇剛想再說點什麼就被打斷了，來的人竟然還是劉謙文，「曾奐晴，回去了。」

「欸？我不是叫你先走嗎？你沒看到訊息喔？」

「我媽說讓妳去找她。」

「啊？好啦我晚一點再去，我現在在為了我的終身幸福而努力。」我轉回來繼續要和魏知宇說話，

「老師，你剛剛說了喜歡我，對吧？」

「不對，妳那是挖坑給我跳。」

「那你還不是跳了，既然跳了就別想出去了，我要把你埋在我心底。」

魏知宇深吸一口氣，「奐晴，別鬧了，就算不討厭也不代表喜歡。」

「好啦，那是不是也就代表不討厭就是有好感？」

「曾奐晴。」劉謙文再次打斷，「我媽說要早一點。」

「吼——好啦好啦。」

催催催一直催。

奇怪，乾媽是有什麼急事嗎？我們家不就在隔壁而已，我隨時都能去啊？

「路上小心。」魏知宇叮囑道。

「老師，拜拜——」我朝他揮手。

他強顏歡笑，嘴角一抽一抽的。

「快點，要趕不上公車了。」劉謙文已經到門口了。

「喔。」我小跑過去，「走吧。」

「再十分鐘還有一班車，我們坐那班。」

「好啊。」

劉謙文走在前，我跟在後面，在完全經過辦公室前，我回頭看了一眼，還以為魏知宇會目送我離開的，結果他根本就沒在注意這邊。

不過值得竊喜的是，他正在看我送他的那隻小熊娃娃，左瞧右瞧的。

「嘿嘿嘿——」我偷笑兩聲，加快腳步跟上劉謙文。

我們一如往常搭公車回家，路線也都跟平常一樣，因為不是離放學後最早的那班車，所以有很多座位，不用人擠人。

不過有點不一樣，這次我坐靠內，劉謙文居然坐我旁邊。
聽到下一站的提示廣播，我伸手按下車鈴。
到劉謙文家後，我熟門熟路的從早餐店的門進去，然後直接上了二樓。
「乾媽！」我看到乾媽在廚房忙活，餐桌上擺著一盤盤菜，我拿旁邊的筷子夾了唐揚雞往嘴巴塞，「呼——好燙、好吃。」
「小熊，放學回來啦？」乾媽端出一鍋熱湯，我趕緊幫忙移空位。
「乾媽，妳找我什麼事啊？」
「嗯？我沒有找妳啊？」
「欸？」我放下筷子，把嘴角殘留的碎屑舔掉，「可是劉謙文說妳找我欸，我本來都還在辦公室跟老師表達愛意的。」
「表達愛意？」
「對啊，我已經不喜歡劉謙文了。」
「喔——這樣喔。」乾媽似乎藏著話，隨即道：「可是我沒有找妳啊？」
這時，劉謙文提著袋子走過來，「妳上次說朋友出國買回來的，要分給她。」
「啊！」乾媽輕敲自己的額頭，「我怎麼忘了。」她從劉謙文手上接過袋子，檢查了裡頭的東西，「來，小熊，這些拿去吃。」
「哇喔！」我高興地接走，「謝謝乾媽！」
裡面是盒裝巧克力，精美的包裝外印有英文草體字。
「不客氣，還要不要吃唐揚雞？多吃點沒關係。」

「不用不用，我得先回家了，改天再來吃。」

「好好好，有空常來啊，不喜歡謙文了也沒有關係。」乾媽說著說著就往劉謙文那看，後者移開眼神。

是錯覺嗎？怎麼覺得他們的行為奇奇怪怪的？

「嗯！乾媽拜拜，劉謙文明早見喔——」

第三章、主動才有故事

1

那天之後，我對魏知宇展開了猛烈的攻勢，而對於數學極差的我而言，最有效也最簡單合理的方法就是以問問題為藉口，跑到辦公室刷存在感，或者上課的時候踴躍發言。

我不確定魏知宇到底有沒有把我的告白放在心上，或者他認為那只是玩笑話，不過也許是我過於積極，能從他的眼神中讀出他並未不當回事。

我看得出來他有意想要迴避我，但還是以老師的姿態面對我。

當然，這都只是我的猜測，至於他是如何想的，那都不重要。

翁琬瑜對此嗤之以鼻，她總覺得我是一時興起，並把我的這些舉動視作浪費時間。

時間悄然走過，不知不覺間秋意漸濃，枯葉隨風飄落，已到了被慵懶圍繞的時節，而丹楓引領我們迎接第一次段考。

教學經驗不足的魏知宇，也在這時候暴露了缺點。太過於專注在學生有沒有聽懂而放慢節奏，導致第一次段考將近，課程進度嚴重落後，又不能放到第二次段考，於是他用了三天把剩的章節一口氣講完，不過卻適得其反，一大堆人包括我，上完課是滿頭問號跟驚嘆號。

看來假日又要跑到劉謙文家補數學了……

我要的不多，只求能及格，秉持著「不能被世俗的眼光所局限」的這個偉大想法，所以在我心裡五十分就算及格了。

「曾小熊，妳國文課本借我一下，有一段文言文的筆記我沒有抄到。」我把國文課本遞給翁琬瑜，「欸我跟妳說喔，我發現一件事。」

「什麼？」她對照著文句。

「魏知宇每週一下午才來學校。」

「所以呢？這是什麼很厲害的事嗎？」

「妳真無趣。」

「妳真無聊。」她闔上課本還給我，把筆收回筆袋，「妳還是專注在第一次段考吧，魏知宇是數學老師，妳覺得他會喜歡一個數學差的女生嗎？」

哇，好有道理……

見我不語，她又接著道：「不是，我隨便說說的，妳別當真。」

「我當真了。」我把數學課本跟練習本都塞進書包，還有那些小考考卷也都一併帶走，「這次要比上次進步……五分。」

「妳上學期末考多少？」

「五十。」

「親愛的熊。」翁琬瑜拍拍我的肩膀，「別這麼逼自己。」她把我放在桌上的軟糖打開，「吃顆糖，吃完就該夢醒了。」

臭女人！總說些我不愛聽的！

其他的科目還好，但在數學上我真的是犯了難。

週末，爸爸去上班了，媽媽今天也有工作，此時此刻家裡就是我曾小熊一個人的王國。

可惜無法待在這個王國太久。

午餐草草解決後，我把千百萬斤重的數學課本、講義、練習本放進帆布包，準備到劉謙文家。

早餐店已經打烊了，在外頭還能聞到殘留的油香。

「乾爸、乾媽！」我走進去，看到他們正在整理環境，椅子被倒放在桌上，「我來幫忙吧。」我放下包包。

「不用不用，也沒什麼事了。」乾媽在清洗煎台。

我稍微看了看，乾爸在拖地，垃圾已經分類打包在門口了，我逕自走到流理台，把水槽的餐具洗一洗。

「哎呀，小熊妳真是的。」乾媽想來阻止我，但手上的東西沒地方放。

「沒關係沒關係，才一點點而已，這邊洗完就好了！」

我哼著歌，越洗越高興。

我真的沒有逃避數學，我真的純粹是想幫忙而已，我真的很開心能付出勞力。

這些碗盤都用很久了，邊緣處殘有日積月累的黃垢，刷也刷不掉，看似有衛生疑慮，實則不會有人在意，當食材放上去時反而還別有一番風味，也不曾聽過有客人反應。

就連乾媽使用的煎台和鍋鏟，也有幾處清不掉的焦黑呢。

我把洗好的餐具放進烘碗機裡，按下殺菌烘乾，其實我有提議過乾脆也買一台洗碗機，這樣省時又省力，不過乾媽覺得手洗更乾淨些。

「我上去找劉謙文囉。」我把手擦乾，背起包包往二樓走。

「好，待會給你們拿點心。」

走上二樓後，客廳沒有人，於是我朝劉謙文的房間走。

「劉謙文，我進去囉？」我敲了兩下門，因為沒有人應聲，所以我直接推開門，「人咧？」

這間房間我老熟了，什麼東西放哪裡我清楚得很。

劉謙文不喜歡太高彩度的顏色，壁紙是白色，其他像床單、窗簾、書櫃等則是以寶藍色和黑色為主。

我拉開椅子坐下，書桌上擺著幾本筆記本，我把帶來的講義攤開，接著就看到我那支被遺忘的紅筆還在筆筒裡。

這時，劉謙文回到房間，他看到我什麼話都沒說，已經對此見怪不怪了。

「劉謙文，快點救救我。」我盤腿在椅子上，用水汪汪的大眼睛看著他。

「又哪裡不會了？」

「全……」

「不准說全部。」

「喔……」

那我說啥？魏知宇在上課的時候我根本就沒在聽……

更正，魏知宇在上課的時候，我根本什麼都聽不進去……

「妳先把會的寫寫看。」劉謙文拉了另一張椅子過來。

「喔，好啦。」

從小到大，我遇到過的數學老師，都會說：「計算題，把公式寫上去就能拿分。」所以我把題目相對應的公式寫上去，但知道套哪個公式不代表我會用。

沒關係，起碼有掙扎過的痕跡，值得嘉許。

劉謙文在背英文，嘴裡念念有詞，沒有發出聲音，手指時不時在桌面上輕敲，應該是以此增加記憶。

我照著他的話，把會寫的都寫上了，至於對錯不得而知，其他題我也嘗試去寫。

過了好一會，我確定空著的地方不算太多後把筆放下，「好了好了。」

「第一題跟第五題是一樣的題型，為什麼第五題不會做？」

「不知道，可能在寫第一題的時候運氣比較好吧？」

「妳上課真的有在聽嗎？」

「有啊，上課的人可是魏知宇欸，我怎麼可能不聽？」

他眸光一沉，眼底閃過淡淡的疏離，「我再給妳講一遍，妳認真聽。」

「嗯嗯嗯好！」我專注地盯著筆在紙上的足跡，直到它停在某個數字，我的耳朵才聽到聲音，

「喔，答案是五。」

「妳用我剛剛講的方法寫第五題。」

你剛剛有說話嗎？

我懊惱著，試圖從記憶深處刨出魏知宇講解這道公式的內容，然後一步一步照著寫下來，這次就有算出一個正常的答案。

或許我數學這麼爛都是因為劉謙文教得不好也說不定。

我又重新算了一遍，「對嗎？」

「沒錯，下一題。」

聽到這句話，我的腦細胞以肉眼可見的速度死了一大半。

我到底為什麼要來這裡自討苦吃……

2

今天的專注力異常的好，以前來讀書，我總會找各種理由偷懶。大概是來這裡的目的不一樣了，這次不是為了找劉謙文，而是真的想讀書。

我和劉謙文不知道進行了多久的學術交流，直到乾媽敲門讓我們到客廳吃水果，我才驚覺已經過了兩個小時。

我伸了個懶腰，對今天的表現甚是滿意。

「走吧，先出去吃水果。」劉謙文把書闔上，將椅子拉回角落。

「好！」

我們走到客廳，乾媽坐在餐桌前算帳，聽到動靜就停下左手按計算機的動作，「小熊，我有買妳喜歡的小番茄跟蘋果，多吃點。」

「謝謝乾媽！」我樂壞了。

「我不喜歡吃小番茄……」劉謙文似是在抗議。

「可是小熊喜歡吃，你可以吃蘋果。」乾媽翻閱帳本，沒有要繼續和他說話的意思，「下個月吐司又要漲價了，要調漲嗎？還是換廠商……」

「喔。」

乾媽很貼心，蘋果是已經削皮去籽切片好的，因怕氧化而泡過了鹽水，味道帶了點鹹但不影響甜味。

我一片接著一片，「好好吃。」

「才不是好吃，是有人幫妳處理好，所以是『方便吃』。」劉謙文沒有一起吃，他坐在另一張沙發上。

「就是好吃。」我不理睬他，將小番茄一口塞進嘴裡，咬下去感受嘴裡爆汁的微酸，「安啊咩？」

「吞下去再講話。」

我把水果咀嚼完吞掉，「乾爸呢？」

「應該在房間睡覺吧。」

「喔喔喔。」

劉謙文完全不碰小番茄，吃了幾片蘋果後就沒再動叉子了。

既然他這麼不情願，那就由我來清盤吧！

我懶洋洋地靠著沙發，把果盤放到自己腿上，我對電視正在轉播的籃球賽沒興趣，把目光放在駐足在陽台的小麻雀上，牠們在短暫的交頭接耳後又飛走了。

乾爸除了在早餐店門口種小盆栽，客廳也有幾株多肉，陽台則是釘了花架種花。跟我爸比起來勤勞有氣質多了。

我神遊在九霄雲外的世界，把來讀書這件事拋之腦後，手與嘴倒是沒停下，一口番茄一口蘋果。

乾媽記好帳走到客廳，從劉謙文手上拿走遙控器，「我的節目要播了，你用手機看。」

「那妳可以回房間看……」

乾爸乾媽的房間是有配電視的。

「你爸在睡覺。」

劉謙文不再接話，默默打開手機從網站上找轉播網址觀看球賽。

我倒是對乾媽的選台感興趣，原來這個時間點她要看的是《萌寵日記》。

劉謙文問：「妳還要進去看書嗎？」

「要嗎？」

「我怎麼知道妳。」他把螢幕轉成橫向。

「那先吃點零食再繼續看書好了！」我得逞一笑，把果盤改放到他腿上，「你幫我拿進去！」

不給劉謙文反應的時間，我就拉開茶几下面的抽屜，把草莓凍乾拿出來吃。他則放下手機，習以為常地把果盤拿進廚房。

乾媽邊看《萌寵日記》邊嗑著瓜子，桌上有一個用紙折的小盒子，是她拿來放殼的。

我跟著一起看，電視畫面中的小奶貓因為站不穩而頭朝地跌倒，我被這可愛的畫面逗笑了，牠的飼主小心翼翼地扶牠，但沒走兩步又跌了。

看到節目結束後，乾爸正好起床了，他睡眼惺忪地從房間裡走出來。
「乾爸！早安！」
「不早了不早了。」他把電燈打開，方才橘調的空間被白光取代。
剛剛太專注在節目上，沒發現太陽已經落下。
見時間不早了，我封上草莓凍乾放回抽屜，「那我先回家啦！」
劉謙文在看的球賽告一段落，此時才終於分了眼神給我，「吃飽就走，跟白眼狼有什麼區別？」
「我又沒有忘恩負義，我每天都來叫你起床欸！」
「小熊妳不要理他，妳來找乾爸乾媽，我們最開心了。」乾爸坐到另一邊的沙發。
「沒錯沒錯。」乾媽附和道。
我對劉謙文吐舌頭。
這時，樓梯傳來腳步聲，連帶著還有塑膠袋摩擦的聲音。
我朝那處一看，看到上來的人是我媽後就不意外了，「妳下班了喔？」
「對啊，順便去了趟超市。」媽媽把一袋東西放到餐桌上，「東西給妳放這喔。」
「謝謝啊。」
「客氣。」
我好奇地走到餐桌旁看媽媽買了什麼，「沒有買別的零食嗎？」
「整天只想著吃跟謙文。」媽媽伸出食指戳我的額頭。
「哪有。」我躲掉，「我現在想別人了。」
「想別人是什麼意思？」

「她喜歡上他們班的數學老師。」劉謙文冷不丁的出聲。
他這樣的口氣，讓我聽了很不開心，話語的空隙間總感覺藏著瞧不起我的意味。
「什麼風把妳吹往數學的？」媽媽也很驚訝。
「有著水蜜桃汽水味的愛情龍捲風。」
「好好好，家裡沒有水蜜桃汽水，我叫妳爸買，走了回家吃飯。」
「喔。」我到劉謙文的房間快速拿上自己的東西。
「我們先走啦。」
媽媽沒有跟乾媽要買東西的錢，這是大家的共識，我們兩家彼此之間吃吃喝喝買買都不會跟對方計較，畢竟我這早餐可不能白吃。

週一早自習，我把完成了一大半的講義拿出來向翁琬瑜炫耀，但我什麼都沒說。
我以為以我們的默契，她能懂我的意思。
孰料，她僅是看了一眼，便將自己的講義遞給我，「不一定全對。」
她居然以為我要抄！
抄個毛！
「誰跟妳要講義了，妳沒發現什麼嗎？」
「喔，空白處變少了，所以呢？」
「我寫的欸。」
「不用想也知道，一定是妳去劉謙文家，然後叫他教妳的。」

「不是。」

「不然呢？」

我啞然，「確實……確實是我去劉謙文家找他教我的，但他講的我聽不懂啊，我是回想起魏知宇上課的樣子才寫出來的。」

不要說翁琬瑜，連我自己說出來這樣的話都覺得像鬼扯。

魔音傳腦喔？

「看不出來啊。」她讚嘆，「那不就證明妳有進步嗎？」

「有嗎？」

「以前妳上數學課，不是畫畫、發呆，要嘛就睡覺、偷吃東西……」她把我在數學課上的惡行一一列舉，「我還以為魏知宇在上課的時候，妳都是在看他的臉犯花痴，沒想到妳有在聽課。」

「他上課我怎麼可能還幹別的事嘛，但我其實也以為我沒在聽……」我越說越心虛，越講越小聲。

「我看好妳喔，用數學征服他。」

「妳之前不是不支持我嗎？」

「我現在也沒有支持啊。」她拿出秩序登記簿，把遲到的同學做上記號，「我只是在想，或許妳跟魏知宇接觸過後，更能弄清楚對他到底是不是喜歡，到那個時候再來談支持也不遲。」

「可是妳也說過覺得劉謙文更有勝算。」我提出了我的疑惑。

「那是因為比較的對象是魏知宇啊，我們跟魏知宇不但有年齡差距、身分考量，還有最重要的是根本不了解他。」

翁琬瑜說的不是沒有道理，我陷入沉思。

她接著說：「那不就得讓妳去碰碰壁嗎？碰了才會痛，痛了才知道錯。」
「誰說是錯了！碰壁的話我鑿開不就得了！而且那我喜歡劉謙文的時候，也沒見妳支持啊！」
「沒辦法啊，誰叫劉謙文拒妳於千里之外，結果妳換的目標更高難度。」
「既然魏知宇是更高難度，那我就提升自己的等級不就好了。」
「好好好，期待妳獲得全新裝備、解鎖新技能，妳講義要不要抄，不抄我就收走了。」
「要啦！」我趕緊提筆抄剩的。
突然想到，我落在劉謙文家的紅筆還是忘了領走，我看我直接買新的應該比較快。

3

週一沒有數學課沒關係，我下午可以去辦公室找人啊！
下了課，我就到辦公室，魏知宇還沒回來。
我在門外徘徊了會，當有其他老師要進去時，我就笑了笑往旁邊一點站，想當然他們看到我不免露出疑惑的表情。
我靠在門邊，看到魏知宇從走廊那頭抱著書走來，我蹬牆面對他。
這個畫面似曾相似。
就像偶像劇裡女主角守在原地，男主角義無反顧地奔赴那樣。
這時候我是不是該敞開雙臂，告訴他我苦苦等了好久，然後他就會把書扔在地上，接著抱起我原地轉一圈。
在我被腦海溢出的粉紅泡泡包圍時，魏知宇在我跟前停下。

「奐晴？」
「老師！」
「妳怎麼……又來了？」
他無情地戳破我全部的泡泡，「什麼叫做又？你見到我不高興嗎？」
「沒有不高興。」
「那就是很高興！」我墊起腳尖，「看你印堂發光，鐵定是因為我囉？」
他往後站了一步，「奐晴，別鬧了，我說過沒事不可以過來。」
「我有事啊，我來問數學。」
「這樣被辦公室裡的老師看到不好。」
「我是正正當當問數學有什麼不好？」我瞇起眼睛，「莫非——你心虛！」
「沒有，我是覺得妳太常來辦公室找到我，不光是老師，其他學生會亂揣測我們的關係。」
「我行得正坐得端，又不怕別人說。」
魏知宇啞口無言。
他根本想得太複雜了，若是在他不知道我心意的前提下經常來找他，那他絕對不會往除了師生的其他方面去想啊。
半晌，他緩緩開口：「那放學，放學的時候，人比較少？」
「放學喔！你講的喔！」
「好。」最終他還是拗不過。
魏知宇一定是母胎單身，不然就是涉世未深怕被騙。

我上下打量他，過濾了一遍又一遍會令他感到不自在的行為和話語。都沒有啊？

「明明告白的是我，被拒絕的是我，揚言要追你的也是我，你在難為情什麼？」我挑起右邊的眉毛，手往下垂，本來還舉在胸前的講義放到腿邊，「你母胎單身喔？」

「就很奇怪……」

「哪裡奇怪了，你不是老師嗎？你教師執照是雞腿便當換的喔？」

「我還沒考到。」魏知宇無奈，他看了眼手錶，「而且，學校也不會教怎麼談戀愛；再來，雞腿便當換不到教師執照。」

「那你總有遇過像我臉皮這麼厚的吧？」

這點自知之明我還是有的。

「沒有。」他這次答得很快，「回教室吧，我得備課了。」

「好啦好啦，都年紀一大把了還這麼彆扭……」

我還沒說完，魏知宇就逃回辦公室了。

他真的是用逃的，五步併作一步走

我是什麼怪獸嗎……

本來還著再進去鬧鬧他，下一秒就打鐘了。

我抬步返回教室，有個老師從辦公室前門出來，仔細一看，這不是我們仙女班導李芷慧嗎？她一手拎著筆電包，一手抱著考卷。

「老師！」我小碎步跑向她。
「妳是——」她叫不出名字，折衷叫：「我們班的？」
「對，老師我來幫妳。」我從她手中接過考卷。
「謝謝，快走吧。」她領頭在前。
這節課恰好就是英文，既然在辦公室就遇到老師，那就不用擔心遲不遲到的問題啦。
至於為什麼不是幫她拿筆電？不是因為考卷比較輕，主要是因為筆電太貴重了，萬一摔壞了，我要少喝好多杯奶茶才賠得起。
「老師老師。」我率先拋出話題，「段考的英文考卷是妳出嗎？」
「不是，這次不是我。」
「喔喔，那妳應該有看過題目了吧？」
「有。」
「會很難嗎？」
「妳上課有認真聽、回家有複習、作業都有按時交的話，不難。」班導就像個智能答題系統，我問什麼，她答什麼，除此之外不再多言，一點想跟我聊天的意思都沒有。
「那我應該可以考得不錯。」
「妳是叫曾奐晴，沒錯吧？」看來她記起我名字了。
「是的。」
「聽妳之前的導師說妳每科都不錯，但數學爛透了。」
我以前的班導是女魔頭！還是八卦又愛講學生壞話的女魔頭！

我一時語塞，只能尬笑。

班導接著問：「所以這陣子妳這麼常來辦公室，都是因為問數學是嗎？」她在上樓梯前回頭看了我一眼。

我毫不心虛地點頭，「對啊。」

問數學是真的，追愛也是真的，這兩者不衝突，而她問的是前者，我理所當然回答前者的問題。

「希望這次不會再看到四開頭的分數了。」

「那……那三開頭可以嗎？」

「當然可以，到時候我會安排讓妳跟前個導師一對一教學，加班費我再付就好。」

「老師妳怎麼這麼愛說笑啦！」

真是一點都不好笑。

「那就這麼決定了。」

我大驚失色，失了全部的顏色！

班導又看了我一眼，那眼神把我想抗議的話語還沒釋出就先駁了回來。

嗚嗚嗚，我太難了……

由於我是跟班導一起進教室，所以接收了波濤洶湧般的眼神洗禮，差點連我的魂也被沖走。

我這該死又無處安放的魅力呀。

我威風凜凜地順著水流回到自己的座位上。

「為什麼妳跟班導一起來？」

「妳就這麼想知道第一手資訊嗎翁小魚？」

翁琬瑜白了我一眼後把頭轉了回去，顯然是隨便問問。
「我剛剛下課去找魏知宇啊，妳猜怎樣？」
「妳剛好遇到班導，所以一起上來？」
「不是啦……也是啦。」我把椅子往內挪，儘量不發出聲響，「魏知宇答應放學讓我去找他問數學欸。」
「真假？」
「真！」
「妳不都占了他的下課時間嗎？他現在連放學都讓妳占喔？」
「各位同學──」班導的聲音先傳來，她筆電接上投影，拉下白色布幕，「這節課帶你們看一下跟第二課課文有關的小短片，坐兩邊的同學把窗簾拉上。」
我站起來把我這側的窗簾拉上，其他同學也聽令拉上，教室的光線變得薄弱，只剩從布與布間的縫隙透著微亮。
我坐下後調整姿勢，「剛剛說到哪？喔對我放學要去找魏知宇，這才是最搞笑的部分。」在班導操作電腦時，我繼續和翁琬瑜說剛剛下課的趣事，「他擔心我們兩個的關係被人誤會。」
「為什麼會誤會？你們又沒怎麼樣？」
「對啊，頂多是引人遐想而已嘛。」
「好了，開始上課。」班導已經連接好畫面了。
我轉回身，把課本翻開來裝忙。
班導開始播放影片，音效從喇叭傳了出來，我們不由自主地被畫面特效吸引，貌似是一部廣告短片。還好出現的單字都不難，即使沒有字幕也能聽懂。

「這課的課文就是這部廣告，直接用影片的形式上課你們應該比較好記。」

啊，難怪這麼眼熟又耳熟。

「欸不過，這也就代表，魏知宇是有把妳莽撞的告白放在心上的。」翁琬瑜壓低身子，讓前排的同學擋住她。

「嗯嗯。」

「會不會時間久了，他就跟劉謙文一樣？」

「那我就短時間內拿下他。」我比出握拳的手勢。

「隨妳囉。」

「但妳有一點說得不對。」

「哪一點？」

「我不是莽撞的告白，是經過深思熟慮後的告白。」

「好啦好啦。」

「這部廣告在網路上查就有了，有興趣的同學可以去看，既然都開投影了，今天就這樣上課吧，不准偷睡覺，我會下去巡。」班導將畫面轉成單字，「聊天也不行，被我抓到的就段考考卷錯的題目抄二十遍。」

聽到這話我們就對號入座了，我和翁琬瑜不再聊天，其他同學也紛紛噤聲。

4

我傳了訊息跟劉謙文說放學要留下來，但一直收不到他的回覆，甚至連已讀的字樣都沒有。

難道是網路有問題？訊號不好？

我死盯著手機螢幕，簡直快把它看出一個洞了，不亮就是不亮，亮了也是因為廣告訊息。

起碼跳出廣告能說明網路沒問題。

「陪我去找劉謙文。」

翁琬瑜正在喝水，她點點頭，把剩下的水喝完，「我順便去裝水。」

我們兩個兵分兩路，我走進三班，她繼續征途。

「劉謙文。」我走到他的座位旁，彎曲手指輕敲桌面。

「唉呦，好像很久沒看到妳過來了欸。」陳加承聞聲湊了過來。

「閃邊啦你。」我把他推走，「劉謙文，你怎麼沒回訊息啦。」

「下課都在看書，沒注意。」

「我放學要留下來喔，你自己先回去。」

「妳要去哪裡啊？」這話是由陳加承問的。

「我要留下來問數學，魏知宇同意的喔。」

「劉謙文就住妳隔壁，妳為什麼要捨近求遠？」

「有老師能問當然問老師再好不過了啊。」

「我看妳是別有用心吧？」
「知道的話還問什麼問，浪費我的口水。」我作勢要踩他，他立馬躲開，「白痴。」
「知道了。」劉謙文開口。
「嗯？」我一時沒反應過來，「喔好，我再跟我爸媽說就好了，少了我的保護，你得注意安全知道不？」
「劉謙文怎麼可能要妳保護，妳不殘害他就不錯了。」陳加承的那張嘴就長得挺多餘的。
「陳加承，我建議你，有空去寵物醫院一趟。」
「去那裡幹嘛？」
「看一下腦子。」
「妳人身攻擊！」
「對！」
他齜牙咧嘴，跟我互瞪，我不甘示弱，雙手叉腰讓自己的氣勢看起來更強。
我看到翁琬瑜裝好水走過來，還遇到之前的同班同學，在打了招呼後就走了。
「不跟你計較。」最終是我先收回眼神，「劉謙文，你到底有沒有收到我訊息啊？你手機是不是壞掉了？」
「哼，是我不跟妳計較，劉謙文不是沒收到妳訊息，一定是他關通知了。」
「你真的很多嘴。」我這次毫不留情，直接往陳加承的右腳用力一踏，白色的帆布鞋瞬間凹陷並留下灰色的腳印，他痛得哇哇叫，「劉謙文，你手機拿出來我看看。」我不理會在旁邊耍白痴的某人。
「不用，我下課都在看書，沒注意到訊息。」劉謙文把手機從書包側邊拿出來，點開螢幕，我傳的訊息出現在通知列。

「喔喔喔，我還以為故障了。」

「好了嗎？」翁琬瑜進來。

「好了好了，我們回去吧。」我剛抬步就瞄到陳加承不安分的左腳偷伸出來，我假裝沒看到。

以為我是想給他面子故意被絆到嗎？

錯，我直接踩了上去。

「哇——」

「啊？你的腳什麼時候在這裡的？我怎麼都沒看到？」

「妳妳妳妳……」

「我我我我我……」我複述一遍。

「誰叫你白目。」翁琬瑜反手用保溫瓶敲陳加承的腦袋。

二對一，曾小熊這組勝。

「妳不要太晚，不然我媽會問東問西。」劉謙文提醒道。

「好喔，我會在擦槍走火之前離開的。」

「注意妳的言詞好不好。」陳加承又想挨踩了。

「你吵死了啦。」

最後一節課，眼看距離放學只剩五分鐘，我迫不及待開始收拾東西，課本當然是不能收的，太明顯了，其他的筆、作業、複習的書我全都收進書包了。

手機一般都被我放在抽屜裡最上面那本的書上，這樣我要偷看就很方便。
我輕點螢幕，顯示時間剩最後兩分鐘！一分鐘！
黑板上掛著時鐘，我跟著秒針倒數六十秒。
「我知道還有幾分鐘就下課，很多同學都開始分心到別的地方了。」
又來了，沒有指名道姓，雖然不只我期待，但就是覺得老師在說我。
「段考會考到這邊結束，剩一點點，今天講完這邊再放學，明天上課讓你們自習。」
不啊！老師啊！剩幾秒而已上不完啦！還有好多的明天再講啦！
我無聲地吶喊著，多麼希望老師能聽見來自我內心的悲鳴。
可當鐘聲響起後，就算其他班級陸續走出、傳來噪音，他都跟沒聽到一樣繼續上課，完全不受影響。
我絕望了。
萬一魏知宇沒等我怎麼辦？他要是以為我放他鴿子怎麼辦？他如果覺得我是不信守承諾的人怎麼辦？給他留下不好的印象怎麼辦？
焦慮焦慮，我好焦慮。
「妳不要跟蟲一樣動來動去好不好？」
我哭唧唧地看著翁琬瑜，「放學時間扣留學生真的不會下地獄嗎？」
「妳要是不認真上課考不好，那下地獄的就是妳。」
「不聽不聽不聽，星星亮晶晶，一二三四五六七！」
老師加快講課速度，絲毫不管底下有多少人在聽，在聽的又有誰是真的有聽懂的。

終於，終於盼到了那兩個字「放學」。

我把這堂課的課本一收，書包拉鍊一拉，站起來椅子一靠，動作一氣呵成，沒有半分拖泥帶水。

「哇哇哇妳要幹嘛？要幹架喔？」後桌的同學被我的陣勢嚇到。

「比幹架更刺激的事！不說了，我走了。」

「大俠慢走——」

走廊上熙熙攘攘，這些人我都視作阻撓我的障礙物，我左一滑、右一跳，每一步都精準地繞過。

辦公室的牌子就在眼前，我連看都沒看，直接走了進去。

好在，證明了所有的相遇不負努力——魏知宇在座位上，他在等我。

「老師，我來了。」

我來了。

多麼美好的一句話啊。

他看著我的臉，「妳真的是來問數學的嗎？」

什麼態度，看不出來我滿臉求知慾嗎？

「當然囉，我才想問你呢。」

「什麼？」

「你特地讓我放學時間來。」我環顧四週，「老師們都走得差不多了，也不會有其他學生來，選在這樣空無一人的時間，你是不是對我圖謀不軌？」

「那妳可以走了。」

我孬了，立馬裝乖，「說反了，是我對你圖謀不軌……不對，我對你對數學的知識圖謀不軌。」
「儲藏室有塑膠折疊椅，妳去拿一張過來吧。」
「老師，這時候應該是你要去拿啊，展現你紳士風度的時候到了。」
「那妳先把課本跟考卷拿出來，要問的先挑出來。」語落，魏知宇就從他有軟墊的辦公椅起身走到儲藏室。
噗——
我不是故意沒禮貌，但真的很好笑。
他居然真的去幫我拿椅子了，我其實就隨口那麼一說而已。
我很想試坐看看這張看起來貴鬆鬆的椅子，不過還是算了，我是沒有沒禮貌到鳩占鵲巢的程度的。
魏知宇拿著椅子出來，重量很輕，他單手就拿得動了。
「謝謝老師。」我接過並拉開，然後擺在他座位另一側的桌子前。
他坐回龍椅，腳一蹬順著輪子滑到我旁邊，「哪裡想問？」
「你用什麼牌子的洗髮精啊？超香的！你的保溫瓶去哪裡買的顏色好特別喔，我不敢吃海鮮你敢嗎？我發現你跟我用同個型號的手機，要不要買情侶手機殼……」我問這些無關緊要的問題時，他一聲不吭，在被他看到感覺不自在後，我終於收斂了，「我是說……手機殼不是情侶款，就大眾款，我們……可以揪團買……」我發誓我快說完了，「省運費。」
半晌，「沒了？」
言下之意，可以走了。
「有啊。」我正襟危坐，伸出細長好看的手指頭指桌上的考卷，「這題，我算了三個答案。」

「我看看。」魏知宇無視了在數學題之前的那串話，用不到五秒就看出我出錯的地方，「三個答案都是錯的，妳套錯公式了。」

接下來他開始講解，他沒有結巴、沒有過久的思考，畢竟這是他的專業。

我這個人是相信術業有專攻的，他就是專攻數學，而我專攻他的臉和心。

「奐晴，妳有沒有在聽？沒在聽的話我要下班了。」

「有啊，我有在聽。」我拿起筆照著他說要套的公式重新做了一遍題，這次跟答案還是不一樣，我又算了一遍，這下終於對了，「奇怪？」

「小問題，多練習幾遍就好了。」

「喔……」

我倒是想和你多戀幾遍……

我一隻腳在數學的苦海，另一隻腳在戀愛的情海，這滋味可真是複雜。

希望魏知宇能感受到我的真心，如果可以，最好是對我說：「算了不教了，以後有我在，數學的問題就讓我處理就好。」

他不用怕我聽不懂這樣的告白，我懂我都懂。

但前提是，他得先喜歡上我。

5

段考前的一週，我天天放學都留下來，除了透過不經意的肢體接觸與魏知宇增進感情外，我的數學大幅度地提升了，段考應該可能或許不會再考砸了⋯⋯吧⋯⋯

很快就到了段考日，我前一天早早就睡了，隔天我比鬧鐘還要早起床，精神百倍。

「啊——」我掀開棉被，直起身體伸懶腰，雙手雙腳都往外伸的感覺真爽。

腳接觸到地板後，腳底的涼意讓我知道，現在已經到了在室外上體育課也沒關係的天氣了。

盥洗後，我拿起預熱的離子夾把頭髮夾順，然後換好衣服背上書包出門。

早餐店裡，乾爸跟乾媽很忙沒注意到我，不過我也不打算打擾他們，逕自走上二樓。

「劉謙文，你起床了沒？」裡頭沒有回應，我又敲了敲門，「劉謙文起床起床，今天要考試，因為睡過頭遲到錯過考試這種事太丟臉，你如果不想帶著汙點畢業，那就現在立刻馬上起床。」我連續不斷地敲門，敲到中指關節都紅了還是沒聽到劉謙文的聲音，我氣得準備踹門。

「我起來了。」

這聲音是——

「你起來怎麼不說一聲，以為你被外星人綁架了差點報警。」

劉謙文已經換上制服了，他從浴室走出來，「妳應該是差點撞門吧。」

「誰叫你都不回我。」

「比較早起。」他走進房間。

我跟著進去，發現他棉被摺好了，窗簾也拉開了。

「走吧。」

「你今天怎麼這麼早起啊？是不是跟我一樣很早就睡了？那我們還是挺有默契的嘛。」劉謙文走在前，我跟在他後面下樓。

「我是怕妳太擔心自己考不好，整晚沒睡，結果睡過頭需要我叫。」

「我才不會睡過頭，而且考不好很正常啊，我哪次是你覺得考得好的？」我看得很開。

反正爸爸跟媽媽對我的數學完全是放生的狀態。

我們各自選了早餐後開始幫忙，劉謙文送餐，而我負責打包外帶的餐，冰箱的飲料沒了就趕緊把大壺拿出來分裝。

早餐店今天的生意比平常好，乾媽煎台的火全開，乾爸手上的動作也沒停過。

「楊阿姨，妳的起司蛋餅好了喔。」

「謝謝小熊。」

「吳爺爺，今天你孫子吃的不一樣喔。」

「哈哈哈他說想換換口味。」

乾媽怕我們來不及搭公車，每次都插隊先幫我們做早餐，尤其是在考試日，乾爸不管美觀與否，有包緊後就塞給我：「今天要考試不是嗎？早點去學校，這邊我們忙就好。」

「謝謝乾爸乾媽。」我放下手上的空盤拿好早餐，「劉謙文——」

他拎起書包，順道把我的也拿上，「走了。」

「走咧！」我並不打算去領我的書包，它好重。

於是走到公車站前都是劉謙文幫我背的，他滿臉不情願，而我全當沒看見。

同條路上有同校的學生、別校的學生，也有通勤的上班族，在經過我們的時候都會往這邊看一眼，僅兩秒就馬上收回好奇的目光。

到了公車站，劉謙文把書包遞過來，「可以自己拿了吧？」

「可以可以！」我反把早餐給他，「你的早餐。」

我吃著香噴噴的雞排三明治，搭配的背景音樂是強迫點播的英文單字，不誇張，一堆人在背單字，搞得我都有點懷疑自己是不是過於從容。

「劉謙文，你考試準備的怎麼樣啊？」

「還可以。」

「還可以是怎樣？」

「數學可以考贏妳的程度。」他用最淡然的表情說最狠毒的話，還一副理所當然的樣子。

太討厭了！我以前怎麼會喜歡他！

雖然他說得沒錯。

「妳呢？」他反問，「找你們數學老師惡補的怎麼樣？」

「一定可以及格的程度！」

「又是五十分？」

「五十分還不夠好嗎？」

「妳好就好。」

今天其中一班車比較早到，此時有兩輛公車停下，兩班都會在學校那站停靠，第一輛的人比較多，所以我們直接走到後面上了第二輛公車，也很幸運有座位能坐。

我一樣是坐靠窗的位置，窗簾被上一位乘客拉上了，我又把它拉開。

公車搖搖晃晃，風景上上下下，我突然想到一個問題，「劉謙文，我問你喔。」

「嗯。」

「上次你有看到魏知宇的臉蛋，你覺得他怎麼樣啊？真的很帥對不對？」

「還可以。」

劉謙文的靈魂之窗是鎖死的嗎？魏知宇那樣叫「還可以」？

「我已經跟他告白了欸，我還買了一隻小熊娃娃送給他。」

一想到魏知宇的辦公桌上擺著我送的小熊娃娃，我的心就彷彿裹上十層蜜。

有一次還不小心捕捉到一些小動作，他偶爾會用手指頭彈它或戳它，倒了就再扶起來。

雖然我不知道是不是看那隻熊不順眼就是了……

「妳跟他告白了？」

「你這麼大聲要死喔！」我用力拉他書包的背帶，「你是想讓全世界知道我被拒絕了是不是？」

劉謙文坐直身體，以此掩飾剛剛太大聲而引來的注目，「妳剛剛沒說清楚，我以為他答應妳了。」

「所以他拒絕我，你很開心囉？」

「嗯，證明我們兩個的眼光跟想法一致，我並不孤單。」

我用鼻子哼起，然後轉頭繼續看風景。

看風景不香嗎？幹嘛去討皮痛！

我在期待什麼？期待他吃醋後悔拒絕我嗎？別傻了曾小熊，除非天空下奶茶雨啦。

段考的魔力是如此之強大，我到教室時，班上已經是半滿，而且絕大多數的人都安安靜靜在讀書，平時鬧騰的人也都很安分。

進十月後我們就不再開空調，只要窗戶有打開來通風就好，偶爾上完體育課希望偷個涼，就會把風扇打開，不過我還是有看到其他班級繼續吹空調。

翁琬瑜在早自習的鐘響前看到最後一位同學進教室後，她秒破防，彷彿隨時會噴淚。秩序登記簿上，除了開學後首週，這是第一次全員打勾勾，沒有叉叉，也沒有三角形，這樣她就不用一個一個問遲到原因、聽超瞎掰的理由了。

段考分成三天，數學在第二天，雖說今天放學我還能去找魏知宇，但我並不打算那麼做，因為他還要改其他班級的考卷，就先不吵他了，我真的是被自己的貼心感動到。

6

學校有規定每逢大考，例如段考、模擬考、期末考，座位就要整個打亂，也就代表原本放在自己座位上的東西必須全部清空，桌面要保持乾淨，以免有作弊嫌疑。

我被換到最後面，太棒了——離垃圾桶有夠近，一定要譴責負責整理垃圾的同學，滿地寶特瓶就算了，還散發著一股淡淡的惡臭，拜託，誰來殺了我，我感覺這次段考是在考驗我的鼻子。

我前面坐的是我學號前一號的同學，平時交流比較少，正好利用這次機會拓展交友圈。

要主動出擊，故事才會有發展嘛，就像我追魏知宇那樣。

在考試開始前的下課，我主動問前面的同學：「欸欸朱沛寧，妳在之前在你們班都班排第幾啊？」

「欸？」她似乎沒預料到我會搭話，表情有那麼一瞬間呆愣，「我大概都十三十四那邊。」

「我也跟妳差不多，大概十五、十六。」

「我沒有擅長的科目，也沒有短板都很平均，所以才一直在中游。」

「我超偏科。」我擺手，對她的發言毫無波瀾，「我的數學超爛，如果取消這科，我妥妥的學霸。」

不過可惜的是，我寄了幾千封的電子郵件到學校的官方信箱，抗議應該撤除對數學的考試，從來都沒有收到回覆信過。

仔細想想，我這算是壯舉吧？

「那妳這次數學有準備好嗎？」

「應該吧？我也不確定。」

「那……祝妳好運？」

「我接受好運。」

殘存的緊張情緒因為和同學打開話匣子後緩解了不少，雖然我嘴上嚷著不怕考不好，可還是有點怕被當掉的，我真的一點都不想暑假來學校重補修。

監考老師是學校排的，不一定是教導對應科目的老師，也不一定是有見過的老師。

「各位同學，檢查有沒有鉛筆畫答案卡，沒有的我這裡有準備，確認抽屜裡沒有東西，手機也要記得關靜音，待會試題卷跟答案卡發下去就先寫姓名。」

出師不利，第一個科目考的是國文，來我們班監考的老師居然是我的前任班導。

我深刻的上了一課「墨菲定律」，越不想發生就越會發生。跟老師對到眼的瞬間，我的心虛她盡收眼底，當考卷一傳到我這裡，我立馬低下頭。鴕鳥——說的就是我。

「嘖——」

「吼——」

「唉——」

伴隨著各種嘆息，第一次段考正式開始。

我有一個可愛的習慣，會在試題卷背面的角落畫一隻小熊，反正交上去的是答案卡，無所謂。

在第二天考試時，還以為就算早上考數學的監考老師不是魏知宇，起碼能在學校偶遇吧？結果沒有，我就算計畫性地偶遇他也沒辦法，我根本不知道他去哪層樓、哪個班級監考。

大抵是我的殷切得到了上天的憐憫，我終於在第三天考英文的時候盼到魏知宇了。

考卷上彷彿附著了他淡淡的香氣，我恨不得拿去泡水喝掉。

我寫得算順，第一面的文法選擇題和閱讀測驗很快就解決了，然後馬上翻到第二面。

「老師——」我舉起手，用很大聲的氣音叫他。

「怎麼了？試卷有問題嗎？」他直接朝我走來。

「老師老師。」為了不引起沒必要的誤會，我這次是真的用純氣音，見魏知宇俯身，我問：「你會不會覺得我這麼快就翻面太囂張了啊？」

「奐晴。」他也同樣用氣音說話，有股令人頭皮發麻的磁性。

「老師，你靠我這麼近我會害羞耶。」

魏知宇愣了三秒，用他的數學腦袋測量我們之間的距離，隨後若無其事地直起身。

我仰頭看他，期待他回答我的問題。

「奐晴，不可以問跟考試無關的問題。」

「喔，好啦，聽你的嘛。」我繼續寫考卷。

有玩到就好了，要是題目沒做完那可得不償失。

魏知宇在教室裡繞了三圈，就跟其他監考老師一樣，看有沒有哪個學生不對勁，以及做題的速度等等。

若是其他監考老師走經過我這，而且還停留在座位旁，那麼我一定會緊張個半死，然後在心裡默念趕快走開的咒語，相信其他同學亦是如此。但魏知宇就不一樣了，我會希望趕快到我這裡，即使沒有抬起頭看他，可當那雙黑色皮鞋出現在桌角旁時，我仍會暗自竊喜。

有了魏知宇的加持，今天的手感特好，不光是英文，連帶著接下來的考試科目我都穩定發揮。

在考完最後一門科目後就可以回到自己的座位了，還要恢復原狀把東西收好，遺落在走道的垃圾要主動撿起來丟。

班導來了一會就走了，管理秩序這種事又回到了翁琬瑜頭上，大家都在做自己的事，只要不是光明正大玩手機就好，比較多都是在對答案。

有同學問我要不要對答案，這時他已經跟五個人對過了。

我才不要，秒拒掉。

對什麼對，多心塞而已，別這麼自虐好嗎？

翁琬瑜的考卷被借去對答案了，她把手機放桌下在滑，「啊妳不去找魏知宇對答案喔？」

「要！我要！」

對，我雙標。

「妳傻哦，魏知宇是老師欸，他怎麼可能跟妳對答案？他那邊只有正確解答，對了答案不就相當於定生死了。」

「啊……就算是我也不行嗎？」

她用一個「妳到底在說什麼」的眼神看我，「就算是妳，也不行。」

「那算了，我不對了。」

「嗯，很棒，非常有覺悟。」

「我待會放學去告訴他，不跟他對答案。」說著說著，我就拿出手機傳訊息給陳加承，讓他告訴劉謙文一聲。

我訊息都還沒編輯好，翁琬瑜就拉住我的手阻止，「待會老師們要開會，妳就算去了也找不到他啦。」

「妳怎麼知道？」

「剛剛班導要走之前不是把我叫過去嗎？她叫我在放學前管好秩序，她要先準備開會的資料。」

「啊……這樣喔。」

「妳是在失落什麼啦。」她用同學還回來的考卷捲成棍敲我的頭，「請用週末兩天做好心理準備面對考試成績吧。」

「沒什麼好面對的啦，反正應該跟之前差不多，但數學一定會比較好！」

放學找魏知宇，放假找劉謙文，強強組合指導，再考不好就真的自閉了。

第四章、是風把距離吹近

1

「小熊——」爸爸在外頭喊我，他放假在家。

「什麼事？」我坐在地上回應，身旁擺了幾個白色置物箱，蓋子全打開著。

「午餐妳自己吃喔，我跟妳乾爸去釣魚。」

「喔，你去吧。」

「要留錢給妳吃飯嗎？」

「既然你誠心誠意地發問了，那我的回答是，要。」

「那我放客廳桌上，妳自己拿好。」

「喔——」

學校還是有點人性的，段考完先讓我們過一個快快樂樂、平平安安的週末，然後週一才發考卷。

我和翁琬瑜約好下午要出門，順便兌現一杯我欠她的奶茶，就用上次跟爸爸討的情商傷治療費買。

早上的時間我拿來整理換季的衣服，夏天的短袖短褲收進去，把適合秋天和冬天的衣物拿出來，講得輕鬆，但這真是一大工程。

在歷經一場大戰後，我總算是把衣服都整理好了，也流了一身汗，於是我決定沖個澡再來想午餐的問題。

因為一直在做事的關係，我完全沒發覺時間過得這麼快，當我走出浴室換好衣服，已經下午一點多了，跟翁琬瑜約定的時間就快到了，要叫外送或熱昨晚的剩菜一定來不及，我索性決定待會出門再隨便吃個什麼就好，反正也不太餓。

我穿了白色印有小熊圖案的短袖、淺藍色牛仔長褲，套上棕色薄外套後下樓，直奔客廳的桌上，在看到躺在桌面上的幾枚硬幣後，我沉默了。

一、二、三、四、五，五枚十元，總共五十元。

呵，我爸就是我爸。

不拿白不拿，五十塊我照收不誤。

我把電源都關掉後，到玄關換鞋子後出門，往公車站的路上會經過早餐店，我下意識地往裡頭看。不知道劉謙文現在在做什麼？我沒想太多，也沒因此駐足或者走進去看。

我哼著歌一路走到公車站，在上車後就戴上耳機聽音樂。假日的公車上人會比較多，所以我是站著的，手得緊緊握住拉環，否則司機大哥一個神轉彎、急煞車我可能會飛噴出去。

我和翁琬瑜先約在書店門口，她說要來拿預購的限量書。

我似乎比她早了一點到，於是就先去隔壁買雞蛋糕充飢，聞到奶油香，這回肚子才真正感覺到餓，看著一個個成形的糕體被裝進紙袋內，我瞬間食指大動。

「來，小心燙——」

「謝謝。」我懷著虔誠的心付錢後接過，「我要開動啦！」我站在書店門口邊吃邊等翁琬瑜，幾分鐘後她就出現了，「喔，我比妳早到。」

「妳最厲害了。」

「我給妳留了一塊雞蛋糕，來啊——」我將雞蛋糕捏在手上遞到她嘴邊。她不給我表現的機會自己拿，「誰要妳餵了。」

「怎麼樣？好吃嗎？」

「還不錯啊，我每次來書店都會買。」她兩三口就吃掉了，拍了拍手後摁下自動門的按鈕，「走吧。」

這是一間連鎖書店，有合作的文創品牌，空間非常大，還有附設桌椅供人閱讀休息。

翁琬瑜到櫃檯排隊，我則先到處亂走亂晃。

這邊有很多書，好吧這是廢話。分類很仔細明確，抬頭一看就有標示，而每個書架都很高很多層，需要的話有梯子可以使用，實在找不到的話除了詢問店員，也能用電腦搜尋。

我沒有特別想找的書，反而在文創商品那一區待的比較久，珍珠奶茶造型吊飾我有點心動想買，可是好貴嗚嗚嗚。

「怎麼樣？有看到要買的東西嗎？」翁琬瑜領到書了。

我放下吊飾，理性戰勝感性，「沒有，隨便看看。」

「那要直接去『奶茶吧』嗎？」

「好哇。」

「奶茶吧」是一間奶茶專賣店的店名。

有的時候啊，理性跟感性是可以達到共識的，就比如我看到櫃檯有一個穿著黑色短袖的男生在結帳，結完帳還把找的零錢投入桌上的救助流浪動物的捐贈盒裡。

理性是他是魏知宇應該過去，感性是他是魏知宇應該追去。

翁琬瑜並沒有注意到櫃檯那人，看是看到了但沒認出來。

「翁小魚！」

我的聲音引起了其他客人的注意，她提醒道：「小聲一點啦！這裡是書店！不是妳家廚房。」

我從錢包裡掏出一張一百塞進她手裡，「妳知道妳交到一隻見色忘友的小熊朋友嗎？」

「怎樣？」

「妳看，魏知宇在那邊。」

翁琬瑜順著我的目光看去，「所以咧？」她手上抓著那張一百明知故問。

「人家好想過一個轟轟烈烈的午後時光，闊不闊以。」我瘋狂眨眼。

「去啦去啦。」

「耶！」我抱著翁琬瑜的肩頭在她臉上親了兩口，親好親滿，連帶有淡粉色的護唇膏都一併留在她臉上。

「妳真的很噁心。」她嫌棄的用手抹掉。

「一百塊拿去吃去喝好呀，啾啾——」

魏知宇站在書店門口檢查袋子裡的東西是否有遺漏。
我走到他背後拍拍他的右肩，他如我預料那樣往右看，我馬上站到他左邊。
他以為是自己的錯覺轉了回來，然後就看到我了，「奐晴？」
「魏知宇！」
他瞠目，「妳叫我什麼？」
「魏知宇啊，你不是說私底下可以隨意一點嗎？還是要給你取個綽號？阿宇、小知、魏魏？你喜歡哪個？不然我們來取愛稱怎麼樣？」
我把「隨意」兩個字發揮得淋漓盡致，對於這樣的狀態我頗愉快。
運氣爆棚了吧我，居然能在假日遇到野生魏知宇，而且還是穿便衣的樣子，他穿著一件純黑色短袖跟運動短褲，我也注意到他戴了眼鏡。
「魏知宇，你怎麼會帶眼鏡啊？」我好奇問道。
「我不是說過我近視嗎？平常上課是戴隱形眼鏡的。」他解釋時順道把眼鏡往上推，「妳怎麼來這裡？買書？」
「來這裡只為遇見你啊！」
魏知宇戴眼鏡的樣子太禁慾了，感覺一不留神我就會被禁錮在那片反光中。
他沒有理我的情話，「妳……綁頭髮？」
「啊？喔對啊。」我摸了摸後面那搓小馬尾，「怎麼樣？好看嗎？」
早上懶得洗頭就只沖了個澡，髮尾有點溼溼的，想說乾脆綁起來就好，不過太久沒有綁頭髮，手感有些生疏，花了我一些時間。

「很……青春？」

「你到底會不會說話……」

很青春是什麼意思？我披散著頭髮看起來很蒼老嗎？

不曉得是不是我的錯覺，我總覺得魏知宇現在整個人微微彆扭？

「老師你來書店買什麼呀？」我主動挑起新話題。

「一些文具而已。」

「這樣喔。」還以為他會展示給我看呢，「所以我們要不要來取個暱稱？」

2

「沒什麼事的話我就先走了，妳回家路上小心。」

我裝聾，「什麼？你想請我喝奶茶？好啊當然沒問題。」

「我什麼時候說要請妳喝奶茶了？」魏知宇反問。

「啊？就到那邊的奶茶專賣店？可以啊。」

他張嘴吐不出半個字，然後妥協了，「下不為例。」

「下次還請？下次請吃飯吧。」我眉開眼笑，「我來帶路！」

「奶茶吧」離書店並不遠，本來我就是跟翁琬瑜約這間的，誰叫半路殺出個魏知宇，只好放她鴿子了。

小魚犧牲一小步，是我邁向幸福的一大步！全人類都會感謝她的。

奶茶專賣店，顧名思義就是只賣奶茶的飲料店，品項多達五十種，三不五時就推出季節限定的水果奶茶，或者節日限量的特調。尤其這家店有內用和外帶兩種選擇，能滿足不同的生活族群。

這間奶茶店是我最常來的，來的頻率完全是可以入股的程度，我不太挑奶茶口味，幾乎每一個品項都嚐過，跟店員也混得蠻熟的，入不了股也算鑽石級會員吧。

而喜歡來這家奶茶店的原因，可想而知的是對奶茶的愛，還有就是戳中我心肺的裝潢與氛圍。店內採大地色系的搭配與奶茶緊緊契合，光從外頭看就能知道賣的是什麼，桌椅則是不鏽鋼，銀色成了點睛之筆，牆壁上掛著幾幅幾何圖形的插畫，為整體視覺增添活潑感。

假日的客人就是比較多，我推開門，鈴鐺隨之響起，店員一齊打招呼。

「魏知宇，你要喝什麼？」我加入排隊的行列。

「我不用，我不太喝甜的。」

「我幫你點一杯不甜的啊。」

「可是奶茶無糖也會甜。」

「放心啦，這家店就只差沒冠上我的名字而已，什麼喝起來不甜我清楚得很。」我頗有自信並拍了拍胸脯，「是時候展現真正的技術了。」

「那好吧。」

我朝魏知宇伸出左手，一點臉都不要，「錢給我，你不是要請客嗎？」他盯著我的掌心，然後默默從口袋裡掏出皮夾，「謝謝老師！你先去那邊坐著等我！」

「這時候才改口叫老師，妳好勢利。」

「我這叫懂得爭取，好啦你去那邊等啦，在發光的那張桌椅就是我的寶座。」我又往前一步。

「妳要喝什麼？」店員是熟到焦掉的姊姊，「跟妳來的那個男生是誰啊？看起來比妳大欸？但應該差沒多少吧？」

「認真上班好不好，你們老闆花錢請妳來八卦的嗎？」我看著菜單，猶豫要點什麼，「我要一杯烏龍奶蓋加珍珠，微糖少冰。」

「那個男生呢？」

「你們這個鹽岩系列的鹽可以調整嗎？」

「可以啊。」姊姊點螢幕操作，「欸，他到底是誰啦？妳之前那個青梅竹馬咧？」

「吼妳很吵欸，他是我們數學老師，我正在追他。」

「妳很勇。」她豎起大拇指，「數學老師要喝什麼？」

「蜂蜜鹽岩奶茶，不要加糖然後加三倍鹽。」

她點選的動作停下，滿臉問號，「他……這麼重鹹喔？難怪會喜歡妳……」

一聽這話我頓時樂了，「他看起來喜歡我呀？」

「應該吧？他一直往這邊看啊？」

我猛然轉頭，卻沒發現端倪，「沒啊？」

「有啊，妳看——」

「妳是不是在整我。」我語氣幽暗，「快點做飲料啦，後面一大堆人在排隊欸。」

「好啦催命喔。」

「再一杯焦糖奶茶微冰好了。」

「給，號碼牌。」

我拿著號碼牌到一旁等。
排隊的人龍挺長的，有一名新請的工讀生守在那邊，以免壞了秩序。
「七十一號——」
我上前領餐，將號碼牌丟進回收盒。
才三杯飲料還用不著托盤，我拿了吸管就走。
「我回來啦，有沒有想我咧？」我把三杯奶茶放桌上。
「怎麼點了三杯？」
「既然有人請客我當然要多點一杯啊。」我把那杯蜂蜜鹽岩奶茶遞給他，「來——我特意幫你點的喔！」
「這是什麼？怎麼沒有貼標籤？」魏知宇把飲料杯拿起來轉了一圈。
到底是有多怕踩雷啦？
我選擇先喝烏龍奶蓋，上層的奶蓋要先搖晃後才能與烏龍茶融為一體，於是我上上下下搖均勻後插上吸管，迫不及待就吸了一大口，有了珍珠的點綴，層次感大大提升。
至於焦糖奶茶，我要把它帶回家慢慢品嚐跟到處炫耀。
「喝啊，我還能毒死你不成？」我直接幫他插上吸管，「喝啦，不甜的。」
他顫顫巍巍喝了一口，「這是什麼？怎麼喝起來鹹鹹的？」
「蜂蜜鹽岩奶茶啊。」
加了三倍鹽、五倍愛的小熊特調。

魏知宇的表情寫滿了不可思議，他一定是在想世界上怎麼有鹹味的飲料。

杯子的包裝沒什麼特別的，就純白色的底印上「奶茶吧」的商標而已。

感覺到右邊口袋沉甸甸的，我才想起找的零錢沒拿出來，「這邊是找的錢跟發票，給你。」

「要是其他同學知道的話會不會抗議？」

「那就不要讓別人知道，這是我們之間的小祕密，但我喜歡你這件事已經不是祕密了。」

「奐晴，我是老師。」魏知宇把奶茶放下，將我放在桌上的零錢收回錢包，「妳不能喜歡我，別開這種玩笑，等妳長大會後悔的。」

「你是老師又怎樣？並不妨礙我喜歡你呀？」我咀嚼珍珠，享受彈牙的粘膩口感。

「奐晴，妳年紀太小了。」

「你這話說的我就不愛聽了。」我坐直身體，儘量讓眼角下垂表現出兇悍，「我都沒嫌你老了，你竟然先嫌我小？」

「一日為師，終身為父……」他還真是什麼詞句都用出來了。

我刻意佯裝成驚訝，「你想當我爸？你要包養我的話也不是不行啦……」

「我們還是靜下來喝奶茶吧。」魏知宇放棄掙扎，用奶茶堵住自己的嘴，他的手指在桌面上一下又一下的敲著，跟要掩蓋什麼似的。

「偷偷跟你說，我有特權，想續杯的話告訴我。」

「不用了，再多喝一杯可能就要去洗腎了。」

「有那麼鹹嗎？我喝喝看。」不等他拒絕，我上手就拿走他的杯子把吸管往嘴裡送，一個動作快狠準，「呃……真的有點鹹……」這個味道難以適應，我用自己的烏龍奶蓋撲滅。

「奐晴，男女有別，妳不可以隨便拿男生的飲料喝！」

「我哪有隨便，對象是你的話又沒差。」我把自己的奶茶喝完後那股鹹味才消散掉，「你是怎麼喝到剩一個底的？」

「鹹是鹹，但奶味變順口的。」

我點開手機的記事簿，選新的一頁打字。

魏知宇，蜂蜜鹽岩奶茶，三倍鹽無糖少冰。

這樣下次就不會點錯了！

3

「你段考的考卷全部都改完了嗎？」剛說完我就後悔了。我這不是哪壺不開提哪壺嗎？

「都改完了，成績也已經登入到學校作業系統了。」魏知宇終於分了眼神給我，「妳真的有認真聽我講解嗎？」

「嗯啊！」我不假思索。

「妳考得很糟糕……」

「啊？怎麼會！我真的很認真，假日還去找劉謙文問數學欸。」

「我只是初步改成績而已，具體的錯題分布還沒仔細看，下週二發考卷再來討論。」他把最後一口奶茶喝完，連我的垃圾一起拿到資源回收桶丟掉。

「到底是多糟糕啦！」我仰頭看他。

「呃……」他支支吾吾的，感覺像是怕傷到我的自尊，又擔心我失落。

「算了，我懂了。」我往桌上一癱，臉因皮膚接觸不鏽鋼的冰涼反射性地彈起。

現在店內播的是時下流行的舞曲，我四肢無力，倒是心臟的跳動跟音樂的節奏呈反比，要停不停的，折磨著被數學造成創傷的我，乾脆痛快一點，讓我暈死在魏知宇的懷中得了。

啊啊啊心情好差，我雙手抱頭陷入懊惱。

「數學考差對妳的打擊這麼大啊？」魏知宇不知不覺擺出老師的架子，「不要氣餒，老師會幫妳加強弱點的。」

誰要加強弱點了？

我放下手，「你會不喜歡數學爛的人嗎？」

「不會啊，那我語文類不好的話不就也招人厭了？」

「那數學這項學科不在你的擇偶標準裡對不？」

「對啊，每個人都有自己擅長跟不擅長的，重要的是這個人的其他特質吸引我。」魏知宇柔聲回覆，他的嘴角勾勒出一抹淺笑。

「你說的喔。」

「當然。」

「所以我數學不好不構成你拒絕當我男朋友的理由喔。」我笑逐顏開，剛才阻塞在血管的陰霾散去，心臟又有力了。

「數學好不好不是妳挑對象的理由。」魏知宇彎曲指節往我額頭一敲，「我要走了，妳還要繼續待在這邊嗎？」

「你都要走了我還留在這邊幹嘛？我跟你走呀！」我提上包包，站起來把椅子靠攏，另一杯飲料拿杯套裝起來，「我去跟姊姊打個招呼再走！」我小跑到櫃檯旁，姊姊看到我用眼神問我要幹嘛，「我要走啦，拜拜——」

「欸欸欸等一下等一下。」

「啥？」

她半蹲從櫃子底下拿出一條軟糖，「拿去吃。」

「這麼好喔？妳是不是吃醋？要討好我的話一條不夠呢。」

「不要的話我收走了。」

「要要要，愛老虎油！」

她擺擺手示意我趕緊滾，接著繼續幫下一位客人點餐，「您好，請問需要什麼？」

我們還在座位上的時候就有人虎視眈眈等我們離開，甚至一站起來馬上就被放上東西占位了，這種緊迫盯人法相當有用，大部分內用的客人待在這裡的時間都不長，若是想找個空間閱讀或辦公，通常都會去咖啡廳。

和姊姊道別後，我到門口找魏知宇，他已經先走出去了。

他聽到風鈴發出聲響便轉頭看向我，「奐晴，妳是怎麼來這裡的？」

我知道他是想問我要怎麼回去，於是反問：「你待會怎麼回家啊？」

「我開車來，妳呢？」

「喔——」我拉長尾音，「我要給開車來的魏知宇載回家！」

「妳坐公車來的吧？沒有車次了嗎？我幫妳查。」他手機拿出來看這站的時刻表。

「唉呀唉呀。」我壓下他的手，「我是女孩子欸，你放心讓我一個女孩子獨自一人回家嗎？要是我遇到綁架犯或殺人犯怎麼辦？這樣你就是頭號嫌疑人了你知道嗎？為了避免諸如此類的意外發生，你直接載我回家不就好了？」我的一頓輸出讓他沒有插話的空隙，「反正你也順路嘛，你車停哪我跟你一起過去吧。」

「妳怎麼就知道會順路了？」

「只要有心，哪裡都會是順的。」

「妳真的不知道『一日為師，終身為父。』是什麼意思嗎？」

我瞪大眼睛，往後倒退兩步，「你……你是認真想當我爸？」

「妳……我現在是以一個老師擔心學生安危的角度同意這件事，妳不要想東想西。」

聞言，我用死死壓住蠢蠢欲動的嘴角，克制自己不要笑，「知道知道，不要想東想西，我想南想北行了吧？快點帶路，還是我在這邊等你？」

魏知宇從口袋拿出鑰匙，欲言又止，他看了看路後道：「還是一起過去好了，這邊不太好迴轉，也不能臨停。」

「你說的都好！」

我跟著魏知宇走，他走在前，我靜靜欣賞他厚實的背，許是有在運動的緣故，他的肩膀很厚實，平時在學校他都會穿偏硬挺的布料看不出來，現在身上這件棉衣就顯得他很壯實。

我伸出食指往他肩胛骨戳，果然是真材實料，應該給我來個公主抱或嬰兒抱都不是問題。

「妳在做什麼？」他沒有轉頭。

「確認一下你的肌肉是不是中看不中用。」

「那有得出什麼結論嗎？」

「沒有，這部分得靠實測，怎麼樣？要不要現場來個？」

他聽得出來我的話中話，「先不用了，我車子在那邊。」

車子因為魏知宇按了解鎖發出聲響，我很快就鎖定了那輛白色的車子。這是一台不算太新的車子，有些地方生鏽而泛黃。

「這是你的車子嗎？」

魏知宇走到駕駛座那側，「不是，這是我父母的，他們買了新車，我就接手了。」他拉開車門。

見他弓身進車，我才拉開車門坐到副駕駛座，「你載過其他人嗎？」

人家都說了，副駕是女朋友的專座。

「這倒真的沒有。」他插入鑰匙發動引擎。

車子發動後我就打開車窗，一陣涼風吹進來，我瞇起眼睛享受迎面而來的枯木香，是這個時節專屬的味道，還夾雜著一絲不遠處飄來的咖啡豆香。

我往後倒，順利的話會倒在魏知宇的肩頭上，我和他會一起在沉醉在此刻的芬芳。

然而我的意圖太過明顯了，「奐晴，坐好。」我斜不到四十五度就被制止了。

「不是我的問題，是風把我們的距離吹近的。」我嬉皮笑臉地回應他。

他手指橫在中間的手煞車，「不能超過這條線。」

「奇欸你，楚河漢界喔。」我不滿嘟囔。

「安全帶繫上。」

「喔喔。」我扣上安全帶，「所以我是你第一個載的女生囉？太不好意思了吧。」

「奐晴，妳照照鏡子，妳現在的表情跟不好意思沾不上邊。」他打上方向燈迴轉到大馬路上，剛過彎就遇到紅燈。

我用膝蓋想也知道自己現在的表情就多狡詐，但我還是拉下遮陽板，看著那塊小鏡子不禁有了個主意。

有個都市傳說，要驗證男朋友有沒有出軌的話，就往遮陽板裡夾一片紙，若紙不見或者位置不對，那就說明有人照過鏡子，而對象多半是女生。

我從錢包裡拿出一張發票，把日期那面朝內夾進去蓋回遮陽板，「好了，下次我來檢查你有沒有在我背後搞外遇。」

「奐晴，妳知道自己在說什麼嗎？」

「當然囉，你要是敢外遇，我就……」我一時之間想不到什麼很可怕的處罰，「呃……我就把你車子的輪胎戳壞！」

上次爸爸的輪胎磨平去車行換新的，我沒聽到價格多少，不過他唉唉叫了好幾天，對像魏知宇這種剛出社會還不算經濟獨立的青年來說，應該算是巨款吧？

4

「妳住哪裡？不告訴我我怎麼送妳回去？」

「那你可以把我載到你家啊。」

「奐晴。」

「好嘛好嘛說就說，我開導航可以嗎？你看得懂吧？」雖然是舊車，不過有裝導航，我輸入地址，畫面不一會就跳出路線了。

比起我在那邊報路，導航更省事些。

魏知宇在開車的時候我不會打擾他，以免他分心沒注意路況，我暫時還沒有與他殉情的打算。平常出門的交通工具基本上都是公車，而公車有固定的路線，除非道路施工，否則不會改道，也因如此，從窗外看出去的街景都一樣，這回跟著導航抄小路走捷徑倒是新奇的體驗。

我捧著那杯外帶出來的焦糖奶茶愛不釋手，雖然有些退冰就是了。我喝完要把杯子留著做紀念。

在行駛一段路後遇上了紅燈，而且是萬惡的九十秒。

我頭靠著車窗看魏知宇，他左手胳膊靠著車門，右手放在方向盤上，指頭一下又一下地敲著，沒什麼規律，有點像在打發停紅燈的時間。

魏知宇的手指骨節分明是我早就有的結論，今天細看還注意到了指腹飽滿，動來動去的就好像——速食店的炸薯條，可口。

「在看什麼？」他察覺到我的視線，不過目光一直放在前方的號誌燈。

我脫口而出道：「黃金脆薯。」

「薯條？」他詫異。

「呃……沒有沒事，剛剛在想晚餐。」

晚個屁，太羞恥了，我實在不敢承認剛剛腦補把他的手指代入到油鍋裡。

「話說，妳今天怎麼會來書店？」他像是隨口一問。
「我跟翁琬瑜來的，她要拿書。」
「那婉瑜呢？」
「因為我看到你在結帳，所以拋棄她了。」
「所以是我的問題囉？」
我點頭，「是啊，所以你要對我負責，我要的不多，就跟我談個戀愛就好。」
「那她不就自己一個人回家了？」魏知宇迴避了我的要求，他在問這個問題時轉頭看了我一眼。
「應該是吧。」我扁嘴瞇起眼睛向他靠近，「你為什麼這麼關心她，從實招來！」
「妳超綠了，坐好，要綠燈了。」
我用鼻子吐氣表示不滿，一次不夠我連續哼了好幾個氣，鼻屎都要噴出來了。
豈料魏知宇根本懶得照顧我幼小的心靈，「妳說有去一個同學家唸書問數學，是之前來辦公室找妳回家的那個嗎？」
「對啊就是他，他住我們家旁邊而已。」
「這樣喔。」綠燈亮起，他收回左手，踩下油門繼續行駛。
本來書店就離我們家不遠，過了兩三條路口就是熟悉的街道了。
「應該快到了對吧？」
「對啊，前面那條路左轉，種一排花花那家門口停車就好了。」
魏知宇打了方向燈，等前方車輛先轉，「你們家還有種花啊？」

「不是我們家啦，是劉謙文家，我們就住隔壁而已，他們家比較醒目。」過了彎，我就看到劉謙文在澆花，應該是乾爸出去釣魚了，才讓他幫忙澆，「有看到嗎？」

「早餐店？」

「對對對，乾爸乾媽開早餐店的，我早餐都吃他們家的，如果你也想吃的話也可以喔，報『小熊男友』的名號免錢。」

「別鬧了，不能跟長輩開這種玩笑。」他很貼心，怕我要過馬路，於是迴轉後靠邊停，讓我直接下車就好，「到了，沒記錯的話他就是謙文？」

「是滴，其實我本來是喜歡他的。」

「現在不喜歡了？」

「不啊。」我很坦誠，「現在喜歡你啊，我移情別戀了。」

「下車吧，這裡不能停太久。」

「喔。」我鬆開安全帶，「那我走囉？」

「拜拜。」

「拜——」我下車後，魏知宇搖下車窗，我揮手道：「路上小心喔，下次再來個甜蜜蜜的約會喔。」

他理都不理，關上車窗駛離。

「傲嬌鬼。」我對車尾燈吐舌頭，順便記住他的車牌號碼。

「為什麼是他載妳回來？乾爸說妳今天跟翁琬瑜出去。」劉謙文手拿著紅色澆水壺，擺動手臂來回灑水。

「剛好在書店遇到啊。」我把杯袋舉起來，「你看，這是魏知宇請我喝的欸！焦糖奶茶！」

我視這杯奶茶為聖水，也想到了空杯之後該怎麼處理——我要把它放在窗台上供奉，祈願我的戀情跟焦糖一樣甜。

劉謙文還在澆水，我心情巨好，一邊跟他分享在奶茶店我和魏知宇聊天的內容，一邊炫耀我是第一個坐上他車的女生。

劉謙文澆完花後走進店裡，把澆水壺放回後面的櫃子，接著拿掃把將門的垃圾掃掉、落葉掃開。

「乾媽呢？在樓上嗎？」

「在客廳看電視。」

「喔，我跟你說，還有剛剛在書店的時候……」我繼續滔滔不絕地說著，當然我自己加油添醋也包含在裡面。

可是不管我怎麼誇大我的演出，劉謙文都置若罔聞地做自己的事，連敷衍應付我都不肯。他彷彿有做不完的事，一會補充調料包，一會加水，一會檢查塑膠袋和紙餐盒夠不夠。

儘管如此，我的滿腔喜悅仍使我止不住自己的嘴，瘋狂輸出。

直到我講到口乾舌燥才停下來，「我現在要來喝奶茶了！」我把吸管高舉過頭頂。

「嗯。」劉謙文終於有所回應。

我以為他也想喝，「你要不要喝？可以分你喝喔。」我插下吸管，虔誠地喝了第一口，「太美味、太可口、太甜蜜、太棒了！」

「曾奐晴。」

「怎麼啦？要喝嗎？」我把奶茶遞出去。

「先不要管奶茶了。」劉謙文把我的手推走，「妳到底在想什麼？」

什麼叫做先不要管奶茶？

世界上最遙遠的距離，是奶茶在我眼前而我卻喝不到。

「想喝奶茶。」我明確表達出我的需求。

「……」他右邊太陽穴冒出三條線，「曾奐晴，他是老師，妳是學生，妳不要再自作多情了。」

看來他不是想喝奶茶，我收回雞婆的手。

劉謙文是吃到魏知宇的口水嗎？怎麼都說一樣的話？明明吃過他們兩個口水的是我才對啊。

我喝了一口奶茶，對他的話充耳不聞。

「曾奐晴，妳這樣是不對的。」

「你很奇怪，我喜歡魏知宇是什麼傷天害理的事嗎？還是說我爸媽不同意？」見他不語，「都不是嘛，那你吵什麼吵。」

「可是也沒有說可以。」

「在我的字典裡，規矩就是用來打破的。」我不想再跟他一來一往爭論這件事，直接往樓梯方向走，「我要上去找乾媽了。」

真的很煩，當初是你不讓我喜歡你的，現在我喜歡別人了，憑什麼對我指手畫腳的？

第五章、心跳的源頭

1

過了如夢般的週末後，就到了面對現實、接受審判、服從酷刑的時刻了。

也就是發成績單、檢討考卷……以及看老師氣得臉紅脖子粗，驚心動魄的時刻。

不過還好，所有的科目都在我預料範圍內，說不上超常發揮，但絕對穩，乍看之下進步個一兩名沒問題，但有一科又一次拖了後腿拉低平均分，就是數學沒錯。

班導在發成績單的時候，讓我們見證了仙女黑化成魔女的完整過程，連周遭空氣都凝結出暗灰色的冰霜，我連口水都不敢嚥。

「下一個，曾奐晴——」班導喊到我的時候，天知道她前面歷經了多少個足以使她大爆炸的成績，現在發到我的還算和顏悅色。

我懷著忐忑的心用雙手去接，「謝謝老師。」當那張紙躺在我掌上時，我才抬步回座位。

翁琬瑜比我還要早拿到成績單，「怎麼樣？數學。」

「我不知道，我不敢看嗚嗚嗚——」我把成績單反面壓在桌上。

「這邊是所有任科老師初步輸入進去的成績，沒有問題的話，這就會是最終確定的結果，若是對分數有疑問，可以找任科老師詢問。」班導發掉最後一張成績單。

「快點啦幾分，說不定很高啊？」翁琬瑜想抽走我的成績單。

我任由她去，「那天遇到魏知宇的時候，他說我考得很糟糕。」

「這個分數對妳來說算糟糕嗎？」她指著數學那行，「五十六欸，比妳一開始預想的五十五還高出一分，妳應該很高興吧？」

啥？她說啥？我有聽錯嗎？

我往她手指的方向一看，真的是五十六分！

我驚訝到說不出話。

「也不知道是魏知宇教學有成，還是劉謙文的指導有方。」

我最後確認了三遍印在上面的數字，「這哪是考得很糟糕啊！明明就很優啊！」

「人家是數學老師，及格的標準就是六十，誰在跟妳五十了。」

「真的太開心了。」我感動的淚水差點就要奪眶而出，「愛的力量是如此偉大！」

同學們哀聲連連，欲哭無淚，各個雙手合十祈禱老師改錯分數，此時此刻比較淡定的，就是那些跟我一樣考的如預期那樣，或是真的超常發揮。

某節下課，我問在訂正考卷的翁琬瑜：「我要去三班，妳要不要陪我去？」

「可以。」

都已經過第一次段考了，大家對彼此愈加熟悉，也逐漸有小團體出現。這時的課間已經能在教室裡看到各種色彩，圍一圈聊八卦、把書卷成棒互毆、在座位上化妝綁頭髮、為同樣喜歡的偶像尖叫等等，不過畢竟剛考完試，現在在檢討考卷的人占多數。

我和翁琬瑜往三班走，走廊上仍有對考試成績不痛不癢的勇者在打鬧，我們儘量靠邊走以免成為戰亂中的犧牲品。

三班似乎還沒下課，老師還拿著考卷站在講台說著什麼，應該是有出現爭議之類的。

我們只好先在外面等。

「妳都還沒跟我說的，那天有跟魏知宇去哪裡嗎？」

一提到這個我就高興，「有啊，我們去了『奶茶吧』，他請我喝奶茶喔，完了之後他還載我回家，而且我是第一個給他載的女生喔。」

好像快樂的事情不論重複說多少遍都不膩，甚至那份情緒會因為我的散播而蔓延。

我把整個過程說給翁琬瑜聽，她偶爾會吐槽兩句，但還是會接著聽。

「那妳打算什麼時候去確認那張發票有沒有被動過？」翁琬瑜聽完最先問這個問題。

「嗯……這倒是沒想過，可是能在難得的週末、茫茫人海中遇到他一次，就一定能有第二次！」我堅信著。

「妳就沒想過他在茫茫人海中愛上別人？」

「沒想過。」

「妳喔……」翁琬瑜扶額，她語重心長道：「萬一他喜歡上別人怎麼辦？」

「橫刀奪愛才是愛。」我比出手刀在自己脖子比劃。

「欸？曾奐晴妳又來三班找劉謙文喔？」黃芮剛好經過停下來和我們打招呼，旁邊還站了一個女生，她們的手上都抱著一小疊書。

「對啊。」我點頭，「妳同學嗎？」

「是啊，終於交到新朋友，不用孤軍奮戰了。」

「不錯嘛。」

「妳剛剛去辦公室喔？」翁琬瑜問道。

「去拿作業，老師們簡直想看我們沒命，才剛考完試就出作業。」黃芮翻了一記白眼。

這話我十分認同，就上一節課講完考卷剩五分鐘就下課了，老師硬堅持要上新進度，上新進度就算了，居然還安排了小考。

「好啦，我先把作業拿去教室，有機會再聊。」黃芮示意一旁的同學一起返回教室，走之前還不忘落下一句：「跟劉謙文在一起了記得告訴我喔！」

「都說了我不喜歡他了。」

「好啦都一樣啦。」

「才不一樣！」

三班教室傳出椅子拖拉的聲音，陸續有人走出來，看來是老師願意放人了。

可惜離下一節上課所剩時間也不多了。

我走進教室，第一個注意到我們的又是陳加承，「妳又來找劉謙文喔？」他又是以同樣的姿勢反向坐在劉謙文的對面。

我不得不懷疑，陳加承是真的喜歡劉謙文。

「你跟黃芮是失散多年的親兄妹吧……」

都說一樣的話。

「什麼跟什麼啊？」

「快點啊，妳來這裡幹嘛？快上課了。」翁琬瑜沒有找空位坐，她站在另一側。

「喔對，劉謙文你看——」我把成績單橫在我們中央，「我數學考五十六分欸！」

「噗——」陳加承大笑，「五十六分有什麼好爽的，又不是一百分，妳很奇葩欸。」

「干你屁事喔。」

「嗯，進步了。」劉謙文眼神短暫滑過那行。

雖然他週末說了那種不悅耳的話，但一碼歸一碼，況且我能進步，多少也有他的功勞，魏知宇當然是占多的那個。

「欸欸曾奐晴。」

「怎樣？」我沒好氣地面向陳加承，他這張臉在此刻格外欠扁。

「我數學考六十一。」他手指自己，還很驕傲。

翁琬瑜毫不留情用手指彈他的額頭，「我數學考七十八。」

「你們怎麼一個比一個暴力，校園霸凌。」陳加承搓揉額頭，那塊皮膚瞬間呈淡粉色，還帶有點腫。

活該，解了我心頭之氣。

「劉謙文你呢？數學考多少？」

「八十九。」

「……好。」翁琬瑜不知道該回什麼，「真不愧是你。」

「哇喔八十九欸。」倒是我崇拜的情緒被堆好堆滿，「八十九差一分就九十了欸，九十欸，超級厲害。」

「妳考那個五十六分，比妳高的妳都覺得厲害吧？」陳加承又在嘴賤了，「劉謙文都被妳誇到麻木了。」

「談不上麻木，頂多習慣了。」劉謙文居然還接話。

「我考這麼好，魏知宇還說什麼我考得很糟。」我一想到他在奶茶店的那個嘴臉，就後悔沒有多讓他請五杯奶茶，越想越氣，「不行，我明天一定要討個公道！」

「我看妳是醉翁之意不在酒吧？」翁琬瑜當場戳破我的小心思。

「不要講這麼大聲，人家會害羞。」

2

放學回家的公車上，我整路都在哼兒歌，吸引了站在走道的學生的目光，不過我絲毫不在意他們的想法，反正我就是心情好。

我搖頭晃腦的，手在放在腿上的書包上打節拍，不經意地往窗戶一看，劉謙文正好看向這邊，我們不偏不倚對上眼，我的手停止了動作，他則悄然別開視線。

僅一秒的時間過得比考數學還久，我轉頭看他，日落時的暖霞輕輕落在他的左臉。

我從小看到大的劉謙文，真是越發玉樹臨風了呀。我不禁感到欣慰。

「欸劉謙文，你覺得我跟小時候有差別嗎？」我好奇問道。

「有，頭髮長長了。」

「就這樣？沒別的了？」我歪頭。

不是啊，五官總有長開吧？也算是淑女一枚了吧？連住對面的爺爺都說我是小姐不是小妹妹了欸？

「沒了，妳跟小時候一樣，喜歡什麼都會勇敢地說出來，很直率；而且沒有什麼小心思，討厭就是討厭；吵吵鬧鬧的嘴停不下來，要是停下來絕對是在吃喝；還有最重要的，呆頭呆腦，說話不經過思考……」劉謙文出乎我意料之外地說了好多關於我的性格，而且他很篤定。

果然一起長大就是特別了解彼此吧。

「我明明就是可可愛愛，被你說得傻裡傻氣。」我抱怨了兩句，「凡事得講求證據嘿，前面的我都勉強同意，但我什麼時候說話不經過大腦了？」這點我堅決抗議到底。

「國一暑假，妳躺在我們家的沙發上睡午覺，生理期來弄髒了沙發，妳跟我媽說是我用的，妳說是我媽弄髒的也就算了，居然說是我？」劉謙文調出他的記憶資料庫，將這些黑歷史不留情面地攤開，「小六要畢業前，妳跟向我告白的女生說我喜歡會魔法的女生……」他一件接著一件講，連回想都沒有，感覺就像是在說昨天才發生的事一樣。

等等，我怎麼不記得會魔法那段？

我懷疑劉謙文在亂掰。

「國中畢業前妳還放話跟老師說上了高中，我們就會結婚。」

「欸，我那時候是認真的。」這件事我記得。

「妳是認真的沒錯，但我們未成年。」

「呃……」我竟無法反駁。

「高一的時候，妳因為數學不好，還跟老師討價還價說自己的及格標準在五十分。」

「我怕她當掉我啊，我不想重補修。」

「是。」劉謙文聽到廣播提醒下一站的站名後，伸手按下車鈴，「那不就全校都要配合妳五十分？」

「也沒有不行嘛……」我坐挺身，把書包背起來，扶著前方的椅背等公車停下。

下了車我們延續話題，劉謙文根本就是在翻舊帳。

我也開始挖劉謙文的糗事，而那些糗事都只有我知道，甚至連乾爸乾媽都不曉得。比如國二的時候，因為他討厭吃小番茄，就把學校發的水果塞到我書包小夾層，他沒有告訴我，導致被發現時已經爛掉了，害我被媽媽臭罵一頓；我記得他為了某件簽名球衣，存了好幾個月的零用錢才買到，他還謊稱那是假貨，到處都買得到，乾爸乾媽就信了。

有好多好多屬於我們兩個的祕密與回憶，那些畫面一樁樁出現在眼前。

劉謙文扔一件事出來，我就拋另一件事回去，直到看見早餐店的招牌才停下來。

最讓我想不到的是，劉謙文居然笑了，我打趣道：「吼——」我指他的臉，「又來了！想笑但不好意思大笑的耍帥笑。」

劉謙文都這樣，嘴角斜一邊，那種裝酷的表情，偶包超重的。

他在我這麼說後壓下嘴唇，回復到平常那樣，「不過妳說過、做過最荒唐的事，就是跟數學老師告白。」

我停下腳步，他回頭看我，「我是認真的喔。」

他聳肩，「那我也不能說什麼了。」

「謙文、小熊，你們回來啦？」乾爸出來拿信箱裡的帳單。

「乾爸！我數學考了五十六分！」我興高采烈地跑過去，「明天才發考卷，但成績單上印的就是五跟六！」

「怎麼啦？這麼高興？」乾媽聞聲走了出來。

「乾媽，我數學考了五十六。」我左手比五、右手比六，深怕表達不清楚一樣。

「哇，進步很多欸，小熊真厲害。」

「來，乾爸下午買了新推出的奶茶。」

「真的嗎！」我雙眼放光。

「當然是真的，我們上去喝。」

「好！」我跟著乾爸跟乾媽上樓。

劉謙文自動自發跟在後面，他負責關門。

乾爸走在前，他走到廚房，我聽見冰箱被打開後塑膠袋摩擦的聲音，接著就是乾爸帥帥氣氣地把奶茶拿出來，注意到細節的部分，是粗吸管！

看到那個包裝我馬上就知道了，「莓果奶茶三號胖胖杯！」

「就這個妳是連腦都不用動還能精準回答的。」劉謙文冷不丁來這麼一句。

「謝謝乾爸！」我露出最最最最甜美可人的笑容。

我沒有在劉謙文家把奶茶喝完，而是抱著我的戰利品回自家。

我插入鑰匙轉開家門，「我回來了。」

「等等準備吃晚餐。」

「喔——」

沒有看到爸爸的鞋子，那就代表還沒回來。

我坐在沙發上滑手機，奶茶被我放在茶几，此時班群裡有人傳了一張截圖和網址。我點進開網址，原來是學校網站公布了運動會的時程，以及高三準備創意進場的注意事項，那張截圖就是賽事項目的報名表，跟去年一樣不限名額。

「咦？」

另一個群組跳出通知，同樣是報名表的截圖與網站，而這個群組是有班導的，剛剛那個沒有，班導還多傳了一張照片，她的手似乎有點抖，那張照片有點糊掉了，不過看得出來是要招募志工，在運動會上幫忙計分、推沙、頒獎等的工作人員。

班導：「有意者請告知體育股長，也請積極報名比賽項目。」

沒有人回班導，我則按了那條訊息一個表情符號。

至於另一個沒有班導的群組就比較活躍了，大家尋思著誰報名什麼項目，高一的時候參加過什麼得了第幾名。

我興致缺缺，索性關了通知，並把時間設定在兩個小時。

這時，門被推開，還有這熟悉的腳臭味，「欸爸爸爸爸。」我跑到門前，「大消息！晴天霹靂的大消息！」

「妳少來這套，又要多少零用錢？」他脫掉鞋子換上拖鞋，注意到客廳桌上那杯奶茶，「還有錢買飲料嘛。」

「這不是飲料——是肯定。」

是殊榮、是嘉許、是鼓勵啊！

「回來啦？」媽媽從廚房探頭，「過來吃飯了。」

「你們先聽我說。」

「妳說。」

「我洗耳恭聽。」

我假裝清痰，「我這次段考的數學，考了五十六分！掌聲！」我帶頭鼓起掌，而且拍得很陶醉。

然而我的親生爸爸媽媽們居然不做任何回應，他們的視線在空氣中交匯，然後又一齊別開。

「曾小熊，數學考五十六分是什麼很值得光榮的事嗎？」爸爸邊說邊往內走，「好了，肚子餓死了，趕快來吃飯。」

「我今天做了蕃茄炒蛋。」媽媽也走了進去。

我不服氣，「重要的不是我考得好不好，而是進步了多少！」我把奶茶端來配飯，「這是乾爸獎勵我喝的進步奶茶。」

「妳乾爸不管妳有沒有進步還不是都會買奶茶給妳喝。」

「你們難道都不想知道我為什麼進步得如此神速嗎？」

「不想。」爸爸媽媽異口同聲。

「那是因為——」我不管他們想不想，我想就對了，「我們數學老師教得好！」

「謙文教得不好嗎？」

「沒有不好，相輔相成吧？」我給自己添了碗飯，先從那道還在冒煙的炸雞球動筷。

「妳真的喜歡你們數學老師啊？」爸爸搶先一步夾走我要夾的蛋，「嘿，我贏了。」

幼稚死了！

我怒瞪他，他渾然不知，在他要夾青菜時，換我壓住他的筷子不讓他夾，大戰一觸即發。

「你們兩個給我好好吃飯。」媽媽出聲喝止這場寶寶級的鬥爭。

我端正坐好，「對，我喜歡我們數學老師，你們應該不會成為我追求幸福過程中的絆腳石吧？」

媽媽嗤笑一聲，「有什麼好阻止的，你們數學老師要是也喜歡妳，那我也不能說什麼。」

「有情人終成眷屬囉。」爸爸聳肩，不再盯著我的筷子守株待兔，停止了他幼稚的行為。

雖然聽起來不太像是祝福，但起碼沒有像劉謙文那樣把我的喜歡當作是兒戲看待。

我不禁懷疑，以前我對他的喜歡，在他眼裡是不是也是他說的「荒唐的鬧劇」？

如果是的話，那這場鬧劇還真是鬧挺久的。

3

隔天上數學課的前一節下課，我就到辦公室堵人，看到我要堵的人安然無憂地坐在椅子上，拿著一杯連鎖咖啡廳的外帶咖啡在小口啜飲，桌上那隻小熊還乖乖地坐著監工，這個畫面真是讓我想討個說法都難。

我雙手叉腰、抬頭挺胸走到他的座位旁，最先與我的信使對到眼，從它被絨毛半遮擋住的黑色眼珠子裡我讀出了重要訊息。

「魏……」

「奐晴，這裡是學校。」魏知宇面對螢幕沒有看我。

他是髮旋長眼睛了？

重來一遍，「老師，我知道你想我了，所以我千里迢迢來見你啦。」

「我還是第一次看到有學生考得這麼糟糕，還能來找老師嬉皮笑臉的。」

「講點道理，我這次明明就考得很好。」

「考得很好？」他放開滑鼠，從左邊的文件袋區找到貼有五班字樣的，然後拿出答案卡一張一張確認，「妳不是才考了五十六？」

「什麼叫做『才』？」我特意加重尾音，「五十六已經破了我的在校紀錄了，不信你自己查。」

「……真的？」

「曾奐晴？」聽到有人喊我的名字，我本能性地看向聲音源頭，原來是前班導，「剛考完試而已妳來這裡做什麼？」她靠近我們。

我腿發顫，全身被恐懼支配，我嚥了下口水，又想到我如此優秀的分數，「老師，我這次數學考了五十六分。」

「五十六？」

魏知宇在我的前班導面前像隻雛鳥，他不敢有任何動作，彷彿下一秒就要被推下巢。

我將他的小表情盡收眼底，憋著笑，「嗯，五十六分。」

「不錯嘛。」

「嗯？」魏知宇狐疑，而且是很狐疑，眉毛都擰出結了。

「進步了很多，繼續保持，期待看到妳超過六十分的那天。」

「嘿嘿——」難得沒被她罵，我忍不住傻笑，「謝謝老師。」

前班導走回自己的座位，魏知宇明顯鬆了口氣。

「你很誇張。」我揶揄道。

「妳之前到底考得多差……」

「別問，你會怕。」

辦公室的印表機從剛剛開始就沒有停過，一直有老師拿了自己列印的東西後，又有別的老師遞補上去。

我瞥見魏知宇的電腦跳出通知框，「你是不是有印東西？」

「喔對，等太久差點忘了。」他站起來。

「欸欸欸不用不用。」我在他還沒起身前就把他摁回去，「我去幫你拿啊。」說完我就往印表機那走，然後從下面拿出那疊紙，還溫溫的，「給你，我賢慧不賢慧呀？」

「謝謝。」

「你想不想有一個這麼賢慧的女朋友啊？不用儲值的，免費加入會員且終身保固喔。」

「咳——咳——」坐斜後方的老師咳嗽，似乎在提醒什麼。

「奐晴，這邊是辦公室，不是……」

「不是什麼？」我打斷魏知宇，「不是我們調情的地方？」

「奐晴。」

「什麼事呀？你要加入會員了嗎？相信我，絕對划算。」我點開 Line 的掃碼頁面，「掃這個即刻加入。」

「如果我不掃呢？」

「你說呢？」我露出天使般的和藹笑容，絕對沒有笑裡藏刀。

我早就想加魏知宇好友了，只是一直找不到什麼機會，演都演上了，我勢必得加到，否則他別想出這間辦公室的門！

他輕嘆一聲，「那就掃吧。」

成功！

我按加友鍵，到聊天室傳了一個粉色小熊的貼圖，確認他有接收到後改了他的暱稱，背景圖的部分以後再換，暫時還沒有合適的圖片。

「滿意了嗎？」魏知宇關掉手機，螢幕向下放在桌上。

「你滿意嗎？」

「要上課了，妳先回教室。」他著手整理待會上課要用到的東西。

「不用，我跟你一起到教室就行了。」

魏知宇試圖趕了我幾次後就放棄了，他把放答案卡的檔案袋、題目卷、課本，以及剛才印的那疊紙全部放到一起。

「你剛剛印的是要給我們班的喔？不會是什麼練習卷吧？你要不要這麼變態，才剛考完試還沒教新進度就要出作業？你自己也是當過學生的人，能不能將心比心？」我滿腹牢騷，若真是練習卷，那我可以唸上一宿。

要是我早知道那疊紙是要給我們班的，我肯定會趁熱撕掉。

老師就是老師，稍微給點臉色就飛上天！

「我都還沒說話，妳就先說完了。」魏知宇看了眼手錶，把正在操作的檔案存檔後關機，「這不是作業，只是講義而已，只有重點摘要。」

「原來是這樣，嚇死寶寶了。」

上課鐘響，其他老師才準備收東西，而且動作絲毫沒有因為耽誤時間而加快，一樣慢吞吞的。

我傻爆眼，你自己晚上課，憑什麼被拖堂的是學生！

魏知宇是第一個離開辦公室要去上課的老師。

「我真心希望你再過十年二十年都不變。」我跟在他旁邊。

「什麼意思？」他不解。

「意思是你得永保青春，否則我會出軌去找比你還漂亮的小帥哥。」

「你還想喜歡哪個漂亮的小帥哥？」他幾乎是脫口而出，又很快意識到自己說太快，他咳了兩聲掩飾，「奐晴，『喜歡』應該是發自內心的，不是耍嘴皮子。」他加快腳步。

「你走這麼快幹嘛啦！跟劉謙文學的喔！」

一個兩個都欺負我腿短，小心我詛咒你們買東西的時候錢包永遠少一塊！

我們回到教室時，我再次體會到各個角落朝我投向的目光。

我是不是該說一句：「放心吧，分數不會因為我是魏知宇的準女友就比較高。」

我拉開椅子坐下，翁琬瑜知道我去辦公室找魏知宇，所以看到我回來並沒有多問什麼。

不過我可有要炫耀的事，「欸欸翁小魚。」我湊近她。

「幹嘛？妳剛剛又遇到什麼好事了？」

「不愧是我的好朋友。」我朝她拋媚眼，點開我的好友列表，「妳仔細看最新好友是誰？」

她瞠目，「老師？我沒看錯吧？」

「沒錯，就是他。」我心滿意足地關掉手機。

魏知宇原本使用的名稱是他的本名，我給他改成「老師」，然後加上一顆小紅心。

「各位同學，我現在發答案卡下去，然後把題目卷拿出來我們來講解，有問題就趁現在問，過了這週成績就不做更動了。」接著魏知宇開始唱名。

陸續有人發問，多半都是計算題，希望能放寬拿分標準，或者鑽鑽漏洞多爭取個一兩分，甚至有人爭論不小心把六寫的像零能不能通融給分。

我自己倒是挺滿意這個分數的，只要沒有出現什麼有爭議的選擇題就好。

魏知宇畢竟初出茅廬，當遇到有學生堅持己見的時候，他不免有些質疑自己的判斷，於是好幾次都做了記號表示回頭問問其他老師。第一次段考顯然把他嚇得夠嗆。

我還是有認真聽課的，矇對的選擇題我先不管，有幾道計算題差一點就能拿完整分數了。

大家都覺得新人老師口鬆，瘋狂問問題，照這個陣仗看來，下課也問不完，加上魏知宇有教其他班級，他這週應該會爆忙。

4

老師們用這兩天檢討完考卷，一點緩衝期都不給我們，馬上教新課程。

班導上課前特意提到運動會，「體育股長是哪一位？」

「是我——」舉手的是坐在第一排靠窗的男同學，他叫方齊。

「現在項目報名的情況怎麼樣？」

「志工的部分都沒人報名。」

「我問的是比賽的項目。」

「呃……也沒人報名。」

沒人報名？奇怪了，我記得班群那時候不是挺熱絡的嗎？

當班導得不到她想要的答案，她就不會說話，當她不說話，那就代表火苗被點燃了；當火苗被點燃，也就意味著即將爆炸，而在座的每個人都無法倖免。

過了五秒之久，方齊抖到桌子往前撞到前桌了班導還不說話。

其他同學包括我，你看看我啊我看看你，用眼神光波相互交流。

「看看看！」班導怒吼，「都沒人報名？好啊，那運動會那兩天就不用出去了，全班待在教室，反正我也閒得慌，乾脆來上課好了，我去找考古題讓你們寫。」她一頓輸出，「也不用英文的，我每一科都印十張。」

「翁琬瑜。」我看著前方低聲叫她。

「嗯。」她也在看前面。

「妳看，第一排中間那兩個女生在擦臉。」

言下之意，班導噴了她們滿臉唾液，俗稱口水。

「嘖，別鬧，等等被聽到。」

「你們想待在教室寫考卷，還是報名項目？」班導重新問了一遍。

可一直等不到有人出聲。

依我多年的經驗與直覺，李芷慧待會一定會變「一直毀」。

我分明記得有人在群組炫耀自己高一拿什麼獎多風光，還有差點破紀錄的，那些人呢！不會是吹牛的吧！

「我再問一遍──」班導的聲音似是在隱忍，「要不要報名？」

「要。」居然只有我回答，我瞪大眼睛，「講話啊！不要跟我說你們想留在教室寫考卷，信不信我跟你們拚命。」

「要──」

「要報名──」

唉──

這個班少了我可怎麼辦吶。

「很好，那妳──」

嗯？為什麼覺得班導那個「那妳──」是在說我？

沒事，只要我不抬頭，就可以當作是錯覺，一定是錯覺。

「曾……奐晴？」

「叫妳啦。」後桌的男同學用力踢我的椅子。

我往後一瞪。

我當然知道是在叫我，難道這間教室裡有第二個曾奐晴？

「那奐晴妳就當表率先報名吧，志工也可以。」

您別這樣看我，我受不起的呀嗚嗚嗚。

內心一番掙扎後，「那……那我待會去找體育股長報名……」

「週五我會再詢問一次報名情況。」班導在我說完後明顯降溫了，爆在太陽穴的兩條青筋也慢慢消下去，「倘若大家的態度還是這麼消極，那就證明各位參與運動會的意願並不高，我會另外跟學校說明。」

雖然不敢保證在我之後會不會有人接著報名，但至少能平安渡過這節課。

其他同學開始吱吱喳喳討論，具體是討論要報名，還是要留在教室寫考卷，我希望是前者，不然我的壯烈犧牲不就成小丑了。

「好了，開始上課，課本翻到第四課……」

同學們紛紛噤聲，取而代之的是書本翻頁的聲音。

下課時，我極不情願地找方齊拿報名表。

琳瑯滿目的項目，我興致缺缺，沒一項能入我的眼。

這不能怪我啊，我高一的時候跑一百公尺賽跑跌了個狗吃屎，已經有陰影了，疼不疼不要緊，重點是那麼多人在看，臉都丟光了，那時候陳加承三不五時就提出來笑我，要不是我裝哭，他根本就不放過我。

別說個人項目了，我連班級大隊接力這種團結力量大的項目都不想參與，我甘願做個成就他人的啦啦隊。

我換成志工的報名表，計時人員的組長是前班導，喔不這個絕對不行。我接著換下一張看，印獎狀、拉白線……都很無聊。

「曾奐晴，妳要報哪個？」方齊問，因為班導下的最後通牒，不少同學自動自發來找他填報名表，現在正忙著。

「不豬道餒。」我又換了一張，「跳遠……」定睛一看，「我要這個！推沙的！」

「妳會嗎？」

「啊不就等選手跳完，拿沙耙把沙鏟平推平嗎？我會啦我會啦！」我隨便從方齊的筆袋裡拿一支筆就寫上自己的名字，「曾奐晴，二年五班，好了。」

「那其他的呢？想不想參個比賽什麼的？」

「不要。」我不假思索。

「喔對……我聽說妳高一的時候……」

「噓！嘴巴閉閉。」

「我跟妳一起報名好了。」翁琬瑜也沒看到心儀的項目。

「還是妳要幫忙拉白線啊？這個還沒有人填的。」方齊跟個缺業績的推銷人員似的。

「不要，我們班沒人填又不代表別班的也沒有。」翁琬瑜在我的名字旁寫下自己的。

她說得沒錯，全校這麼多人，不可能都沒人想當志工的，就算沒有人想，也會被老師強迫想。

方齊沒說什麼，繼續說服還在猶豫要不要報名的同學。

「曾小熊，妳心情很好嘛。」

我和翁琬瑜回到座位，我咬著吸管，有一口沒一口地喝著鋁箔包奶茶，聞言我鬆開嘴道：「我賺爛了！」

「為什麼？就因為跳遠組的裁判是魏知宇嗎？」

「對噠！」

「也還有別的老師在啊，妳又不能撲倒他。」

「沒關係啊，要撲倒他以後有的是機會，不急於一時。」我把剩一個底的奶茶喝完，「走！福利社，今天小熊請客。」

「這麼好？」

「當然，我什麼時候不好了？」

翁琬瑜斜眼看我，「說好要請我喝奶茶，結果把我放鴿子的時候。」

「欸，我有給妳錢。」我理直氣壯。

「結果還不是我自己去喝。」

「好啦好啦，沒有下次了啦，應該。」我拿出錢包，「福利社！出發！」

時間還夠，我們直接出教室往離福利社比較近的那個樓梯走，剛走出門的時候還差點被從隔壁班衝出來的人撞。

「話說妳這個錢包該換了吧？」翁琬瑜指著我的錢包。

這個小熊錢包用很久了，雖然還能用、沒有破損，但耳朵邊緣的地方都弄髒了，洗也洗不掉。

「好像是可以考慮買新的了。」

一到樓梯口，我腦子不知道哪條筋被撥動，剎那間我停在原地。

我一定是天才……

「石化了？」翁琬瑜已經走了好幾階的樓梯。

「我想到了！」

「什麼啦？」

「我要去報名跳遠比賽。」語落，我轉身拔腿就走。

「妳不是說沒有下次了，喂——妳會跳遠嗎妳——」

任憑翁琬瑜在後頭怎麼喊，都撼動不了我的決心。

跳遠，我最遠能跳到魏知宇身上，不能更遠了。

5

班導對我們悔改的態度非常滿意，偶爾進度夠了，她還會讓我們到操場練習。

我們學校有個傳統，那就是高三生有創意進場，不論是跟老師借課，或是放學，我們總能看到有學長姐在練習，為了不被其他班級剽竊創意及保留驚喜感，都是零零落落地在練，根本看不出個一二。

既然都報名項目了，那是必然得拿出一百二十分的努力去練習，爭取班級榮譽，所以除了我，大家都很認真。

運動會前的體育課，老師都讓我們自主練習，若是想詢問一些運動知識再去找他，至於那些並未報名項目的人，老師則不管他們在課上要做什麼，散步或者聊天也好，反正不能離開他的視線範圍。

我們班有事先討論過，運動會前一週再開始練大隊接力，在這之前就專心在個人項目上。

趁著秋高氣爽，我當然要來散步，當代高中生最喜歡做的事其中之一就是走操場了。一邊跟好友談心，不知不覺就能繞上一圈又一圈，多青春呀！還能順便消耗我喝奶茶的熱量。

體育老師點完名宣布解散，我二話不說就拉著翁琬瑜上操場。

「為什麼我們不能坐著聊天就好啦……」她被我拖著。

由於練習的人不少，為了不妨礙到他們，所以我們走在最外圈。

「老師，我們可以借接力棒嗎？」有同學問老師。

「可以，要什麼自己拿就好。」

「謝謝老師，那起跑架也順便拿。」

我抓著翁琬瑜的胳膊，直到她願意自己邁開步伐才鬆手，「年輕人多動動，看看妳一身老骨頭。」

「懶得理妳，但妳不用去練習嗎？」

「不用不用，我又沒有想要得名，我就是想讓魏知宇知道我跳進了他所設下的陷阱。」

「妳跳的是沙，孩子。」

操場中間的草皮有人在練習標槍、跳遠和跳高，我們時不時就看看大家在練習時後的英姿。

據說因為安全疑慮，學校在我們這屆入學前兩三年，從紅土跑道改為PU跑道了，現在還算新的，數字、白線都還很清晰。

秋天就是舒服，不冷不熱，微風迎面吹來好不愜意，枯枝落葉中透出絲絲慵懶，不知道是不是錯覺，我總覺得在這個季節遇到的橘貓比任何時候都多，可能是小精靈吧。

「妳爸媽知道妳這短腿報名跳遠嗎？」翁琬瑜看著正在練習跳遠的同學問我。

我也在看，「他們當然知道啊，欸欸欸腿短不能比跳遠嗎？妳不能對矮的人有偏見，不對……我的腿哪裡短了！」

「大概從肚臍到腳底都挺短的。」她說著說著還比劃出來。

「妳才短啦。」

「我一六六，妳呢？」

「江湖人稱一米八。」
「體重。」
「哎呀可惡——」我兩隻手放到翁琬瑜的腰上搔癢她，她扭來扭去的跟蟲一樣，「看妳還敢不敢惹我，妳這隻怕癢的臭魚。」
「走開啦走開啦。」她溜走了，「這邊是操場，有人在練習，不可以在這邊鬧來鬧去，很危險。」
「拿這個當擋箭牌，算妳厲害。」我收回手。
「不然妳要是摔成像高一那時候一樣怎麼辦？」
「不可以挖黑歷史！」

雖說才過了一年，印象深刻沒什麼大不了的，但這絕對是我此生都難以忘懷的事。
那時候我是自願報名參賽的，主要是想合群吧，看到大家都填了報名表，就覺得自己也得上場，然後就報了個稍微熱門的一百公尺賽跑。
到了比賽當天，我才知道這個項目不是熱門而已，根本堪稱什麼偶像見面會，很多人……哦不……幾乎全校的人都匯集在檢錄處準備看比賽，有的則到終點處，而在終點處的那波更是誇張，手機、水、毛巾拿著這些東西不意外，重點是那些舉著的應援手幅是怎麼回事？
「什麼什麼——」我跟同學在等下一輪的時候，我看到遠處那塊黃色瓦楞板寫著熟悉的名字，我瞇起眼試圖看得更清，「劉謙文……加油？我在這裡……在這裡等你？」
劉謙文加油，我在這裡等你。
一行字然後底下一排的紅色愛心，字還是手寫的，簡直不要太用心。

「欸，那誰啊，不是我們班的吧？」我不爽極了。

「好像是隔壁班的吧？我們班哪還有人不知道妳喜歡劉謙文。」

「可惡。」我跺一個腳不解氣，在原地瘋狂小碎步，「可惡可惡可惡可惡，居然敢在我眼皮子底下肖想劉謙文，我看她是在等我衝過終點線然後把那塊瓦楞板當場撕個稀巴爛！」

「冷靜點，快到我們了。」

我冷靜個鬼啊，越想越氣，我決定化悲憤為力量，等等來個十二秒破紀錄。

在我們這組之前的是高三男子組預賽，這組不得了，剛一上場，尖叫聲此起彼落。

「學長——」

「好帥好帥，救命啊！」

「看這邊看這邊，鏡頭在這邊。」

這群人是怎樣啦，我嘆為觀止。

學長們呈起跑姿勢，各個蓄勢待發，隨著槍響，他們一齊蹬腿往終點方向衝刺，到第三十公尺時距離逐漸拉開，到第六十公尺時基本上勝負已分，當有人越過白線時，現場的歡呼聲更盛，第一名和第二名只差一步，有點可惜。

我似乎是被他們的表現所激勵，開始期待輪到我。

宣布下一組預備時，我站到指定的賽道，確認號碼牌有別好，然後調整起跑架。

裁判看到每位選手準備就緒時，高舉起拿著槍的手，「各就位——預備——」

聽到槍聲，奮力向前是本能。

我滿腦子想的都是要去撕掉那張瓦楞板，要讓她知道劉謙文是我的。

可惜啊，打臉來的是如此的快。

什麼要衝過白線、破紀錄，這些都沒有發生，跑到一半我就知道連決賽都進不了了。

運動家精神嘛，輸是輸了，但我得跑完。

在只差十公尺時，我竟然看到劉謙文到草皮看我，然後那個瓦楞板女走過去要找他。

我腎上腺素在這時噴發，但不是發到腿上，是發到嘴上，我大聲一吼：「劉謙文！」見他看向我，我朝他揮手。

結果──我摔了。

剛好滑了個三公尺過終點。

按碼表的男生還很盡責，「第四跑道，十六秒。」說完才跑到我旁邊蹲下，「學妹，妳還好嗎？」

「不好……」我臉著地。

丟臉……太丟臉了……殺了我吧。

「學妹？劉謙文是……」

「學長，別問了……」

大寫的丟臉啊！

「曾奐晴，妳能自己起來嗎？」這個聲音是劉謙文的，他攙扶我。

我慢慢坐起來，感受到鼻頭跟下巴的刺痛感，會毀容的恐懼油然而生，手掌、膝蓋、手肘最先撞擊到地面的地方都擦破了皮，加上那個喜劇效果滿分的一滑，不該傷到的地方都傷到了。

我手撐地試圖站起來，但腿一軟又跌了下去。

這下不但毀容，還瘸了。

「走開走開——」陳加承驅趕圍在這裡觀戲的人。

「我扶妳去保健室啦。」翁琬瑜讓我把身體靠著她，她使力站起來，「可以嗎？」

「嗯……」我本來是覺得沒問題的，但看到那個瓦楞板女還在這裡，我瞬間就不行了，「不太行欸。」

「劉謙文你背她去啊，這時候就別管你們到底要沒有訂娃娃親了，人命關天。」這是陳加承說過最讓我舒心的一句話。

「妳上來吧。」劉謙文蹲下。

「嘻嘻。」我沒有半點猶豫，「劉謙文，你怎麼流了汗還這麼香呀。」我猶如要把他的靈魂吸出來般大力地聞。

「看妳這個樣子應該沒什麼事。」翁琬瑜幫我把衣服拉好。

「出發出發。」我踢腿。

「如果不會痛的話就自己下來走。」劉謙文停下腳步。

「痛死了痛死了救命。」

陳加承在前面開路，我們跟在後面，在經過那個瓦楞板女時，我朝她吐舌頭加翻白眼。

最後呢，我臉上的傷不嚴重，就剛看上去有血跡比較可怕而已，大概一週就恢復美貌了，而四肢的傷稍微嚴重一點，一個多月才痊癒，特別是膝蓋，結痂的時候手太賤亂摳，結果就留疤了，不太深淺淺的而已。

我享受了好長一段時間的公主待遇，差點真的把自己當公主時，媽媽就開始命令我做家事了。千萬不能忘了，公主頭上還有皇后的。

而我那一摔，被陳加承跟廣播電台一樣的嘴到處宣傳，很多不知道是誰的人都因為他而知道了，他甚至誇大其詞，那陣子都有人用憐憫的眼神看我。

換個角度想，我算是在校運史上有過姓名的女人吧。

可是畢竟史就是史，要向前看，不要動不動就搬出來討論，真的沒必要，又不是什麼值得炫耀跟回憶的往事。

6

我只能說，當年的我可真是太年輕了，居然迷戀劉謙文到這個地步。他那時候無微不至的照顧，完全是被我們兩方的長輩所逼迫的嘛，我還自我感動了那麼久。

「劉謙文知道妳要比跳遠嗎？到時候讓他來給妳舉牌子加油啊。」翁琬瑜打趣道。去年她在保健室陪我擦藥的時候，我有告訴她我摔倒的起因是那塊瓦楞板以及它的主人。

「他不知道啊，不用跟他說吧？」

「那他今年有要比嗎？」

「欸？」我一愣，「我好像也沒問過他欸？」

「怎麼會咧？要是以往，妳早就把這些事記在便條貼上了。」

「我們現在又不同班，是競爭對手，忘了問應該很正常吧？」這麼一想，我覺得蠻合理的。

「妳現在都不關心他了欸。」

「我哪有不關心他啊。」我抗議道，「我每天早上都去叫他起床欸，這樣還不夠關心嗎？」

「妳不是不喜歡他了？」

我轉了個面倒退走路，跟翁琬瑜面對面，「我是不喜歡他了沒錯啊，但這不妨礙我叫他起床吧？」

「一般一個女生不喜歡這個男生，怎麼可能還會繼續叫他起床？」翁琬瑜突破盲點。

我沒有馬上接話。

她這個問題我從來沒有思考過，可是這是我每天早上都會做的事啊？跟我喜不喜歡劉謙文沒有關係吧？

見我不語，她接著道：「妳有沒有想過，如果有一天，妳要自己上下學沒有劉謙文在的話會是什麼感覺？」

我忽然笑了，「什麼啊，我們怎麼可能不一起上下學，我們家就住隔壁而已啊，妳這個假設不成立。」

「對啊，那是因為你們就住隔壁，要是你們不住在隔壁的話呢？」翁琬瑜把我拉到她旁邊轉回正面，「好好走路啦，那邊有人要過來了。」

「喔喔喔。」我往邊邊靠，「可是事實就是我們住在隔壁啊。」

「妳難道就沒有想過你們總有一天會分開嗎？上大學、出社會，遠一點……成家立業後呢？要是妳身邊沒有他，妳能接受嗎？」

翁琬瑜的一席話讓我陷入沉思。

我沒辦法想像陪我去上學的不再是劉謙文，也沒辦法想像總有一天我們可能會漸行漸遠，更沒辦法想像我的生活中少了他的身影。

因為我們從小一起長大、一起上下學，兩個家庭相約旅遊、共同過節，街坊鄰居都說我們形影不離、如膠似漆。

這十多年裡，我從來沒往「我們會分開」的結局去想，在得知我們被分到兩個不同的班級時，老實說我是很不適應的，但時間久了就能接受這樣的改變了。

如果問我能不能戒掉奶茶？那絕對是不能；但問我能不能失去劉謙文，我又很難做出回答。

「別發呆了，妳看走出來的那班，是不是三班的？」翁琬瑜指著從教學樓走出來的一群人，「是欸我看到陳加承了，旁邊那個是劉謙文吧？能跟老師爭取到半節課出來練習也是挺不容易的。」

「也是。」我深有同感，「一般老師都覺得剩半節課也沒什麼好練的。」

「要不要去找他們？」

「走！我順便問劉謙文有沒有參加一百公尺賽跑。」

我和翁琬瑜求快，直接穿過草皮，過程中又躲又閃的。

三班在討論剩這半節課該練什麼，有人提議大隊接力，也有人覺得先測短跑速度再分棒次，但最多人選擇練個人項目。

「我們這樣是不是很像刺客啊？」

「刺妳個大頭，有這麼明目張膽的刺客嗎？」翁琬瑜吐槽。

「最危險的地方才是最安全的地方。」見三班各自解散後，我踮腳尖左看右看，「劉謙文劉謙文，這邊這邊！」

「妳是沒看到我嗎？」

「沒看到。」我的眼睛能自動無視不想看到的人。

陳加承張牙舞爪作勢要攻擊我，我就抬腳假裝要踩死他，他果然又躲掉了，每次都能被唬到，真的是傻蛋。

我去找劉謙文，「欸欸劉謙文。」我拉他的衣袖，「你這次也有報名一百公尺嗎？到時候去給你加油呀。」見他不語，「嗯？你臉色怎麼這麼差啊？欸……喂！」

他拽著我走，「我有話要問妳。」

「問就問，你拉什麼拉……走慢一點啦！」他感覺很生氣，我怎麼喊都不停下來。

劉謙文把我拉到司令台後面，剛好隔絕了操場上的人。

「哎呀！」我甩開他的手，「你是早餐沒吃飽喔？」

他嘆氣，「妳怎麼沒跟我說妳報名了跳遠？」

莫名其妙，他是在指責我嗎？

「你也沒問我啊？」

「妳為什麼報名跳遠？」

「為班級爭光需要什麼理由嗎？」

「妳還不承認是因為魏知宇。」他目露憤怒，緊皺著眉，眉峰因為他的情緒而顯得銳利。

奇怪，劉謙這咄咄逼人的態度是怎樣？

剛剛才在思考，未來的日子若是沒有他會如何。

哼，沒有他，正好！

「你知道的話幹嘛還浪費時間問我？」

「妳到底要鬧到什麼時候？」劉謙文的口氣很差，而且是夾雜著私人情緒的差。

「又來了，我就說我沒有在鬧了。」我火也上來了，「我以前喜歡你的時候，你說我在鬧，現在我喜歡魏知宇，你也說我在鬧。」

「妳說不喜歡就不喜歡，有妳這麼說變就變的嗎？」

「我為什麼不能變？既然你不喜歡我，那我也沒必要浪費時間熱臉貼冷屁股了吧？」

我快被煩死了，比被媽媽罰三天不能喝奶茶還煩，比數學考不到五十分還煩！

「這位大哥，我已經如你所願了，你到底還想怎樣？」我雙手叉腰，站了三七步，氣勢跟身高是兩碼事，態度得拿出來，「你不能要求我不喜歡你，又阻止我喜歡別人吧？」

「如果我說，我現在喜歡妳了呢？」

話音一落，所有聲音被隔絕，操場的踏步聲、同學們的加油聲、示意開始的哨音，全都化作低鳴。

在我耳畔不停迴盪的只有那句話——如果我現在喜歡妳了呢？

在遇到魏知宇之前，我夢過無數回與劉謙文確認情侶關係的方式，演練過無數次他接受我告白的情境，幻想過無數種我們變老後的生活。

我終於盼到了他對我說出「喜歡」，可是我一點喜悅的心情都沒有。

扣回到剛剛翁琬瑜問我的問題，我能接受沒有劉謙文在身邊嗎？

我的腦子亂成一團，亂七八糟的，產生了各種矛盾。

「曾奐晴。」劉謙文等不到我的回應，又重複一遍，「如果我說，我現在喜歡妳了呢？」

半晌，我平復了心情，「劉謙文，你有病嗎？」

看過有病的，沒看過病情這麼嚴重的。

「體育老師不讓我們離開他的視線，我要走了。」不給他反應的時間，我說完就逃命似地往操場的方向跑。

我的喜歡有這麼廉價嗎？

第六章、為什麼要在意不在意的事

1

我跟劉謙文吵架了，沒有大吵大鬧互嗆打架，就是不跟彼此說話的冷戰，雖然是冷戰，但我一樣會去叫他起床，我們還是會一起上下學。

就算沒說，我們也能達成共識，不能讓長輩擔心。

我早上會去敲他房門直到他出來，放學他會等我到我出現，就算我去找魏知宇，他也是雷打不動地在一樣的地方等我。

運動會的前一週，放學後的操場上都會有很多人在練習，即使沒有報名項目的人也會留下來幫忙。學長姊們似乎轉移陣地不在操場排練了，可能是禮堂，也可能是在教室，大概是怕占用了跑步的空間吧。

我站在起跑線幫準備測四乘一百公尺接力的同學按碼表，「聽哨音喔，預備——」

我很專注在他們的接棒上，感覺蠻順暢的，沒有漏接或掉棒的情況發生。

當最後一棒越過那條白線，我即刻按下停止鍵，「有喔，比上次快一秒多。」

四人圍在一起喘氣，相互叮囑該注意的小地方。

「休息一下，待會再來一遍？」我提議道。

第一棒點點頭表示同意，他們到司令台拿自己的水喝。

我不敢擅自離開，怕待會他們找不到人，於是站在原地等。

好在我有拿手機，否則這樣乾等會無聊死。

「曾小熊，妳在幹嘛？」翁琬瑜沒事做了過來找我，「偷懶喔？」

「沒啦，我幫呂志翔他們那組按碼表，現在正休息，啊妳咧？」

「我也幫別組按碼表，他們練習告一段落先回家了。」

「喔喔。」我不經意地瞥向沙坑處，然後雙目大亮，「魏知宇在沙坑那邊！」

翁琬瑜也看了過去，「對欸，他應該是在指導跳遠吧？」

「那我也過去！」

「妳碼表怎麼辦？呂志翔他們等等不是還要再測的？」

「喔對喔。」我看了看碼表，又看了看翁琬瑜，隨即對她一笑，「交給妳啦，愛妳呦啾啾——」

「妳——」翁琬瑜被強行塞碼表，想拒絕，結果呂志翔他們回來了。

我飛奔到沙坑處，魏知宇果真在指導跳遠的注意事項。

他指著助跑區和起跳板，然後走到落地區也就是沙坑，他說明其規則。

有兩個人拿著沙耙，當有人落地後把凹處剷平，並將石頭或樹枝挑走，以策安全。

魏知宇拍了拍手上的沙，「你們繼續練習，有問題再告訴我。」

「謝謝老師。」

我用旋轉的方式轉到魏知宇面前，「嗨！魏知宇好久不見吶！」

「奐晴，這裡是學校，而且今天有上數學課。」

「可是你下班了啊，下班之後就不是老師了，不是師生關係的話就是朋友，我們不是朋友嗎？」

「不是。」

「不是朋友的話，那就是情侶囉？」

「朋友，我們是朋友。」

我很滿意他的知難而退，朝他甜笑，「那既然是朋友的話，朋友之間直呼全名不是很正常嗎？你也可以叫我小熊呀。」

「奐晴，妳是不是有報名跳遠的比賽，不一起練習嗎？」

「要不是因為你是裁判，你覺得我會報名嗎？」

魏知宇一噎，似乎沒想到我會這麼回答，他輕輕嘆了口氣，「如果都不練習直接上場的話，很容易會受傷的。」

「就算我不想得名隨便跳一跳也是嗎？」

「嗯……」他沉吟片刻後，「妳跟我來。」

「好，我跟你去。」

他帶著我從助跑區開始介紹，「跑的速度、幾步、距離都由妳，然後這是起跳板，不能超過，超過起跳就算犯規。」

「嗯嗯，這個我都知道。」

「有一個應該不會受傷的方法，看妳想不想聽。」他面有難色。

我當然想聽，「你說吧。」

「妳就站在這個白線。」他指著起跳板，「然後——立定跳，就跟測體適能一樣。」

「啊？」我敢肯定我頭上冒出五個問號。

這樣跳確定不會被納入校運會十大名場面之一嗎？

「妳要是想像普通選手跳當然沒問題，還是……妳先試試？」

「呃……好。」我不想白費他的苦心，所以選擇先試試看他的謎之提議，「那直接來吧。」

我站在起跳板前，已經先預知了等等會看到的場面，可魏知宇居然露出期待與盼望的眼神等我跳。

我能讀懂那個眼神，就跟我爸把腳踏車輔助輪拆掉，並為我加油打氣時一樣。

我在心裡默數，數到三的時候我往前跳，然後穩穩落地，穩到不行。

「我來看看。」魏知宇還真的拿捲尺量，「一米整。」他很淡定，沒有笑。

「親愛的……」

「奐晴。」

「我都還沒講完的，親愛的老師，我覺得這個方式行不通，我還是試試看一般的方法吧，我會注意安全的。」我重新回到起跳板，然後測量助跑距離。

拜託，一米整？我還不如當場表演個五體投地的吃播。沒錯，就是吃沙。

我活動活動筋骨，也是第一次跳，我沒把握，但也不會奢望能跳多遠，反正要表現的比立定跳沙還厲害。

再次默數三秒，我往前跑，照剛剛量的步伐跑，正好落在起跳板上，我一躍，這次有比較遠。

「哇很棒喔。」魏知宇又來量距離了，「一米五，可以了這樣差不多了。」

「差不多？剛剛上一個跳的學長四米多欸？」

「但妳沒有要得名不是嗎？那就是安全第一。」他蹲在我剛落地後的凹陷。

我還站在沙裡，「好吧，你說得對，我的目標不在名利，在於你。」我聳肩，「哎呀——」我緊閉雙眼，生理的淚水奪眶而出。

就在剛剛，忽然一陣風吹過，有沙子吹進我的右眼，我反射性地眨眼，眨了幾下感覺到分泌了眼淚才閉上眼，手賤的毛病又犯了，伸手就想去揉，不料卻被抓住了。

「不可以揉！」這個聲音是魏知宇的，「眼睛睜開我看看。」

「我怎麼睜啊？我抓一把沙子往你眼裡灑，然後叫你睜一個試試？」完了，我不小心把氣撒在他身上了，「我是說……我是說……」

「妳先放輕鬆不要出力。」魏知宇從不知道哪裡變出的衛生紙把我臉頰的淚水擦掉，「然後慢慢睜開。」

「可是沙子沒有跟著流出來，它還在裡面，我怕會痛。」我能感受到那粒害我此刻狼狽的沙。

「妳相信我，我幫妳吹掉。」

「你這麼溫柔的口氣我怎麼拒絕嘛。」我嘛嘴，然後照著他說的，慢慢睜開眼睛。

「來，我看——」他捧著我的臉，然後確認沙子是否還在裡面後輕輕吹氣。

我連睫毛都是溼的，雖然這麼近距離觀賞他的臉很爽，但看到的都是糊的。感覺不到刺痛感後，我的眼睛能正常眨眼了，「喔，好了，不痛了。」

「我這邊有衛生紙，妳擦擦。」魏知宇從口袋拿出袖珍包衛生紙。

「你一個男生隨身攜帶衛生紙啊？好細心喔。」我接過衛生紙，抽了一張擦拭眼瞼的淚水。

「還會痛嗎？」

「啊，又來了。」我仰頭。

「還有？我看。」魏知宇又捧著我的臉，然後仔仔細細地看。

我眼睛睜得大大的，他的瞳孔有魔力，彷彿漩渦將我捲進黑棕色的深淵，應該說童話故事裡，灰暗森林的另一頭，是象徵幸福美好的光明。

我忍不住笑了，瞇起眼睛時連帶著臥蠶都被擠出。

「奐晴，不能開這種玩笑，我會擔心。」魏知宇鬆開手，而且很認真地指責我剛剛的行為。

「啊？你會擔心我呀？為什麼擔心？」我踮起腳靠近他。

他往後一退，「因為我是老師。」

我悶哼，「最好是啦。」

「跳完就馬上離開沙坑，有風就要躲著，知道嗎？」

「好啦好啦知道啦，囉哩叭嗦的，只有男朋友才能這樣管我，你又不是我男朋友，但勉強讓你管一下。」

「我真的是一點辦法都沒有。」魏知宇笑了。

他笑起來有淺淺的梨窩，毫不掩飾喜悅，有著能讓人跟著心情好的笑容。

我也跟著笑了，「我可是曾小熊，誰都拿我沒辦法的。」

「曾奐晴。」說時遲那時快，劉謙文來了，他單邊背著自己的書包，手上拎著我的。

我看到我的小熊吊飾在向我哭泣，「媽媽啊，快來救救我。」它這麼說。

劉謙文是怎樣？不會尷尬嗎？

「魏知宇。」我連骨頭都在哀怨，「我先走囉？」

「你們……一起回家？」

「嗯，我不是說過嗎？我們住隔壁啊，都是一起上下學的。」

「這樣……」

「曾奐晴。」劉謙文又叫了一遍。

嘖，催命啊催。

「奐晴，路上小心。」魏知宇把袖珍包衛生紙整包給我，「還有點淚痕，再擦擦。」

「喔，拜拜——」我擺了擺手，然後從劉謙文手上搶走自己的書包，自顧自地往前走，沒有要謝謝他幫我拿書包的意思。

我們還在吵架呢！

2

運動會當天，我比鬧鐘還早醒，每次有特別的事都這樣。

披散著頭髮不太方便活動，於是我沒有選擇用離子夾夾直，而是直接綁起來，然後瀏海先上髮卷再去洗漱和換衣服。

出了房門，爸爸還在客廳喝燕麥粥的。

「我出門囉。」

「運動會好好表現。」他放下碗，「不要再跟去年一樣當眾撲街了。」

「你怎麼一大早就這麼聒噪。」我走到客廳，然後把髮卷拿下來放桌上，用定型噴霧來回噴個五回。

「怎麼沒去剪頭髮？想換髮型啊？」

我眼睛往上瞟，手指觸摸瀏海的弧度，「網路上都傳，男生都是長髮控，所以我想試試看留長頭髮。」

「哪有，愛一個人跟頭髮長度才沒有關係。」

「是嗎？」

「當然啊。」媽媽從廚房裡走出來，她也給自己泡了一碗燕麥粥，「幹嘛為了別人的取向而決定自己的樣貌，你們這些年輕人就是太戀愛腦了，總想著討好別人，最後吃虧的還不是那個犧牲比較多的，我跟妳說……」

完了完了，碎碎念模式被啟動。

「啊啊啊來不及了——」我跑到玄關，鞋都沒穿好就出門了，「真是的……」我蹲下來系鞋帶。

有記憶以來，每年運動會的兩天，天氣都很給面子，無颳大風、無下豪雨，太陽還會微微露臉看莘莘學子們揮灑汗水。

雖說稱不上暖和，但我們都是穿著短袖短褲，主要就是好活動，會帶著外套有涼意的時候再穿上。

「乾爸乾媽早安！」

「小熊早安，今天想吃什麼？」

「嗯……吃蘑菇鐵板麵加蛋，今天運動會要吃飽一點，吃飽一點才能盡全力打仗！」

「好，乾媽幫妳炒大份的！」乾媽說著便開了兩包麵。

哇嗚，這貌似太大份囉……

我正要上樓，就看到劉謙文走了下來。

我沒搭理他，著手幫忙早餐店的工作。

從秋天開始到冬天，有些客人開始會賴床了，會越來越晚過來買早餐。

我和劉謙文一起到了學校，整路無語，這陣子都是如此。

我不想逼問他腦子到底有沒有進水，更不想去揣測他那天說的話的可信度。

他不解釋，我便不問。

我們上了樓梯，各自到班上。

在經過三班時，裡頭鬧哄哄的，大家都興致高昂，不光三班，一班、二班，甚至整棟教學樓的學生都很亢奮。

我們班亦是如此，當時有多不情願被強迫報名參賽，現在就有多好勝。

「妳跳遠比賽在今天嗎？」

我拉開椅子落座，「在明天，記得來看我比賽呦。」

「我一直都在，我也是志工。」

「喔對吼。」差點忘了志工這樁事，「那妳幫我加加油。」

「加什麼油，加妳那一米五的油？」

「妳真的很會找重點挖苦我。」

我把那天放學和魏知宇在沙坑發生的浪漫故事，鉅細靡遺地說給翁琬瑜聽，她居然就只在意我初次跳出的一米跟一米五，好歹也關心一下我的眼睛吧。

「各位同學。」班導難得輕裝，還帶了遮陽帽，「鐘響後就下去集合，期待各位的表現。」

底下一陣沸騰，都迫不及待展現數日來練習的成果。

「我好期待學長姊的創意進場。」去年看過一次，我就徹底愛上這樣的傳統了。

「我也很期待，不過明年就輪到我們了。」

「到時候再說啦，先好好看今年的學長姊們出了哪些奇招。」

全校的學生到操場中央的草皮集合，同一色系的運動服在陽光的照射與微風的吹動下宛若波浪。運動會最大的亮點之一，非創意進場莫屬，在聽師長們冗長的發言之前，表演節目就有了振奮人心的效果。

在所有學長姊的創意進場中，我最喜歡的果然還是老套的尬舞，從青春校園偶像劇到漫畫小說裡都會出現的場景。

一個班級主要分成兩組，各組穿相異的服裝，播放兩段音樂分別展示，一首是勁酷風，一首則是搞怪風，雙方擺出挑釁的表情進入狀態，最後也沒分出勝負，就來個大合舞，合舞的部分有幾個學姊脫掉外衣，裡面穿的是露腰的短版上衣，搭配熱褲，姣好的身材惹得全場陣陣尖叫呼喊，氣氛被推至最高點。

我們所有人被鼓動，跟著一起跳，沒學過動作就會是一片群魔亂舞、鬼吼鬼叫，跟好友手牽著手轉圈、拍手，活潑的歌曲被跳得像在獻祭，又鬧又好笑。

學姊們最後的一段獨舞簡直辣翻全場，音樂結束後，在此起彼落的掌聲中迎接下一班的創意進場。

明明都是同個套路，可不管看過多少個版本，就是喜歡這種詮釋活力的方式。

當然，話劇、角色扮演、體操等等的都很出彩，這是學長姊們最後一年的運動會，他們將屬於高中年華的熱血傾注於此。

我雙手就沒停止拍過，「哇啊好好看！那個學長連牙齒都畫成黑色的！」

「好好好，妳講過至少一百次『好好看』了。」翁琬瑜與我並肩站在一起，她也一直在拍手。

隊伍早就亂了，我們班甚至參雜了一班的人，大家都往視野好的地方擠。

所有的創意進場結束後，教官整頓秩序，學生們回到原來的班級，隊伍重新排好，然後就是聽校長跟一大堆嘉賓自以為精神抖擻的發言。

不知道過了多久，「運動員宣誓，宣誓代表，三年七班……」

聽到這句話，我如臨大赦。

終於啊——

「全體解散——」

眾人如鳥獸散，有的開始熱身別號碼牌，有的找陰涼處坐著觀賽。

「我們去幫大家加油？」翁琬瑜問道。

「也好。」

今天下午安排的是高一組的跳遠比賽，到那時我們才要去幫忙，所以現在是閒閒沒事做。

「欸，中午要不要叫外送？」

「嘶——」我心動了，但又有點擔心被抓到，「確定嗎？」

「珍珠奶茶，要不要一句話？」

奶茶？

叫外送被教官抓到的話，愛校服務一支，但沒喝到奶茶是在懲罰我的味蕾啊！

「要！」

奶茶勝。

「那要不要順便問一下劉謙文他們要不要喝？」

我臉整個垮掉，「妳傳群組。」

「幹嘛？吵架喔？」翁琬瑜一副看透的表情，「我早就知道了啦。」她說著說著便傳訊息到群組。

我、翁琬瑜、劉謙文和陳加承有一個群組，在高一的班上我們四個創的，主要也是為了偷叫外送用來打掩護，但重新分班後就沒在用了。

「妳順便把黃芮加進來好了，之前她還吵說我們叫外送沒揪她。」

「好了，等他們回，截止到十一點半。」翁琬瑜關掉手機，「來說說吧，為什麼會吵架？」

「妳是怎麼發現的？有那麼明顯嗎？」我摸了摸自己的臉頰，認為這幾天沒露出任何破綻才對。

「從上週開始妳就一直悶悶不樂的，吸管都被妳咬爛了，奶茶都還沒喝完，就算去找魏知宇，回來後的笑容也沒掛著超過十分鐘，然後又比之前更少提到劉謙文，我就在猜你們是不是吵架了。」翁琬瑜分析出自己所觀察到的，她接著問：「是嗎？」

唉，我怎麼會跟偵探做朋友呢？

「也不是吵架……」

「不然咧？」她用手掌扣住我的下巴，掐著我臉頰的肉，「從實招來。」

3

「劉謙文跟我告白了。」既然瞞不過去，那乾脆直說了。

「蛤？」翁琬瑜放開蹂躪我嘴邊肉的手，「誰？誰跟妳告白？」

「劉謙文。」

「哪個劉謙文？」

我朝她翻一記白眼，「能駕馭寸頭的那個。」見她還沒搞明白，我接著說：「住在我家隔壁、每天跟我上下學，不把我這十多年的喜歡當一回事的那個——劉謙文。」

「一直拒絕妳那個？」翁琬瑜的下巴快掉到地下二樓了。

「對對對，拒絕我那個。」

「不好意思借過一下。」有人站在我們後面，似乎是被我們擋到了。

操場中間的草皮有劃分跑步項目的檢錄處，剛剛只顧著聊，沒注意到各項比賽準備開始了。

「抱歉啊。」我頷首，並和翁琬瑜離開草皮。

逆著人流，我們轉移陣地到花圃，平常這邊是放學時候聊天打屁的聚集地，現在倒是沒什麼人。

成堆被淘汰的課桌椅被放在這邊，理所當然就被學生拿來使用了。

我和翁琬瑜拉了兩張看起來還算乾淨的椅子坐下。

「妳說說，劉謙文怎麼跟妳告白的？」

我將那天的事情經過，從劉謙文拉我到司令台到他告白，完完整整地演了一遍。

她聽完扔出一個問題：「他喜歡妳的話幹嘛老拒絕妳？直接答應不就得了？」

「這就是我的疑惑啊。」我兩手一攤。

「會不會是他覺得妳的告白很隨便？所以不想答應妳？」

「拜託。」想起劉謙文那個嘴臉，我扎小人的邪惡想法都有了，「妳以為他多認真？再說了，既然這樣的話幹嘛叫我不要喜歡他？」

「嘖。」翁琬瑜難得的回答不出來，「這有點懸疑感……」

「什麼懸疑感，驚悚感吧……」我抱著手臂哆嗦。

「妳再誇張一點。」翁琬瑜的手機螢幕亮起，她點開訊息面一看，「陳加承要喝冬瓜拿鐵，黃芮要喝蘋果茶，劉謙文怎麼還沒回，他不是跟陳加承同班嗎？」

「隨便給他點個無糖綠啦，他就喜歡喝這種沒味道的飲料。」

「妳心裡還是有他的嘛。」

「這跟我喜不喜歡他沒有關係喔。」我特別強調，「完全是出自朋友情誼。」

「奇怪，我又沒有說什麼，妳解釋那麼多幹嘛？」

我迴避話題，「那妳覺得呢？劉謙文到底是什麼意思？」

「劉謙文是什麼想法不重要，重要的是妳的想法。」

「不知道，沒想法。」我兩手掛在椅背上，身體跟著攤軟，「妳現在就要打電話了嗎？」

「對啊，我覺得中午會是教官的重點巡查時間，所以提早叫一叫。」翁琬瑜撥通電話，「您好我要……」

我趴在椅背上，越想越無力。

就像翁琬瑜說的，劉謙文喜歡我的話，為什麼要一直拒絕我？魏知宇出現後，他從原先是瞧不起轉變為貶低，現在又突然向我告白？這態度完全是七百八十度轉了一圈又三圈嘛。

我想不到除了「腦子進水」外還有什麼理由可以解釋。

可是我並不想一直跟他冷戰，那要去問個明白嗎？萬一他只是一時嘴飄呢？不就等於我這幾週跟小丑一樣？

不對。

我猛地直起身用力拍椅子，然後又因用力過猛吃痛而甩手。

「嘶——」我握拳。

扭扭捏捏的，這不是我曾小熊的行事作風。

小熊天使頭帶金環手拿魔法棒，她說：「有問題就問，主動才有故事呀。」

小熊惡魔用三叉戟把小熊天使趕走，她說：「就是他害妳這幾天神經兮兮的，搞死他！」

還是我先問，他要是不回答，我再搞死他？

不是，這個問題的答案真的有這麼重要嗎？

在我小劇場演得正烈時，一雙手在我眼前上下揮動，「妳發什麼呆啊？」

「啊？」我抬頭，「黃芮？妳怎麼知道我們在這裡？」

「剛剛妳用手打椅子搞自虐的時候我告訴她的。」翁琬瑜回答。

「妳幹嘛啊？妳不是早就嚐盡了失戀的滋味嗎？」

「劉謙文跟她告白了。」

我瞪大眼睛，「翁琬瑜小妹妹，妳嘴巴還能再大點嗎？」

「妳又沒說不能說。」
「我也沒說可以啊！」
「妳沒說不能那就是可以啊。」
這句話怎麼有點……似曾相識？
好，我閉嘴。
「劉謙文跟妳告白！」黃芮甚至比我還興奮。
「小聲一點啦，妳是想讓全校都知道我現在的窘境嗎？」我把她拽回椅子，「給我坐好。」
「他跟妳告白了，答應他啊，雙向奔赴的愛情。」
「是病情吧？」
「欸欸欸幹嘛啊妳，曾經的妳可是鐵了心的要嫁給他欸。」
「但她現在喜歡魏知宇。」翁琬瑜就是我肚子裡的蛔蟲，「妳是不是在糾結自己到底是喜歡誰？」
好赤裸嗚嗚嗚，我根本藏不住心思啊。
我又鴕鳥了，下巴枕在椅子上，兩眼一閉假裝失憶。
黃芮的聲音從我頭上傳來，「以往都是妳跟在劉謙文的屁股後面轉，現在妳的注意力不在他身上了，他就開始著急了。」
「那這跟他告白有什麼關係？」這是翁琬瑜問的。
「就跟我當初說的那樣，他把曾奐晴的喜歡看得太理所當然了。」黃芮確實有這麼說過，也才不久前而已，「他以為妳只是鬧鬧小脾氣，最後也會回到他身邊，但事與願違，現在他有危機感了。」
「我也有危機感了。」我抱著頭，苦惱到不行，「感覺惹上了什麼大麻煩。」

「換句話說，他太習慣妳的存在了。」

「太習慣我的存在？」我抬頭。

「妳反思一下。」

「這個我也有跟她提過。」翁琬瑜手撐著下巴跟著思考，「但當時沒往這個方面去想。」

「我好像真的不能想像，少了劉謙文在身邊的我會是什麼樣子。」

「但是。」黃芮比食指代表一，「習慣不代表就是喜歡，妳可以拆成兩件事做討論。」她看了那麼多小說跟漫畫總算在這一刻發揮作用，「比如妳習慣喝某家店的奶茶，但那家店倒了，妳還是有別的選擇，因為本質是妳喜歡喝奶茶。」

我似懂非懂，「可是我這樣也會習慣喝新選擇的店啊？」

「沒錯，那我們換個角度想，如果妳只是因為喝奶茶是習慣，那麼哪家店就都無所謂了不是嗎？」

「我懂了。」翁琬瑜比我先領悟，「今天是因為妳跟劉謙文從小就是這個相處模式，所以才讓你們彼此有『喜歡』的錯覺，如果對象換成別人，同樣會習慣這樣的生活，即便那個人是陳加承。」

「我好像懂了。」我崇拜且敬畏地看著黃芮。

「喜歡是會相互吸引的，重點是妳喜歡、妳真的想要的是什麼。」

「我今天喜歡這家店的奶茶，那就是只能這家店的，其他家都不行！」為了確保理解正確，我舉一反三，「其他家的反而會不習慣？」

「真是隻聰明熊熊，我覺得喜歡可以變成習慣，但習慣不等於喜歡。」

「這麼一比喻就很好理解了欸。」翁琬瑜頗贊同，「習慣來上學但不喜歡上學，喜歡看課外書就變成睡前的習慣，哇——」她邊自言自語邊鼓起掌。

「我好像打開了新世界大門。」我讚嘆道。
黃芮就像把撓子，打通了我的任督二脈。
「好了別太仰慕我，所以呢？妳喜歡的是劉謙文還是魏知宇？」
「我我我……」我又塞住了。
自閉了，剛剛滿腦子都是奶茶奶茶，一時半會轉不過來。
「我們先去拿飲料吧，走去東側門剛剛好。」翁琬瑜站起來，把椅子靠邊。
「好，先喝飲料！」

4

校園版警匪片真實上演。
我們繞遠路避開教學樓，途中遇到教官的話就躲起來，剛從牆角探頭，就看到別組人馬被抓去問話，還使眼色讓其他人先走，這種無私奉獻的精神值得我們學習，學習可以，但我不想犧牲。
歷經一番波折後，我們總算和外送員碰到面。
東側是靠巷子，一般會進出這個門的人少之又少，連流浪狗都不太會經過這裡。也因如此，這裡成了外送聚集地，同時各種違反校規的事也都會在這裡發生，比如偷偷溜出去買東西、抽菸、翹課等等的。
翁琬瑜先墊錢，她和黃芮和外送員確認品項和金額，我負責打掩護。我們的暗號就是，看到可疑人物就學鳥叫。
不一會，她們走了回來，「任務完成，撤退撤退。」

黃芮把自己、劉謙文和陳加承的飲料拿走，她說等等要同學加油順便送過去，我和翁琬瑜就到操場隨便走走看看。

運動會管得比較鬆一點，不少人穿著便服，教官也都睜一隻眼閉一隻眼，我看得出來有一些外校的學生披著我們學校的外套混在其中。

午休時間結束後，我和翁琬瑜戴上工作牌到沙坑處集合，魏知宇和其他幾位老師裁判都到了，似乎在討論今年誰有望破紀錄，但其實每年各項紀錄都是田徑隊打破的。

見人來的差不多，魏知宇開始說明待會我們該做的事，「主要就是把沙鏟平，而且要填滿，不然選手很容易受傷，還有看到石頭、枯枝、垃圾等雜物就要撿起來，這邊安排的人比較多，你們自己安排累了就輪流做，旁邊有水可以拿，身體不舒服就馬上停下，有問題就問。」

「為什麼鏟沙身體會不舒服啊？也不會很熱啊？不至於中暑吧？」我問翁琬瑜。

「我不知道，我也沒鏟過。」

沒料到中午過後太陽會這麼大，看到其他人穿著外套，我本來還在嘲笑他們會熱死的，結果人家是穿著防曬，甚至有老師戴帽子、戴墨鏡全副武裝。

「我們等等會不會焦掉啊？」

「我有擦防曬啊，妳沒有嗎？」

我一愣，「沒有，早上那麼涼爽，我哪知道下午會這麼熱。」

「那這兩天過後我就會得到一隻黑熊。」

「妳還開玩笑。」我轉頭不理她，目標鎖定正在看名單的魏知宇，這時候還不到比賽開始的時間。

「老師老師。」
「怎麼了？」他胸前掛著一顆亮橘色的哨子，在全身的黑色下顯得格格不入。
「你一點都不意外我怎麼在這邊嗎？」
「老實說，還真不意外，如果妳沒出現在這邊就不像妳了。」
「老師，你怎麼沒告訴我下午會這麼熱。」我有氣無力地說話，「我彷彿下一秒就會暈倒在你懷裡。」
魏知宇也是全副武裝的其中一員，他抬頭看了我一眼，然後把外套脫下來。
欸？他在幹嘛？要陪我一起曬黑嗎？有難同當？
「這件是防曬外套。」他遞了過來。
「啊？」
「穿起來，不然很容易曬傷。」
「穿……穿這件？」我不敢相信自己聽了什麼，下一秒手上就多了件外套。
一樣是黑色的，觸摸到有微涼的感覺，是偏薄的布料。
恭敬不如從命，我直接就套上了。
剎那間，淡雅的麝香味湧入鼻腔，周圍一米的空氣都充斥著這股芬芳。
誰來救救我啊！
魏知宇的外套有魏知宇的味道！好吧……這是廢話，這世界上居然有被媽媽拿去陽台曬過的被子還香的味道。
「帽子也給妳吧。」他說著說著便準備拿下帽子。

「不用不用，有外套就夠了。」我甩了甩手，衣袖因為過長而顯得有些滑稽，「你的外套好大件，下擺都碰到我膝蓋了。」

「因為我長得高，妳長得比較……」

「比較怎樣？」我壓低聲音，滿分十分的不滿。

「比較袖珍？」

「矮就矮！袖珍沒有比較好聽！」

魏知宇一臉無辜，「誰叫妳剛剛那個表情像要把我砍掉一樣。」

「不會砍掉，最多綁票。」

陸續有選手到了，其他項目的比賽也準備開始，我看到翁琬琦在幫學妹別號碼牌。

「好了，準備開工了。」

「謝謝你的外套喔。」基本的禮貌我還是有的。

「老師，請問我現在回去拿名牌還能趕上嗎？」學弟跑過來問。

我很識相地離開。

「妳哪來的外套？」翁琬琦站在沙坑邊，手上拿著沙耙裝模作樣的。

我也從地上撿了一支站在她旁邊，「有點重量欸。」

「真的蠻累的，我剛剛有試過鏟沙，需要花不小的力氣才能鏟得動。」

「我試試看。」我躍躍欲試，卻被拉了回來，「幹嘛啊？」

「妳外套哪來的？該不會是……魏知宇？」翁琬琦往魏知宇的方向瞥，她倒抽一口氣，「你們……有戲了？」

「這只是身為老師對學生的關係。」我模仿魏知宇對我說話的口氣，「他都這樣回答我，我也不知道有戲沒戲。」

比賽正式開始，我徹底明白為什麼要安排這麼多志工了。

沙耙本身就重，加上沙的密度高，鏟的過程需要來回重複好幾次，有的選手會不小心用手撐地或者走在沙上，這更加大了工作難度。

高一組的選手特別多，鏟到後來我就是個無情的鏟沙機器。

同時間在進行的比賽還有二百公尺賽跑，大多數人都聚集在終點處，來看跳遠比賽的人偏少。

我實在累得不行，把沙耙交給休息了一段時間的人，然後偷個閒看賽跑。

老樣子，應援團少不了，設備更升級，我居然看到燈牌，這大白天的要燈牌幹什麼？乾脆裝個噴火器更引人注目吧。

「喔我不行了，我也要休息。」翁琬瑜的臉頰有點泛紅，她喘著氣，「渴死了。」

「那箱水是我們能喝的嗎？」

「上面沒寫不能那就是能。」

「喂，妳夠囉。」

我們原地坐下，已經管不了有沒有坐到什麼螞蟻窩或者狗屎了。

「下一個——」魏知宇對這項工作毫不馬虎，再三確認班級姓名及編號，就算有負責看有沒有越線或者量距離的老師，他也會親自去看。

翁琬瑜仰頭大口將救命水一飲而盡，「如果喔，我是說如果，劉謙文其實喜歡的是別的女生的話，妳會在意那個女生是誰嗎？」

「啊？」我喝水的動作一頓，「不會啊？」

「為什麼？」

「什麼為什麼？為什麼要在意不在意的事？」

「那如果他的告白是認真的呢？而且準備追妳，妳會在意嗎？」

「當然會啊……」

5

運動會第二天不用集合，該幹嘛就幹嘛，要比賽的去比賽，要加油的去加油，但最後一項的大隊接力要全班都到，這是班導下的命令。

顯然班導是覺得人多力量大，只要加油聲的分貝夠，倒數也能逆轉勝。

高二組的跳遠比賽排在早上，男子組的比完才輪到女子組。

昨天真的累得夠嗆，是把沙鏟平還是把我人鏟平，我已經分不清了。

我照順序排在第五個，我們班除了我就沒人報名跳遠了，也不知道會不會有人來幫我加油。

不要來才好，免得親眼目睹我是如何丟了二年五班的顏面。

「高二男子組比賽結束——高二女子組請準備——」

我隨便轉了轉手腕和腳踝，不走心的那種。

翁琬瑜鏟沙的背影像極了有苦說不出、負重前行的女主角，原來昨天的我有這麼淒美，這麼充滿故事啊。

總共排了兩列，目測十三個人，從眼神就能分辨出誰是玩真的、誰是報身體健康的。
無聊，好無聊。
「欸，曾奐晴。」
「你來幹嘛啊？」我沒好氣道。
陳加承來了，跟他一起的還有劉謙文。
「當然是來幫妳加油的啊，只要妳不跌倒我都不會笑妳。」
「那我咒你下午的一百公尺賽跑跌倒，然後我會盡情笑你。」
劉謙文不冷不熱接了一句：「你記得不要往我這邊倒。」
「你們兩個太毒了。」
「毒死你。」
「欸？妳頭髮能綁了欸。」陳加承到現在才發現我綁頭髮，反應遲鈍就算了，居然繞到我後面扯我的馬尾，「好小一撮，還怪可愛的咧。」
他拉的力道不小，害我頭跟著往後仰，「放開你的狗爪！」
「幹嘛啊，我誇妳可愛欸。」
「你真的很無聊。」劉謙文拍了下他的手，聲音還很清脆。
陳加承收回手，「你就只護她，從小一起長大了不起喔。」他嘀嘀咕咕抗議。
這下好了，我的頭髮整個大亂，不知道的還以為是我閨蜜跟我搶男人然後我們兩個互撕。
該死的陳加承，我要把沙當作是他用力在他身上跳出個坑！
我用手代替梳子重新把頭髮綁好，過渡期的長度其實有點尷尬，不太好綁，跑跑跳跳的一樣會有碎髮掉下來。

「比賽現在開始——」

「我要過去了啦，你們兩個就在這裡好好期待我被光榮淘汰吧。」

「我有買水，下場來找我。」這句話是劉謙文說的。

「喔。」我跑回隊伍裡。

陳加承還在對我扮鬼臉，而我看著劉謙文手上拿瓶水，心情突然變得很好。

其實就在今天早上，我跟劉謙文終於破冰了。

昨天我們也是一起坐公車回家的，在他發癲告白那天，我本來是要問他報名什麼項目，結果沒問到，是我從選手冊裡看到的，所以他一定也有看到我的項目，雖然知道彼此的賽程，但也僅此而已。

他甚至連我身上穿著尺寸極度不符的外套，都僅僅只是看了一眼，問都不問。

這更加驗證了黃芮說的那些話。

今天早上，我到早餐店的時候，劉謙文已經下樓了。

「你最近怎麼都這麼早？」乾爸不禁好奇，「有心事？」

「早睡早起身體好。」

好你個鬼……

差點不計形象在客人面前翻白眼。

「乾爸乾媽早安！」我放下書包，挽起外套的袖子。

今天穿的不是魏知宇的外套，是我自己的，他那件弄得都是沙土，我昨天就丟洗衣機洗了。

「小熊，今天想吃什麼？」
「總匯三明治加兩顆蛋！」說完，我打了個寒顫。
大概是我無視了某人，總感覺有道視線冷颼颼的。
今天的公車誤點了，我們等了好一會才到。
車內特別安靜，似乎早有預料到待會會發生的事，特意營造出的氛圍。
我把頭靠在窗戶，點開手機看今天的賽程，在腦海裡過了一遍路線，志工、幫忙加油、比賽、看比賽。
「昨天的飲料是妳點的嗎？」
「除了我，還有別人知道你喜歡喝沒味道的飲料嗎？」我下意識地回答。
所以說習慣真的很難改掉，明明知道在冷戰，結果身體動的比腦子快。
可是無糖綠真的沒味道啊！
「那我把錢給妳。」
「不用，幾塊錢而已。」
「下次換我請妳。」
「隨便。」我盡可能讓自己高冷一點。
仔細想想，以前都是我主動開口和劉謙文聊天，而且他總是愛搭不理的，現在角色互換了，我竟然覺得挺爽的。
你也有這天啊劉謙文。

憑什麼每次都是我，我也是有尊嚴的。
「我和陳加承會去幫妳加油。」
既然他都拉下面子了，我就順著台階下吧。
「你今年是不是也有報名一百公尺賽跑？我在選手冊上有看到。」
「有。」劉謙文的聲音多了一絲雀躍。
「那我再跟翁琬瑜去看你們。」
「你們？」
「陳加承不是也要比，你這麼光明正大地忽視他，會遭天譴的。」
然後我們就開始聊這兩天運動會的事，從去年的創意進場到今年的，從昨天的偷叫外送到今天午餐要不要吃火鍋。
心照不宣地，沒有人提那天的事。
這絕對不算翻篇，我心裡仍有疙瘩在，可是我不希望也不喜歡跟他吵架。
下了公車，我問：「劉謙文，你覺得我短頭髮好看，還是留長啊？」
「短髮。」他是肯定句。
「現在這樣不好看嗎？」
「不好看，跟以前一樣短短的比較好看。」
「這樣啊，那我考慮一下好了。」
操場上有人在熱身，有人在整理環境，也有人先去搶最佳的觀賽位置。

我到教室放好東西，然後跟其他同學要了四根別針別號碼牌，別在前或後都可以，裁判老師能看得到就好。

「今天心情不錯喔。」翁琬瑜身為風紀股長，竟然明目張膽地遲到。

「我跟劉謙文好像和好了。」

「妳主動提和好的嗎？」

「不是。」我搖搖頭，然後把別針遞給她，「妳幫我。」

「懶死妳。」她彎下腰幫我別在前面，「不是妳，所以是劉謙文？」

「我覺得他怪怪的。」

「哪裡怪？」

「話變多了。」我低頭看，手抓著左下角，「這個歪歪的啦。」

她重新調整，「我覺得妳的話是他的五倍多，妳比他更怪才對。」

「原來我們吵架心情受影響的不只我。」

「妳這有點陰險的小表情是怎麼回事啊？」翁琬瑜捏我的臉頰，她停頓了下若有所思，「妳最近是不是胖了？」

我不敢相信我的耳朵，「妳說什麼？」

「我說妳的表情看起來有點陰險狡猾。」

「好，我承認劉謙文因為這次吵架而態度轉變，我是很爽沒錯，但是——」我撥開她的手，輪到我反擊，我伸手捏她肚子的肉，「我才沒有變胖，我摸摸看妳有沒有。」

「我錯了我錯了，妳是苗條到看起來營養不良的熊寶。」

「這還差不多。」得到滿意的回答，我才赦免她無罪。

6

被排到第五個算蠻前面的，就當早死早超生吧，對自己最大的期許就是臉不著地。

「曾小熊——」雖然是氣音，但很大聲，我聽得出來是翁琬瑜，她說：「迷死他們。」差點送她一隻中指。

深呼吸——吐氣——

我模仿其他參賽者，在開始前原地蹦兩下。

在開始前悄悄瞄了眼魏知宇，他嘴巴開合，無聲的兩個字不偏不倚落入我耳中，他說：「加油。」

我充滿鬥志，而且有預感，我將會有超出預期的表現。

我照著唯一一次練習時那樣，照著算好的步數助跑，接著再起跳板上一躍，最後穩穩落沙。

我看向魏知宇，對視中，我從他的眸色裡發現驕傲、欣慰的色彩，他又用唇語對我說：「很棒。」

頃刻間，彷彿全世界都在為我喝采。

「一米六——」不知道是哪位老師宣布了我的成績。

「噗——」這是陳加承欠揍的嘲笑聲。

原來那些掌聲是真的，真的都是為跑完五千公尺的勇者們拍的手，跟我一點關係都沒有。

我離開沙坑，劉謙文把水遞給我，「謝啦。」

「曾奐晴，看妳跟其他選手一樣有模有樣的，還以為妳有備而來，結果才跳一米六。」陳加承還在笑的。

「我上次跳一米五而已欸，突飛猛進的進步速度。」

「那希望妳的數學也能有突飛猛進的進步。」

我睨了陳加承一眼，不想浪費口水。

「幹嘛啊？被說到痛處了喔？妳桑心難過喔？」

我正半蹲拍褲子上的沙，陳加承就偏要刷存在感，他學我用同樣的姿勢然後歪腰看我，我在心裡把所有學過的髒話罵了十遍，然後趁他毫無防備之時，給了他一記頭槌。

「哇——嘶——」他坐在草皮上，手撫著右額，「妳跟哪位師傅學的鐵頭功，我也去報名。」

雖然我也有點痛，但看他眼角溢出的淚花，我就很痛快，「活該。」我擰開瓶蓋，發現是鬆的，「你開的喔？」

「對。」劉謙文把陳加承扶起來，正確來說是陳加承扒著他的褲子，他不得不扶他。

「這麼貼心，你是不是做虧心事了？」

「他肯定是在外面有別的態了。」陳加承的洞察能力差出新低，看來他不知道我跟劉謙文吵架的事。

「閉嘴。」劉謙文往他後腦勺打。

我輕咳兩聲，「不說話沒人把你當啞巴。」

「哎呦——」陳加承往前踉蹌，「你們兩個是不是有事瞞著我？」他瞇起眼睛，一副審問犯人的樣子，「你們有權保持緘默！」

「要不要再給你配盞檯燈？做戲做到底嘛。」

「我覺得可以。」他居然認真了。

我伸手，「賠錢。」

「賠什麼錢？是妳自己說要買給我的欸。」

「時間就是金錢，你在浪費我的錢，所以賠錢。」

「要錢沒有，要命一條。」

「算了，我大熊有大量。」我仰頭喝水，渴死了。

我跳遠比賽的結果呢，毫無懸念地——被淘汰了。

不過比賽沒有因為我被淘汰就停止進行，也不會因為我被淘汰就不用去鏟沙。無情的鏟沙機器再次上線，我繼續鏟沙、推沙、翻沙。

在我們鞋子裡、頭上、指甲縫積滿沙後，跳遠的比賽終於結束了。勝負已分，有人表現失常沒得到理想中的名次，有人破了校運會記錄，好幾個老師嘖嘖稱奇。

素質固然重要，但要想成就一名運動員，那比賽環境、場地維護都必須維護好，所以我們幾個志工是不可或缺的，少了我們可不行吶，四捨五入我也算得名了。

最後也不需要我們收拾，會有人負責把沙耙拿回儲藏室，至於那個人是誰我不在乎，我只知道我現在真的累爆了。

在一百公尺賽跑開始前，還有時間能休息一下的。

「妳不去找魏知宇嗎？他現在沒事了。」

對於翁琬瑜的提議我很是心動，但我真的太累了，「不去，我感覺我全身的筋骨都在咆哮。」

「同感。」

我和翁琬瑜同其他人坐成一團，一個一個都露出疲憊的神色。

老師們也不輕鬆，衣服的背面和掛在脖子上的毛巾都溼掉了。其中有一個老師，水喝著喝著就直接把水往臉上潑，看上去很舒服的感覺，害我有點想試試。

我腳邊已經躺了三四個空瓶了，都是我喝的，手上還有半瓶。

老師們在確認要印獎狀的選手名單和資料。

魏知宇似乎覺得有些悶，防風外套的拉鍊被他拉下，接著把帽子脫掉，他的頭髮都是汗，髮梢處還掛著水珠。

我的嘴角有同款水珠。

男生的瀏海溼掉真的好性感。

以前看過劉謙文跟班上的男生打籃球，但他一直都是寸頭造型，所以我的目光會不自覺被別的男生吸引，就連陳加承都在瀏海溼成條碼的狀態線格外順眼。

不管是有巧克力腹肌，還是鬆餅腹肌，都沒有瀏海溼掉更有魅力。

「曾奐晴，妳口水給我擦掉喔，髒不髒。」翁琬瑜看不下去提醒我。

「這不是口水，是喜極而泣。」

興許是察覺到我的視線，魏知宇走了過來，途中還撥弄他性感得要死的瀏海，笑道：「妳破記錄了。」

無言，比無鹽薯條還無言。

「對對對，破我個人最佳一米五的紀錄，盡情取笑我吧。」我仰頭。

「我沒有取笑妳，我誇獎妳進步了。」

「最好是啦。」

「我先回辦公室整理一下，辛苦你們了。」
「等等。」我突然想到他昨天借我的外套，「老師，你的外套我丟洗衣機洗囉。」
「其實不洗也可以。」
「不洗怎麼行？」我反駁，「我沒有要還你欸，我要自己留著。」
魏知宇大概五秒沒有說話，翁琬瑜本來靠在我的肩膀上閉目養神，聞言也直起身看我。
「對啊，你又沒說要還你，那不就代表要送給我嗎？」
「妳怎麼不要臉的這麼理所當然啊？」翁琬瑜難以置信。
「奐晴，我跟妳……」
「魏老師，麻煩你過來一下，這位選手的成績有爭議。」
魏知宇話還沒說完，就被其他老師叫走了。
很棒，賺到一件外套。

7

答應了劉謙文要去看他比賽，到點的時候我就和翁琬瑜去檢錄處找他們。
真不愧是焦點項目，報名的人各個來勢洶洶，穿束褲就算了，甚至有人穿釘鞋，我都懷疑自己是不是跑錯場了，這是高中運動會，不是什麼國手選拔吧？
劉謙文和陳加承跟那些人比起來，簡直是一股清流。
「劉謙文加油！」我雙手握拳下壓，「陳加承你跌倒不要往劉謙文的方向倒！」
「妳真的是來給我加油的嗎？」陳加承沒有厲害的裝備，倒是穿了一件螢光粉的排汗衫，顯眼的不行。

「沒有欸，我來給劉謙文加油的，你少自作多情了。」

「妳妳妳……」

「那我來給你加油行不行？少在那邊演心理不平衡的男二。」翁琬瑜學我的動作，「加油，我看好你。」

「小魚，我的好閨蜜。」陳加承作勢要抱她。

「別靠近我。」翁琬瑜止住他的動作。

「高二男子組一百公尺賽跑，第二組就位——」

裁判一聲令下，所有選手到各自的賽道調整起跑架。

我和翁琬瑜慢慢走到終點處等。

鳴槍起跑，選手們一齊衝刺，距離很短，到最後才分出勝負。

所有選手越過白線的瞬間，歡呼聲如雷灌耳，場面一度失控，許多人蜂湧向前，又是遞水、又是送毛巾的。

也有人送劉謙文東西，但他都推掉了，倒是陳加承非常享受被追捧的感覺。

這個世界是怎麼了？居然連陳加承都有愛慕者。

可惜第一個過白線的並不是劉謙文或陳加承。

「哇啊！好棒好棒！」我跳起來瘋狂拍手。

就算不是第一名，也是單組第三，超級厲害的好嗎。

「白給陳加承加油了，居然吊車尾。」翁琬瑜跟著我拍手。

「沒差啦，都很棒棒。」
劉謙文先退下場，而且是費了一番功夫才擠出來的。
果然，他少了瀏海。
「有水嗎？」他問。
「有啊，我有幫你們兩個買。」我將一瓶水遞出去。
他接過後，不到五秒灌完，接著把我手上這瓶也抽走，又一個五秒空瓶。
「你三天沒喝水了？」翁琬瑜被他的速度嚇到了。
「運動完很容易口渴。」
我這才反應過來，「不是，你都喝光了，陳加承喝什麼？」
劉謙文揚了揚下巴，「有人送他水，沒差。」
我恍然，「說得也是。」

下午大隊接力，沒人敢反抗班導的話，全班都到了。
由於人多，學校給每班發了二十件的號碼衣，以便辨認所屬班級，背號按棒次分配。
原本呢，我只是個快快樂樂看比賽的小朋友。
「啊？」面對同學的請求，我感到無比錯愕，「我不要啦。」
「拜託啦，真的沒人了。」
「翁琬瑜啊。」我就是那個日常坑友第一名。
「她說她不要。」

「我也不要，找別人。」

「拜託啦求求妳啦，都到這個節骨眼了，難道要因為缺一棒而棄權嗎？」那同學苦口婆心地勸我，還撈起我的手捧著，態度就好像我是唯一救世主似的，「這是我們分班後的第一場團體戰役啊！輸也要輸得風風光光的，好不好嘛？」

本來被排在第五棒的女同學參加跳高比賽時，不慎扭到腳踝，現在需要拄拐杖才能行動，她也很懊悔自己沒有注意安全。

「呃……」我真的想拒絕。

我又沒有參與過班上大隊接力的練習，就這樣趕鴨子上架風險很大欸，萬一敗在我這棒怎麼辦？我可不想當千古罪人。

「曾小熊，妳答應啦，人家都快跪下了。」翁琬瑜就知道說風涼話。

見對方哀求的眼神，「吼……好啦……」我最終還是答應了，但預防針要先打，「先說好，我跑得很慢，沒練習過的話默契絕對零……」

「放心放心，我們就是跑個回憶，跑第幾名都無所謂。」

謝謝，但我對於賽跑只有不美好的回憶。

然後在高一組的跑完後，我心不甘情不願地套上五號的藍色號碼衣，跟著大部隊走到棒次的定點處。

幸運的是，劉謙文也在這裡，他是第十三棒。

「妳不是不跑嗎？」他正在拉筋。

「沒辦法啊，有同學受傷了，我就頂替一下吧。」

反正我排在第五棒，這麼前面應該也影響不了名次。

「注意安全。」

「我聽得出來，你話中有話喔。」我特別敏感，隨便說到點什麼就會挑起去年不堪回首的往事。

「是真的叫妳注意安全，跟妳去年滑壘沒關係。」

「……好。」我還能說什麼，這下連畫面都有了，我馬上使出轉移話題之術，「陳加承呢？」

「第十四棒。」

「那我過去剛好能遇到他。」

「高二各班級預備——」

我知道某些班級是鐵了心要爭第一，也知道有班級是棒次現排現比，至於我們班是前者還後者我不知道，所以我還是一樣的想法，臉不著地就行。

我們班的第一棒被安排在第四道，她居然跑超過第五道的班級。

我站在跑道上目瞪口呆，「這……這不是我領到的劇本啊！」

搶跑道後，我們班穩穩跑在第二名，第三名緊跟其後，而且離第一名只有不到兩米的距離。

完了完了。

「曾小熊！加油啊！」翁琬瑜站在我旁邊的草皮上，「不要跌倒。」

「為什麼每個人都叫我不要跌倒啦。」

「來了來了。」

我側身等第四棒跑向我，在成功握上接力棒後，我腦子全空，一心只顧往前，可以想像我此刻的表情有多猙獰。

究竟有沒有追過誰或者被超過我也不知道，只知道把接力棒交出去的當下，我是亢奮的。

「不行了不行了，沒練過就是不行。」我跪倒在草皮，連號碼衣都顧不上脫。

「妳很嫩欸。」陳加承趁機踢我兩腳。

「要不是我現在又累又痛，我一定把你種土裡。」我躬曲身體，隱忍著不適，「快輪到你了啦，不要拖劉謙文的後腿。」

「第十四棒預備——」

我艱難起身，「嘶——要命了，明年再跑我就是熊。」

大家如嘶吼般的加油聲不斷。

我走回第一棒也就是終點線的位置，和翁琬瑜會合，她秀出手機畫面，是她幫我捕捉了精彩瞬間，拍得很醜但很有紀念意義。

到男生棒次開始，距離就被越拉越大了，最後我們班落得第三名，獲得了一面錦旗，其實中間一度掉到第五，在倒數第四棒被追回來，真是有驚無險。

運動會就在大隊接力的結束下圓滿落幕了。

運動會是圓滿了，但我的身體不圓滿。

「怎麼這麼痛……」我連書包都背不起來。

剛剛頒錦旗的時候我就偷溜回教室了，現在的我禁不起碰撞，要是等到解散，我肯定會被擠得稀巴爛……

而且教室裡的風扇居然沒關，被班導知道就慘了。

當大家陸續回到教室，就代表放學了。

我書包抱在胸前，步履蹣跚前進，打算趁所有人還在整理東西時下樓。

「奐晴？」剛踩到最後一階樓梯時有人喊我的名字，這個人不是別人，正是魏知宇。

「嗨，老師。」我不是轉頭，是整個人轉過去。

他察覺到我的異常，「妳怎麼了？」

「沒啊，等劉謙文。」

「奐晴。」

「幹嘛？」我竟然有不想直視魏知宇的時候。

「妳在心虛，否則不會不敢看我。」

「欸，我哪有。」骨子裡的好強不允許我示弱，我一個華麗的扭頭，然後迎接我的是紅紅火火的拉扯感，「嘶——」我憋不住疼出聲。

「到底怎麼了。」魏知宇快步向前，他看不出端倪。

「我……我背痛……」

「背痛？」

「曾奐晴，妳在做什麼？」劉謙文也下來了。

「我送妳去醫院。」這句話是魏知宇說的。

「怎麼了？」

「她說背在痛，你先回去吧。」魏知宇說完就要幫我拿書包。

不料卻被劉謙文搶先一步，「我跟你們一起去。」他坦然自若，「我打電話跟乾媽說一聲。」

「喔，謝啦。」我並沒有覺得哪裡不對勁。

「那就走吧。」魏知宇領路。

我們跟著他到學校的地下停車場，我一眼就認出他那輛白色的車，於是很自然地走到副駕駛座的車門旁。

魏知宇解鎖打開車門，我也拉開門。

「曾奐晴，你跟我坐後面。」

「啊？」我不解，「喔……」

本來想偷看那張發票被移位了沒的說。

「沒關係，讓她坐前面，我之前載她回家的時候她就是坐前面。」

「好耶！」得到魏知宇的允准，我再次把門打開。

劉謙文這次的態度卻很硬，「坐後面。」

「可以坐前面，我不介意。」

「坐後面。」

「前面。」

「曾奐晴。」

「沒關係的奐晴。」

這兩人一來一往的是故意在我眼皮子底下打情罵俏？原來我才是那個多餘的？

好，我成全。

「不坐了。」我關上車門。

醫院也有公車站，大不了我自己去。

魏知宇嘆了口氣，「妳坐後面吧。」

「莫名其妙。」我低聲咕噥，拉開後座的門坐進去。

第七章、
不知道你知不知道我知道

1

從醫院離開已是華燈初上，返家途中，車內的氣氛十分詭異。

我晃了晃腦，把注意力集中在街道，一抹橘沒入天邊，路燈盞盞亮起，巔峰時刻的車流量特別多，喇叭聲絡繹不絕。

遇上紅燈時，窗戶反射出劉謙文的臉，他一直盯著前面，我感到狐疑於是扭頭過去，發現魏知宇緊鎖著眉看著後照鏡。

是怎樣？剛剛我在做檢查的時候錯過什麼大戲嗎？

「劉謙文，書包還我。」

「拿去。」他把書包遞給我。

我從夾層拿出手機，點開螢幕就顯示一排的訊息，有兩個班群的、翁琬瑜的，還有家群裡爸爸媽媽的詢問。

「奐晴。」

「什麼事啊？」我身體向前傾手抓著副駕的椅子。

「我不是說過如果不舒服就要馬上告訴我嗎？」

「我想說沒什麼大不了的嘛，其他人也都沒事。」

原來那時候指的不舒服是這個意思，我還想了老半天。

「那醫生剛剛提醒的，妳有記得嗎？」魏知宇扶著方向盤轉頭看我，「消炎藥、熱敷、什麼時候複診都有記下來吧？」

「有有有，你已經提醒二十遍了，你比我媽還像我媽欸魏知宇。」

「魏知宇？」劉謙文複述一遍。

「他就叫魏知宇啊。」

「沒事，不在學校的話她都這麼叫，我習慣了。」綠燈亮起，魏知宇踩油門繼續前進。

還沒到家門口，我就看到我爸媽站在路邊，他們看著左右來車，似乎在猜哪輛是我們。魏知宇如同上次載我回家那樣迴轉，他也看得出來路邊那兩位是我的家長，便把車停在他們面前。

我拉開門下車，「呦呼，我回來啦。」

「妳真的是，哪裡受傷了？」爸爸左瞧右看，「沒有包紮的地方啊？」

「呃……一言難盡，反正沒什麼事。」

劉謙文與我同個方向下車，「乾爸乾媽。」

魏知宇特意下了車，「二位好，我是奐晴的數學老師。」

「你就是她的數學老師啊？」媽媽很驚喜，上上下下打量。

她的臉上就差沒寫著「也太帥」這三個字了。

「是。」

「魏知宇，謝謝你今天送我們回來呦。」

媽媽拍我的手肘，「不可以沒大沒小地直呼老師的全名。」

「誰大誰小了，我們差不多歲好不好。」

「老師，謝謝你啊，辛苦了。」媽媽向魏知宇道謝，「今天兩個孩子麻煩你了。」

「不麻煩，應該的。」

「乾媽，今天如果是別的老師也會這麼做的。」劉謙文關上車門，「妳就別放在心上了。」

「怎麼連謙文也這麼說。」

「是這樣的，奐晴的背部因為用力過度導致了肌肉拉傷，本來沒這麼嚴重，結果臨時遞補大隊接力的缺棒，所以有點發炎，這幾天要注意飲食、不能提重物，醫師有開藥，三天後去複診……」魏知宇大致解釋了我為什麼去醫院，他一字不落完全複製了醫生說的注意事項。

「吼沒那麼誇張。」我打斷他，「也不是什麼大不了的事，總歸一句就是背痛而已啦。」

「老師，謝謝你啊。」媽媽還在道謝，「輔導她數學已經夠頭痛的了，受傷了又帶她去醫院，還把注意事項記的這麼清楚。」

「妳喔妳。」爸爸戳我的腦袋，一點都不顧及我是傷患，「還不跟老師謝謝。」

「我剛剛不是謝了嗎？」

「妳真的是——」

「沒關係沒關係，奐晴現在還不舒服，就先讓她休息吧。」

「說得對。」劉謙文從他自己的書包側袋拿出一串鑰匙，接著走到我家門口插入鑰匙孔打開門，

「曾奐晴，妳該休息了，我陪妳上樓。」

我第一個念頭是，門有鎖嗎？

大人就在家門前，鎖屁鎖？

「等一下啦，我還不想上去的，我想跟魏知宇你儂我儂。」

魏知宇聞言，下意識的反應是看我家家長，隨後又變回常態，他心虛的表情我盡收眼底。

他禮貌性地頷首，「那麼我就先回去了。」

「真的太謝謝你了。」爸爸也和他道謝。

魏知宇上車後，我們才走進家裡。

我探頭往外看，直到他駕車過彎後才依依不捨地收回視線。

「看夠了沒？」媽媽坐在沙發上，「說說吧。」

「剛剛魏知宇不都說了嗎？背部肌肉拉傷，主因是鏟沙的時候出力不當。」

「誰問妳這個了，我是問妳跳遠比賽的結果。」

「妳怎麼不關心一下我的傷勢？妳女兒差點痛死在學校欸。」

媽媽打開電視，「剛剛魏知宇不都說了嗎？背部肌肉拉傷，主因是鏟沙的時候出力不當。」她轉了喜歡看的《萌寵日記》重播。

現在是人人都學會複製貼上？能不能有點創意！

「我也好奇妳跳了多遠。」爸爸看向一旁的劉謙文，「謙文，你有去看她比賽吧？」

「有，不過她首輪就被淘汰了。」

「劉謙文，你不可以掀我底啊。」我表示抗議。

「我們都知道她會被淘汰，是想知道她跳出的成績。」

劉謙文這個老實人，我爸媽都問了，他怎麼可能給我留點顏面，「一米六。」

「妳跳的距離還不及妳身高？」爸爸直接往我最痛的地方戳。

「我累了，我要上去洗洗睡了。」再待在客廳我恐怕活不過今晚。

還好只是單純的肌肉拉傷，不影響我日常生活，四肢也能正常行動。

我以為劉謙文在我上樓的時候就走了，沒想到他居然跟在我後面要進我房間。

「你怎麼還不走？」

他站在門外，「不太放心。」

「那你進來啊？在外面餵蚊子喔？」我側身。

我們從小就這樣進進出出的，都知道對方的私人物品收哪，只要不亂動就好。

「好像很久沒來妳房間了。」劉謙文隨手抓了一隻小熊娃娃，「感覺越來越多娃娃了。」

「你拒我於門外，我可沒有，自己不來的。」我坐在書桌的椅子上，輕輕動了動肩胛骨感受疼痛程度，「椅子在那邊，不用我親自為你服務吧？」

「是不用。」

「劉謙文，我問你。」我非常之認真且嚴肅，「你又沒有給魏知宇教到數學，為什麼對他的敵意跟我對前班導一樣大？」

從決定帶我去醫院開始，我就覺得劉謙文的臉比我生理期來還臭。

他不論多討厭某個人事物，都會極力忍耐，要不是我跟他認識夠久能分辨，基本上沒人能發現端倪，我很少看到他半點不藏的厭惡，不知道魏知宇有沒有察覺到。

「曾奐晴，我認真的。」

「認真什麼？我也很認真在問你啊。」

「曾奐晴，我喜歡妳，所以看到妳跟別的男生走得很近，我心裡很不是滋味。」劉謙文又癲了，「我認真的。」

我花了好幾週都無法消化他的告白，卻只經過一宿就想通了黃芮昨天說的話。

黃芮說得對，或許我和劉謙文之間的喜歡是模糊的，而這片模糊要我們慢慢將它擦拭才得以清晰。

「劉謙文，你有沒有想過，這並不是喜歡，只是我們都太習慣了。」我把黃芮說過的話複述給他聽。

「什麼意思？」劉謙文的表情就跟我昨天一樣。

「如果今天和你一起長大的是別的女生，那你還會喜歡我嗎？」

「我……」

「如果這個問題是問我，我也一樣沒辦法馬上回答。」我不否認我真的感到很矛盾，「我們都不確定心意，所以就沒必要急於證明，等想清楚那天再來討論，好嗎？」

「……好。」劉謙文很是糾結。

他的這份糾結，我能懂，既然我能懂他，他也一定能懂我。

希望在小熊軍團的見證下，我們能找到真正的答案，不用再為了情感而煩惱，即使最後知曉我們都會錯了意，那也不妨礙彼此在對方心裡的地位。

2

照著囑咐，我時間到了就吃藥、該熱敷的時候熱敷，安安心心逃過了好幾堂的體育課。

終於在秋與冬的換季之時，我痊癒了。

運動會的熱情久未消散，時隔兩週都還有人在走廊上演比賽當下險勝的緊張時刻，而且其他同學非常配合，表情說多誇張就有多誇張，我每天看得津津有味。

學校總有辦法制裁學生，一盆水就讓大家冷靜下來，比冬天的寒風都有用。

「聽清楚了嗎？第二次段考的範圍就到這邊，剩下的就是期末考。」班導在講台上宣布第二次段考的範圍。

上次數學考五十六，這次我要考五十七！

「妳幹嘛一臉鬥志高昂的表情。」翁琬瑜在課本上貼標籤。

「這次數學，我要考五十七分！」

「我無話可說。」

「有問題就問，第一次段考我們班的總平均並不理想，希望大家能有所進步，下課——」

所有人因為考試的到來而收心，徹底看不見運動會的影子了。

盼星星盼月亮，我上網預購了好久的東西終於送來了。

這些全部都是要送給魏知宇的，他看到這些東西的表情果然沒有讓我失望。

「奐晴，妳這些是要……」

我觀察好久了，魏知宇的辦公桌從入職到現在都空空的，筆被隨便放在角落，自己的筆記本跟教科書堆在一起，垃圾也是囤到放學才一起扔掉，雖然說不會凌亂，但就是一點生活氣息都沒有。

後來看到有個網紅裝飾男朋友的車內，我就決定來效仿一下，買了幾個便宜實惠又可愛的小收納。

「來，一樣一樣開箱！」我先拿出奶茶色的書擋架，「你的筆記本和資料放這裡面。」見他呆處在椅子上，我直接把他連人帶椅拉出來，「我來，你看。」

接著我又把棕色的四層小抽屜拿出來，把散落的長尾夾和迴紋針等東西收進去，再來是外層包裹著絨毛布料的小型垃圾桶，最後就是印著小熊圖案的馬克杯，這個就用來當筆筒。

我雙手叉腰滿意地看著自己的傑作，其實我買的東西不多，簡單幾樣就讓整張辦公桌煥然一新了。

我又把魏知宇推回去，他呆愣愣地看著桌上，還用手去揪垃圾桶的絨毛。

「怎麼樣？滿意嗎？怕你覺得都是小熊太小孩子氣，我特地選了幾個素色的。」

要不是我沒那麼多錢，我會再買個奶茶色格紋桌墊和電腦包。

不過椅子感覺可以放一個靠枕，到時候我再從家裡拿就好了。

「奐晴，妳這些東西收回去，太破費了。」魏知宇說著說著就要動手，可是又無從下手。

「不用啦，這些又不貴，我是會貨比三家的賢慧美少女。」

「再怎麼說也是花妳爸爸媽媽的錢……」

「他們都對你很滿意，要是我說是買給你的，他們絕對嫌我買的不夠好。」

我說的是真的，那天魏知宇把我送回家後，爸爸還要我請他來家裡作客，媽媽則一直跟我探聽他有沒有另一半。

我接著道：「我就算現在把你帶回家見家長，他們也不會有第二句話。」

「真的嗎？」
「真的啊，你要跟我回家嗎？」
「我的意思是，妳這樣亂花錢沒關係嗎？」
「我哪有亂花錢，你才應該檢討一下自己，看看人家方老師的桌子，多有生機！」
魏知宇偷偷瞥了一眼，「是還……蠻有生機的……」
方老師的椅子旁躺了七八個飲料空杯，桌上還有三包已開封且未吃完的麵包，自然而然……有很多小昆蟲。
「好啦，你可以貼身指導我數學。」
「我就算沒說，妳也會跑來問我數學不是嗎？」他還在把玩那個垃圾桶，然後又對馬克杯上的小熊有了興趣，「我都不知道馬克杯還能拿來當筆筒。」
「偷偷跟你說喔。」我降低音量。
「妳說。」
「這個馬克杯啊，是情侶款，你的小熊穿藍色毛衣，我的小熊穿紅色毛衣。」我按捺不住笑意，露齒微笑。
「奐晴，我們不是……」
「只要你現在答應了，那就是了。」
上課鐘響，魏知宇以其當藉口，「回教室，上課了。」
「沒事，慢慢來就好。」我完全不著急。
「這樣妳會被上這節課的老師罵。」

「他才不敢罵我。」

魏知宇感到困惑，他問：「他為什麼不敢？」

我笑出聲，「你敢罵我嗎？」

「我為什麼不敢罵妳？」

「你捨不得呀——」我賊賊一笑，「話說，這節課已經被耗了快三分鐘了，你還不去上課嗎？」

大概過了三秒，魏知宇才反應過來這節就是他的課，然後匆匆從旁邊拿教科書以及資料。

以前很討厭來辦公室，總覺得來這裡不是被罵就是準備被罵，可是現在我完全把辦公室當我家廚房在走。

「妳的背已經完全好了嗎？」魏知宇在運動會結束之後沒有再慰問過我，這是他第一次問。

我本來還有點在意他怎麼不關心我，可是當他一問，我又覺得無所謂了，「好了啊，活跳跳一尾龍。」

我似乎太高估自己了，只穿了長袖運動服沒穿外套，推開辦公室的門，風迎面吹來還真的有些冷。

我有忍住不讓魏知宇發現，我總不能再跟他要一件外套嘛。

樹上只剩幾片搖搖欲墜的楓葉，再過一陣子就真的全禿了；本來還零星能聽見的蟬鳴不在，取而代之的是斷枝在地上打滾的聲音；太陽縮短的上班時數由月亮頂替。

還不到十二月就能感受到冬天的威力了，這時候最能取暖的方法就是擁抱，但我感覺魏知宇還不想跟我抱抱。

「明年運動會妳還要報名跳遠嗎？」

我們已經走到了四班教室外，因為風強，大部分的班級門窗都是關著的，頂多留個縫讓空氣流通。

「你如果也是跳遠的裁判我當然要報，但如果不是的話就算了。」我想了想，認為重複的機率不高，「看你被分到哪裡我就參加哪項。」

魏知宇握上門把，接著下壓推開門，「那妳可能一項都沒辦法報了。」同學們齊刷刷地望向這邊。

「啊？你明年不當裁判嗎？」

他沒有回話，我便直接回到座位上。

翁琬瑜對此見怪不怪，「剛剛又去幹嘛了？」

「幫魏知宇改造了一下他的工作環境，妳有空可以去看看。」想到他原本枯燥的桌面因為我而變得生動我就很開心。

「不好意思各位同學，剛剛有事耽誤了一點時間。」魏知宇把列印的講義發下來，「這節課我們集中複習這次段考比較難的地方。」

我沒有把他剛剛說的話放在心上，拿到講義後就全神投入到課堂中。目標可是五十七分！

3

「翁小魚，我想去福利社。」歷經了一堂腦與數字的搏鬥，肚子成了最先犧牲的部位。餓。

「走啊。」翁琬瑜也從書包拿出錢包。

「難得看妳要買東西欸。」
「沒辦法，冬天就特別容易想吃東西。」
「我同意。」
特別容易想吃東西就算了，還特別懶得動，發胖不是沒理由的。
我們穿上外套下樓，因為天冷的關係，在走廊的學生不多，去趟廁所出來就馬上縮回教室取暖。
福利社的生意倒是沒被影響，居然還有人到冰櫃買冰棒吃，這些人可真勇猛。
我拿了軟糖跟洋芋片，翁琬瑜拿了巧克力。
結完帳，我突然就對她手上的巧克力感興趣，「借我吃一口。」
「會還嗎？」她撕開包裝，折掉一節給我。
「當然不會。」巧克力在我嘴裡化開，微苦中帶了點甜。
「欸？曾奐晴跟翁琬瑜？」陳加承單手拋接錢包，硬幣在裡面發出敲擊的聲音。
這個人真的是什麼都能拿來玩，我看把他丟在荒島他也不會無聊。
「你穿短袖？這樣不冷嗎？」翁琬瑜問道。
光是看到他露出的臂膀，我都起雞皮疙瘩了。
「不會啊，我有戴圍巾欸。」陳加承圍了一條寶寶藍的圍巾，很迷樣的組合，「妳們來福利社幹嘛啊？」
「來福利社還能幹嘛？」我越來越鄙視他的智商了，「你自己下來喔？劉謙文呢？」
翁琬瑜也掰了一塊巧克力分他，「不客氣。」
「感恩的心，感謝有魚。」陳加承放進嘴裡，「他被一個不認識的女生叫過去了，待會就來。」

「不認識的女生？」我疑惑。

「對啊，他們往廁所那邊過去了，好像是要講事情吧。」

我嗅到了八卦的味道，好奇心驅使我過去瞄兩眼。

「欸，小傻傻你來福利社幹嘛啊？」陳加承看到他認識的人直接走進去打招呼。

奇了怪了，來福利社除了買東西還能幹嘛？總不能是來這邊問路的吧？

我沒有照原路回教室，繞了個彎往廁所走。

「妳該不會是想去偷聽吧？」翁琬瑜跟在我後面。

「對啊，沒有人能阻止我吃瓜。」

廁所果然是八卦勝地，豈止是劉謙文這一組啊，以組為單位算的話少說有五組，而且單組人數不限。

根本就不用怕被誰發現在偷聽嘛，人這麼多。

我遠遠就看到劉謙文那顆閃爍光芒的寸頭，他也不怕冷，只穿一件單薄的防風外套，而跟他面對面的是一個跟他恰恰相反，裹得跟肉粽一樣的女生。

只見那個肉粽女生低著頭，兩隻手抓著衣襬，指甲都快把布料摳出洞了，這羞澀的模樣一看就是小高一，至於究竟說了什麼，看到這個畫面我也能略猜一二。

「在告白欸。」翁琬瑜也看出來了，「妳要去撲個街讓劉謙文轉移注意力嗎？」

「……不要。」我又被強迫帶回高一運動會，「我們回教室吧。」

「不等他跟陳加承？」翁琬瑜似乎對於我的果斷而感到意外，「妳還好吧？」她皺了皺眉。

喔，好感動喔，她居然會擔心我的情緒。

「妳哪隻眼睛看到我不好了？」

她假裝思考，「屁眼。」

「噗——」我爆笑，「妳能注意點形象嗎？」

我們邊吃買來的零食邊返回教室。

「妳看到劉謙文被告白竟然一點反應都沒有。」翁琬瑜把最後一口巧克力吃掉，將包裝紙丟進樓梯間的垃圾桶。

「我跟劉謙文講清楚了。」我洋芋片一口接著一口，「給彼此一些時間確認心意，包括黃芮說的那些話，我都有解釋給他聽。」

「所以妳也覺得劉謙文對妳的感情不是喜歡？」

「嗯哼，可能他也只是不習慣我的喜歡是對別人說的罷了。」

「我發現妳蠢的時候很蠢，但聰明的時候又很聰明欸。」翁琬瑜的眼神略帶讚賞。還真是謝謝誇獎喔。

她接著道：「好吧，不管妳是喜歡魏知宇，還是劉謙文，我都會助妳一臂之力的。」

「妳這個態度是坐摩天輪喔？轉那麼大一圈。」

「反正妳只要搞明白自己的心意就好了。」她蜷曲手指往我額頭一彈。

她的手跟冰塊一樣，「冬天不能玩彈額頭啦，疼痛指數超標。」

「週末要不要出去讀書啊？」

「去哪？」我拿出一片餅乾餵到翁琬瑜嘴邊，她一口咬進。

有同學剛好在我們要進教室前出來，我馬上撐著門板不讓他關上。

一扇門隔絕著兩個世界，待在室內會昏昏欲睡，出了室外就直打哆嗦。

「去『奶茶吧』啊，妳還欠我好幾杯奶茶的，這學期都快結束了。」

斤斤計較，我快忘了都。

「好啦好啦。」自己欠的債自己還，「欸對了，我有跟妳說過上次魏知宇請我喝奶茶嗎？他請我喝兩杯喔！」

「妳已經講超過三百遍了。」翁琬瑜清了清喉嚨，她夾著音學我的語氣，「魏知宇請我喝兩杯奶茶，店員姊姊說他喜歡我，魏知宇載我回家，我是第一個呦嗚！」

「呦嗚是怎樣？我哪有呦嗚！」

「妳有。」

「沒有嘿。」

「有。」她雙手捧著自己的臉頰，一副陶醉的模樣左晃右晃，「魏知宇是不是真的喜歡人家。」

「妳再誇張一點啦。」

我明明是戀愛中的美少女，她把我演得像會唱歌跳舞的仙人掌機器人。

「講真的，妳沒受到打擊吧？」她指的是剛剛在福利社外面廁所看到的場景。

我不解，「沒啊？」

「那就好。」

「拜託，從小到大我看過劉謙文被告白的次數，比我數學考及格的次數還多欸。」

「……那還挺多。」

冷靜下來思考後，我不再是以前那隻衝動行事的魯莽小熊了，已經蛻變成成熟穩重的聰穎小熊。

放學，我剛離開教室往樓梯走，就看到三班教室的門被打開，陸續才有人走出教室，劉謙文也是其中，似乎又是被拖堂，老師們還真是一點時間都不想錯過啊。

我摩挲雙手生熱，「劉謙文！」

「很冷嗎？」

「體感溫度十一度，你覺得呢？」

「熊不是能抗凍？」

「劉謙文，你這個冷笑話真的很冷。」

我們走到公車站，學生們清一色的姿勢，全都蜷縮著身體。

夏天讓劉謙文擋太陽，那冬天就是讓他擋風，我溜到他後面。

他淡淡瞥了我一眼沒有說什麼。

「劉謙文，今天是不是有學妹跟你告白？」

「嗯。」

我求知慾爆棚，「那你答應了沒啊？」

「沒有，我根本不認識她。」

「呿。」我沒了興致。

「公車來了。」

「好咧！」我從劉謙文後面走上前排隊，輪到我上車時，我往後看了他一眼。

「看什麼？看前面階梯，我不會給妳當人肉氣墊。」

「沒什麼。」接著我繼續上車。

我好像，無緣無故確定了某些事。

為了獎勵自己如此之優秀，我決定點外送，就下單奶茶店最貴的品項！

4

因為生理時鐘的關係，即使是週末，我也很有自覺在八點就自然醒來了，但我捨不得這床、這棉被啊，我不想離開它們。

「小熊——」媽媽敲響房門，「醒了嗎？」

「不想醒，但醒了。」我緊緊抱著一米長的娃娃，把它夾在我兩腿間，這個姿勢特別有安全感。

「等等幫我把水槽裡的碗洗一洗，我出門一趟。」

「不要啦。」

「不管，反正我回來的時候要看到水槽裡的碗被洗乾淨了。」話語一落，媽媽不給我反抗的機會就下了樓。

我手伸出棉被往上摸到手機，然後拔掉充電線。

媽媽明確表明了她的要求，也就是不希望回家時還看到洗碗槽有髒碗。

那就間接說明了，沒有非要我洗不可。

也就代表，我可以傳訊息讓爸爸洗，然後出門赴約當作不知道這件事。

我一定是邏輯大師。

我將訊息編輯好傳了過去，隨後閉上眼睛打算再多睡一會。

風打在窗戶上傳出微微聲響，偶有遠處車輛呼嘯而過的聲音打亂了規律，在靜謐的空間內，任何不經意的聲音都彷彿是給耳朵帶來一場盛宴。

漸漸地，我又睡著了。

有點太得意忘形了，我本來覺得自己一定睡不久，結果再次醒來，早就過了跟翁琬瑜約定的時間。手機被調成震動，我根本沒聽到。

螢幕一整排的紅字，全都是未接來電。

「喂？」我接起不知道第幾通的電話。

「妳再不接電話，我就要報警了，在哪？」翁琬瑜似乎是到約定地點了，背景有些吵雜。

「呃……家裡。」

「妳說什麼？」

「我睡過頭了……」這時候，主動認錯才是美德，「妳先進去我馬上到！真的！」

「曾小熊，待會妳來了，我一定要扒光妳的熊毛。」

「不要這樣嘛，人家不是故意的嘛。」我掀開棉被下床。

「好啦，我先進去。」

「那妳先幫我點一杯芒果奶綠。」我討好地甜笑撒嬌。

「我真的是上輩子炸了銀河系才會認識妳。」

掛斷電話，我光速飛到浴室洗漱，然後換衣服，終於可以穿新買的泰迪熊外套了，這是趁春天換季促銷的時候買的。

我站在全身鏡前，外套的觸感超舒服，後方衣襬有一球尾巴，帽子也有小耳朵，真的可愛死了，上面根本就寫著我的名字嘛。

自戀完後，我用最快的速度出門，剛好趕上公車。

途中，我收到爸爸傳來一個翻白眼的貼圖，但他沒拒絕，等於他要洗碗，等於我沒事了。

「奶茶吧」又推出季節限定了，是榴槤風味的相關品項，可惜我真的無法接受榴槤。

「妳怎麼在拖地啊？」一進門就看到店員姊姊在拖地，而且滿臉厭世。

「剛剛有一群小孩在店裡跑來跑去，然後撞到我們要出去外送的同事，然後——嘩啦啦，十杯飲料全破了，無一倖免。」她拿著的拖把吸滿了奶茶，水桶裡的水還有料浮在上面，「那個同事就趕快進去重做，做好就馬上跑出去外送了，我比較倒霉猜拳猜輸了負責拖地。」

我拍了拍她肩，「真是辛苦妳了呀。」

「妳今天怎麼自己來？那個數學老師呢？」

「我跟我朋友來啦。」我指向翁琬瑜所在的位置。

「喔喔，我還想說她怎麼點兩杯。」

「不跟妳聊了，我們約讀書，我睡過頭大遲到，現在要過去被訓話。」

「去去去。」

我走到翁琬瑜那桌，然後拉開她對面的椅子坐下，「魚寶寶。」

她低著頭寫練習卷，「妳不要噁心我嘿。」

我喝了今日的第一杯奶茶，點的是芒果奶綠，但我知道這個季節不產芒果，要嘛空運來的，要嘛就是香精配色素，我心裡還有點數，不過沒差啦，反正我愛喝。

我們開始讀書，各看各的，有問題就一起討論。

不知道過了多久，我把奶茶喝完了，讀書的進度也穩步前進，數學被我擺到最後才唸。

「我再去點一杯，妳要不要？」我問翁琬瑜。

「不要，一天兩杯奶茶，妳是不是想肥死。」

「我這叫有口福。」我拿出錢包，然後走到櫃檯，「一杯奶茶五姐妹！」我早就想好要點什麼了，一點都不拖泥帶水，「微微！」

站櫃台的也是熟人，是大學剛畢業的哥哥，他點選螢幕的手一頓，抬頭看我，「我們店只有奶茶三兄弟，哪來的五姐妹？妳不是獨生女嗎？」

他是在侮辱我的智商，還是自嘲？

「奶茶三兄弟是珍珠、椰果跟布丁。」我比出手指頭算給他看，「那五姐妹就多加兩種料啊，珍珠、椰果、布丁、仙草跟咖啡凍嘛。」

「為什麼不是紅豆或綠豆？」

「因為那兩種我不喜歡，我不喜歡的話憑什麼跟我當姐妹？」

他哽住，「好，有道理。」

「廢話。」

「好的，一杯奶茶三兄弟加仙草、咖啡凍。」

我領了號碼牌站在候餐區等，排在我後面的客人還看了我一眼。

我聽到大部分的客人都點熱飲，翁琬瑜也是點溫的。

為什麼啊？飲料就是要喝冰的啊！冰的飲料才好喝！

「內用四十八號。」

「我！」我上前領我的奶茶五姐妹。

翁琬瑜看到我回座位時，放在桌上的飲料，瞳孔睜得很大，「這杯是什麼？粥？」

「奶茶店哪有賣粥。」我插上吸管，迫不及待往嘴裡送，「其實就是五種料啦。」

我也沒想到五種料就大概占了飲料杯的七分滿，上手還蠻重的。

哪天這家店推出這個品項，我一定要討到優惠。

「繼續看書，我讀得差不多了。」翁琬瑜把部分書本收回包包。

「我還有數學。」

「多保重，姊救不了妳。」

「誰要妳救，我要魏知宇救。」

我開始算數學題，為了更進步一點，我還去要了練習卷。

故事的開始，是公主本來待在沒有數字的美妙世界，某天她醒來，發現自己被囚禁在寫滿公式符號的牢籠裡，她非常無助，日日向天神祈願離開這個地方，天神聽到了她的請求，出現在她的眼前。

「熊——」我白日夢做到一半被這聲吼叫醒。

我轉頭，「幹嘛？」

輪到姊姊站櫃檯，她正在幫一個戴口罩的男客人點餐，「你們數學老師啊。」她手指面前的人。

數學老師？

魏知宇！

我扔下筆，飛奔我的數學天神，「魏知宇！」

「咳……奐晴。」他一樣一身黑，連口罩也黑的。

「你感冒了嗎？」

「沒有，有點過敏而已。」

「那你怎麼來『奶茶吧』啊？你不是不喝甜的嗎？」所幸後面沒有客人排隊，不然我也不敢就在櫃檯跟他聊天。

「我姪女來我們家玩，她喜歡喝，我來幫她買。」

「那你姪女很頻繁去你們家玩的耶。」姊姊雙手撐著檯面聽我們聊天，「而且每次點的奶茶都不一樣。」

「呃……對，她年紀小，就喜歡到處玩。」魏知宇一直在看菜單，似乎是還沒選好要點什麼。

「那我幫你點啦，我知道小孩子的口味。」我自告奮勇，尤其又是自己的喜好。

「那……麻煩妳了。」

5

魏知宇拿到飲料後，我把他拉到我們這桌。

翁琬瑜差點沒忍住翻白眼，在想到對方是老師後又變了態度，「老師好。」

「妳們兩個來讀書的嗎？」魏知宇沒有跟著坐下。

「對的，想說要段考了。」翁琬瑜臉上掛著非常禮貌的笑容。

「那老師不吵妳們，就先走了。」

我向翁琬瑜發出愛的熱視線，只要她是我的好朋友，就一定能懂我的意思。

很快，我收到她回傳的訊息：不要再看了。

「老師……其實我這章有點卡，還是你待會能幫我看看？」她最先敗下陣。

「好啊！」我不小心就替魏知宇答應了。

「好吧……」他拉了隔壁的雙人桌與我們的併在一起。

「坐我旁邊。」我把桌上的東西往我這靠了靠。

「那琬瑜，妳哪道題有問題？」

「我沒有……我還沒有仔細算過的，等等再問。」

「我有啦，我有好多問題欸。」我手撐著下巴歪頭看魏知宇。

「奐晴，明明是妳想讓我留下來，不要甩鍋給琬瑜。」魏知宇說話時，熱氣從口罩的對折處竄出，導致眼鏡霧，於是他乾脆脫掉口罩。

「嗯？沒有啊？」我裝死，然後靠近了他一點，「你怎麼會這樣誤會我呢？」

「我沒有誤會。」

「那你怎麼會覺得是我要把你留下來？」我繼續靠近。

「因為妳……妳……」魏知宇試圖拉開距離，他眼神開始往其他地方飄。

並且，我捕捉到了一個小祕密。

「因為我喜歡你嗎？」我喝了一口我的奶茶五姐妹，「喔——所以你已經接受現實了，是嗎？」

「不是。」

「咳咳——」翁琬瑜不自然地咳嗽，那聲音非常之刻意。

「是不是啊魏知宇？」

「是不是什麼？」

「你認可我的喜歡了，對嗎？」

「不對。」魏知宇手忙腳亂的，腦的反應趕不上手，習慣套拆了就往飲料杯膜插，然後喝了一大口後皺起眉頭。

「你怎麼能喝姪女的奶茶？」

「等等再去買就好，我很渴。」

「魏知宇，我問你喔。」我再次向他靠近。

他直接挪動椅子，都快坐到隔壁了，「琬瑜，妳數學哪裡有問題嗎？」

「啊？」翁琬瑜被點名，「目前還行，老師你就先回答小熊的問題好了。」真是我的好朋友，雖然她臉上寫著粗體的「看戲」兩個字，但沒關係。

「魏知宇，不知道你知不知道我知道你喜歡我？」

「嗯？」他成功被繞進去，「不知道，我不知道。」

「不知道啊？」

「知道。」他又改口。

「哦？知道？」我勝券在握，見他支支吾吾說不出話，我就超級開心，「知不知道嘛？」

「不要問我。」

「好吧，我不問了。」而且我也已經得到想要的答案了。

接下來的時間我們真的認真開始讀書了，雖然我還有點在暗爽，但沒有因此分心。

魏知宇在我們安靜下來後，鬆了口氣，而且是巨無霸大的一口氣，接著他就一口一口把他姪女的奶茶給喝完了。

室內有開空調，加上剛剛一連串心動時刻，我覺得有點熱了，於是把外套脫掉掛在椅背，把塞在領子裡的頭髮往後撥出來。

唉，一看到數學，我又涼了。

「那個……老師。」

「琬瑜，妳有問題要問嗎？」

「對。」翁琬瑜把練習卷推到中間，「這題我一直算出不一樣的答案，而且全都不是正確解答。」

我也跟著聽。

魏知宇就看了眼翁琬瑜的計算過程就知道問題了，他開始提出錯誤的地方。

我本來還聽的雲裡霧裡，後來他又代了遍題目要求的公式。

「所以問題是在這邊嗎？那為什麼另一個公式得到的答案會不一樣？」翁琬瑜歪頭，用筆圈出另一串相同的公式。

「沒有啊，妳倒數第二步寫錯了啊，不然結果會一樣吧？」我手指那處，沒想太多就說出來了。

遲遲等不到回應，我抬起頭來，發現他們兩個正盯著我，我往後仰半分。

在搞什麼直升機？

孰料，「奐晴，妳有進步哦，老師很開心。」魏知宇鼓勵小朋友似地拍手，語氣還很溫柔。

「我們就差八歲，不是八十歲，愛的鼓勵對我沒有用。」我放下筆，「我要愛的抱抱、愛的親親。」

「曾小熊，拜託一下，我還在這裡，不能等我走了妳再討抱抱跟親親嗎？」

我的唇嘟到一半，聽到翁琬瑜的抗議只好收回，「好吧，那先欠著。」

「我沒有說要給吧？」魏知宇錯愕不已。

「你也沒說不給啊。」

「不給。」

我聳肩，「來不及囉。」

「老師，你再不反抗就會被曾小熊吃死死的，快點毒舌她兩句。」翁琬瑜給魏知宇建議。

「沒用的沒用的，平常被妳毒舌慣了，誰來都沒妳強。」我轉念一想，「除非吧——」

「除非什麼？」

「除非情話來個兩句，你說什麼我都答應。」

魏知宇手無縛雞之力，無法面對我的直球攻擊，就在這時，他的手機響了，這通電話成了他的防護罩，他起身往外走出去接。

我身體跟著音樂擺動，連桌子都跟著晃，心情好到唱起歌，雖然五音不全，不過這不影響我表達自己的情緒。

「不要再搖了，大地震哦。」翁琬瑜穩住桌子。

「啦啦啦啦——嚕嚕嚕嚕——」因為料太多了，奶茶喝完了但料吸不上來，於是我撕開封膜直接對口倒，「哼哼哼哼——」

第一次點五樣料的奶茶。

好吧，其實加太多料也不是明智之舉，咖啡凍的味道跟椰果在打架，以後還是乖乖喝三兄弟就好。

沒過多久，魏知宇就回來了，「我姪女在鬧脾氣，我得先離開了。」他說完就到櫃檯重新點一杯奶茶。

身為一位優秀且懂禮貌的好學生，怎麼能讓老師就這樣離開？當然要去恭送他啊。

我朝翁琬瑜眨眨眼裝萌，「我去去就回。」

「懶得理妳。」

魏知宇剛走出去，我就小跑步到他前面，「嘿！」

「拜拜，學校見。」他以為我是來說再見的。

「你點的這杯是我剛剛幫你點的嗎？怎麼看起來有點沉？」

他把塑膠袋往後藏，「對，一樣的。」

驀地，一陣風吹來，我被嚇到下意識縮了縮肩膀。

沒想太多就跑出來，結果忘記穿外套，害我現在直打哆嗦，頭皮都發麻了。

「妳怎麼沒穿外套。」魏知宇說著說著就拉下自己的外套拉鍊。

我知道他要做什麼，連忙阻止，「你對脫外套是有多深的執念啦！我等等就進去了。」

「那妳快點進去。」

「我還有一個問題要問你欸。」

魏知宇明顯不太想被問，「妳問題變多的……」

「我是有求知慾並且好學的好學生啊。」

他無奈道：「問吧，該經歷的我都經歷過了。」

為什麼他一副準備赴死的感覺啦，沒禮貌欸。

「你覺得我長頭髮好看，還是短頭髮？」

「妳就要問這個？」

「不然呢？我聽說男生都是長髮控啊？但劉謙文是覺得我短頭髮好看啦，你覺得呢？」

「我覺得長頭髮有長頭髮的好看，短頭髮也有短頭髮的好看。」

「啊？你這樣有回答跟沒回答不都一樣嗎？」我扁嘴，認為他壓根在敷衍我。

「不對，我說的是真的，重要的是妳喜歡什麼樣的自己，不要因為別人的眼光而做出改變。」魏知宇忽然把手放到我頭頂並輕揉，動作帶有安定人心的力量，「考試加油。」

靜電……是靜電，我炸了。

「加油。」換我呆住了。

直到徹底看不見魏知宇的身影，我才慢慢回過神來。

我如行屍走肉般回到店裡，而且感覺室內的溫度更高了。

第八章、誤會滿溢出了甜

1

我似是被打了雞血，卯足了勁攻讀數學。

甚至在吃晚飯時，把公式拿出來背。

我把第二次段考範圍會用到的全部公式都抄在小小的筆記本裡，就是一個口袋書的概念，而公式的旁邊註明了何時用到。

爸爸用很擔憂的口吻問：「妳沒發燒吧？我去買退熱貼。」他放下筷子。

「你才發燒，我只不過是讀個數學，有那麼誇張嗎？」我說得輕描淡寫，實則內心叫苦連天。自虐狂。

「吃飯就好好吃飯。」媽媽敲了敲我的碗，「別只顧著讀書，飯菜都涼了。」

「好啦。」我把書擺在桌上，開始動筷子。

「這次又是為什麼？」媽媽問。

「因為魏知宇跟我說加油。」

「他對其他學生也會這樣吧？妳也不是最特別的那個啊。」爸爸吐槽我。

「不，不一樣，我知道他喜歡我。」

「妳又知道了？」

我哼氣，「我就是知道。」

媽媽又去盛了一碗飯，「雖然我們不干涉妳談戀愛，但要稍微注意點影響，有些人看到會說閒話。」

「嗯……我倒是希望魏知宇對我多說些情話。」我情不自禁傻笑。

「別鬧笑話還差不多。」爸爸又吐槽我。

可惡，我伸出筷子壓住他要夾的菜，他不甘示弱回擊我，一直有湯汁濺到桌面上。

「你們兩個。」這是媽媽的第一次警告。

我們兩個消停了一會，然後又繼續鬧。

「我再說一遍。」這是媽媽的第二次警告。

我們真的停了，不能讓母親大人真的發飆。

我主動抽衛生紙把湯汁擦乾淨，讓只坐著啥也不做的爸爸看起來特別不乖。

很慶幸我的父母向來支持我的每個想法，也很尊重我的決定，要是其他家長知道女兒喜歡數學老師會怎麼樣？關禁閉、轉學、情緒勒索？我看提刀去砍對方，最後鬧上新聞都有可能。

也有一種可能是，我爸媽的年齡差距也很大，所以他們覺得沒什麼大不了的。

晚飯後我回到房間，繼續拼搏。

不是數學死，就是我亡，而我已亡。

我臉頰貼著桌面，雙手垂在椅子上，「計算機萬歲，萬萬歲。」

話說話說，我跟魏知宇加了好友，但從來沒有互傳過訊息欸。

這不合理。

我點開聊天室，想都沒想就直接刷了一排的貼圖。

對，我就是在吸引他的注意。

考試終於結束了，我每天出門前必拜窗台的飲料杯，就是魏知宇請我喝奶茶後我留下的那個，祈求讓我來個大逆襲。

果然！不負眾望，我數學進步了很多，超多，比我預期再預期更好。

「啊吧啊吧哺……」我指著成績單目瞪口呆，一句話都說不清楚。

「對對對，進步了。」翁琬瑜就睨了一眼。

什麼侮辱人的態度！

我可是考了比目標分數又高一分的五十八分！

五十八分欸？我該不會是養成系數學大神吧？

「翁琬瑜，我如果現在去跟魏知宇討……」

「這次要討什麼？上次的抱抱跟親親討到了嗎？」我話還沒說完她就打斷我。

「唉呀，我要討個誇誇就好。」

「有什麼好討的，妳會進步還不是魏知宇跟劉謙文幫忙的。」

「其實魏知宇的功勞占很大啦，他摸我的頭欸。」我到現在都還能感受到他手掌撫過後殘留在髮頂的餘溫。

就算被他摸成禿頭我也心甘情願。
「好好好，妳說什麼就是什麼，反正我以後不會再跟妳去『奶茶吧』了。」
「為什麼？我們友誼的小船什麼時候翻的？」
「無風不起浪。」翁琬瑜拿筆敲我的頭，「考試前跟妳去了三次，遇到三次魏知宇，我被你們虐了三次。」
「那我們誰是風誰是浪呀？」
「妳是被陳加承傳染白痴嗎？」
這話我有意見，「白痴可以，但不能跟陳加承牽扯到一起。」
「我要去茶水間，一起去？」翁琬瑜的水壺空了。
以往我們我們都是帶著告知的語氣象徵性地問，但外面現在是一片冰天雪地，體感上的話。
迫於無奈，我還是得去一趟。
「我的水也沒了。」我搖了搖我的水壺。
「妳確定是要裝水？」
「我視奶茶如水。」
我的書包裡有放幾包奶茶粉，偶爾嘴饞但懶得去福利社的時候就泡一壺，有各種口味、各種品牌，依當天心情決定喝哪款。
不管多嚴峻的天氣，每節下課的籃球場上總少不了人，球落地的聲音此起彼落，當球落入網中時，吆喝與叫囂更盛，雖然有點像要幹架就是了。

而且這些人是不是沒知覺，短袖短褲不說，穿無袖背心的是怎麼回事？
我記得有一次，陳加承就是因為著涼而感冒了，他說：「因為帥。」
帥？沒有吧，鼻子因為擤鼻涕用力過猛發紅，哪裡帥？
茶水間裡，大部分的人都是要裝熱水，但飲水機的熱水供應有限，要等它煮的，所以有些人是站在一旁等，或者乾脆只裝常溫。
我需要裝的熱水量不多，只要夠把奶茶粉沖散就好了，剩的我就裝冰水跟冷水。
說過很多次了，奶茶冰的才對味，只要是奶茶，冰的喝到胃裡暖在心裡。
翁琬瑜則是對我無限鄙視，「妳就不要感冒。」
「我是虔誠的冰飲教徒。」我把水壺舉到頭頂，展現我神聖的信仰。
「妳這個水壺越看越欠捧。」
「冷靜點。」我猛地抱在懷裡，深怕她一個衝動搶過去砸。
同樣的話我聽過她說過好幾遍了。
我的水壺是在文創商品店買的，奶白色的底，印著一隻作者的手繪熊熊，熊熊吐舌頭、鬥雞眼，手臂畫得很長，然後像波浪一樣抖抖抖的姿勢，醜萌醜萌的搞怪系。
翁琬瑜看不懂哪裡可愛，她覺得素色更好看。
我們邊聊邊離開茶水間。
「話說，妳弄清楚自己到底喜不喜歡劉謙文了嗎？」
「嗯，我想過了，我覺得我喜歡的是魏知宇。」這是我深思熟慮後得出來的答案。
「妳怎麼能肯定？」

「別看我這麼明目張膽的，其實每次調戲喜歡的人，我都會害羞。」儘管我現在說出這種話看不出來哪裡害羞，但我的心跳騙不了人，「而且，只有在面對魏知宇時，會有那種……緊張跟雀躍的感覺……」

翁琬瑜用古怪的眼神看我，看上又看下，「緊張？我看妳如魚得水的樣子，很老練啊？」

「我是很老練沒錯……」我有點驕傲但不多，「不是啦，很難形容……」

2

翁琬瑜問我，如果有一天劉謙文不在我身邊的話，我能接受嗎？

我當時的腦袋整個大當機，理所當然認為這種事不會發生，畢竟我現在十七歲，跟劉謙文也是認識了十七年，我們之間的情感宛如親手足。

起初以為，既然我沒辦法想像劉謙文不在我身邊，那對他是不是就是喜歡的？

直到黃芮的那席話將我打醒，我開始思考自己是不是過分依賴這種習慣了？

至於我會不會在意劉謙文喜歡別的女生？答案是不會的，應該是說，曾經會。小時候看到劉謙文被告白就有一種東西被搶走的感覺，但他不是物品，我沒有資格占為己有。

換個八百三十三度去想，要是魏知宇牽的是其他女生的手呢？那麼，我真的會酸，比臭酸奶茶還酸。

在第一次見到魏知宇時，那股強烈的悸動我難以忘懷，每當他一次又一次提及我們之間的年齡、身分等差距時，若他打從心底是這麼想的，那我是不是就沒有機會了？

這種惶恐不安，應該可以解讀為喜歡吧？

我不知道怎麼證明短短幾個月能有多喜歡，也不能保證年少的喜歡能維持多久，但我很慶幸現在能確認心意。

唉，談個戀愛就變成感性熊了，甚至連愛都還沒談成。

我擰開瓶蓋喝了一大口奶茶解悶，嚥下去後來長舒一口氣。

「妳怎麼喝個奶茶跟糟老頭似的。」

「我這是在感嘆人生，把奶茶品成美酒。」我又仰頭喝了一口，「爽！」

「感嘆人生？妳十七歲的人生有什麼好感嘆的？」翁琬瑜就是無知。

突然覺得自己像個智者，「妳不懂，等妳長大就會明白了。」

「怪老熊。」

「我等等要放學要去找魏知宇。」

「我覺得妳應該要跟劉謙文好好把話說開。」翁琬瑜打開門讓我先進教室，「妳自己是弄明白了，但不代表他也是。」她等後面的同學也進來後才關上門。

我們回到座位，「我知道，我今天就要跟他攤牌。」

「這麼快就下定決心了？」

「當然，我做事一向都是快狠準的好不好。」

「我越來越懷疑妳到底有沒有緊張過了。」

「廢話，我現在就很緊張啊，等等發數學考卷，萬一答案有問題或題目出錯，害我少一分兩分怎麼辦？」

翁琬瑜把成績單收回抽屜，「也有可能多一分兩分啊。」

「有道理吼……」她這麼一說，我又不緊張了。

上課鐘響三分鐘，還能聽見遠處隱約傳來球入網落地的回彈聲，到底是誰對球場這麼戀戀不捨的，頂著被老師罵的風險也要再投一顆。

「各位同學。」魏知宇進到教室，「喊到名字的上來拿答題卷，拿到後先看，等等有問題就舉手問。」

有了第一次段考的經驗，他這次顯得從容許多，包括考前的課程進度都有掌握好。

真的是好棒棒呀，我與有榮焉。

叫到我名字時，我踩著輕輕快快的步伐來到魏知宇跟前，「魏……呃……老師！」

「進步了。」

「進步了有沒有獎品呀？」我使出快閃眨眼猛攻。

「進步了，但還是不及格，等妳及格再說。」

「真的嗎！」

「嗯，好了，快下去。」

「呀比！」我高興地跳起來，所有同學目光看向我，可能都以為我考了滿分。

講解考卷的時，有一題選擇題出現了爭議，答案給錯了，應該是另外兩個選項。

就這麼剛好，我寫的答案既不是錯的那個，也不是對的那兩個，是第四個。

這什麼狗屎運……

「我可以加兩分欸！」翁琬瑜寫中了，「我亂猜的欸！」

「好啦好啦，妳很會猜啦。」
「剛剛魏知宇跟妳說什麼？」
「我考六十分的話就可以要獎品！」
「欸，憑什麼啊？我考七十七都沒獎品。」
「因為他偏心啊，就偏我。」我大得意，絲毫不顧她不平衡的心理。
當然我知道她只是在揶揄我。
其他同學還在跟老師據理力爭，試圖要到更多分數，而我已無心在課堂上了。
翁琬瑜背靠後，手在桌面下滑手機，時不時偷偷看老師有沒有注意到這裡。
「呼叫，熊。」
「收到，魚。」
我們兩個靠攏，搞得跟特務似的。
「妳有沒有想過……」
「我發現妳很會預設立場欸，常常問我想過的問題。」我遠離她，「妳還是先不要問我好了，萬一
我又陷入苦惱的沼澤怎麼辦？」
她把我拉回來，「一定要先想好下一步再下一步啊，這樣遇到了就不會手忙腳亂了。」
「又要問什麼啦……」
「就妳有沒有想過，其實劉謙文是真的喜歡妳的？」
「想過是想過啊，但我確定不是喜歡他啊？」
「妳都不擔心，劉謙文被妳拒絕後傷心過度心碎光光？」

「拜託——」我大翻白眼，差點看不到黑的那種，「他以前拒絕我不都拒絕得很流暢嗎？我都沒那麼玻璃心了，他不可能比我脆弱吧？」

翁琬瑜轉向我，「那是他以前不懂啊，也許他很痴情呢？」

「這種時候就要派出黃芮來解答，反正究竟他的想法如何，今天會見真章啊，明天再告訴妳嘛。」

我不以為意，我覺得劉謙文跟我一樣，搞錯了。

「那魏知宇不喜歡妳的話怎麼辦？」

「他啊，他一定喜歡我。」

「妳怎麼知道？」

我湊近她，示意她壓低身子，「偷偷跟妳說我發現的小祕密……」

她聽完露出驚喜的小表情，跟我剛發現時一樣。

放學，我傳了訊息讓劉謙文先回家，不過我想也知道他會等我。

「老師老師。」

「怎麼還沒回家？」魏知宇在整理成績。

「當然是來跟你分享我數學考五十八分的喜悅啊。」

「那等妳考到八十五分的時候，不就要放煙火了？」

「你現在是在講冷笑話嗎？」真的是急速冷凍欸。

「所以妳怎麼會留下來？」

「我留下來的理由難道還不夠明顯嗎？」

「奐晴……這裡是學校……」
我打斷他，壓低嗓音學他講話，「奐晴，這裡是學校，被其他老師看到不好，我是老師，吧啦吧啦吧啦……你那千篇一律的說詞能不能改改，我都會背了。」
「抱歉。」
蛤？抱歉？
「呃……我也抱歉……」聽他突然道歉，我就也想道歉。
半晌，我們兩個同時笑了，被蠢笑的。
「你能不能有點危機意識。」我捏了捏笑得發酸的臉頰，「喜歡我的人，從你這裡排到許老師那邊了。」
「三個？四個？」
「這樣還不夠多嗎？你真的不承認你喜歡我嗎？」
聞言，魏知宇笑容一僵，瞳孔閃過瞬間的疏離，「奐晴……」他本想說點什麼，又在往我後面看了眼，道：「謙文來找妳了。」
「曾奐晴。」
哎呦喂呀，這個語氣……涼颼颼的。
「你也不嫌冷，每次都要等。」
「好了嗎？我有事跟妳說。」劉謙文前面那句是問爽的，就是明擺著在催我。
「我正好也有事要跟你說。」我朝魏知宇揮手，「我先走啦。」
「嗯，拜拜。」

3

我和劉謙文走在往公車站的路上，路上經過很多人、很多車，有上班族，也有學生；有汽車，也有機車。

我們都知道對方想說的事是什麼，誰都沒有先開口。

到了公車站，我已經用這短途醞釀完畢了，「劉謙文，我跟你說。」

「妳很喜歡他，是嗎？」

不愧是青梅竹馬，一個眼神懂你懂我。

我點頭並篤定地說：「對，我喜歡魏知宇。」見劉謙文沒有說話，我接著道：「劉謙文，你對我來說是很重要的人，我不否認在我心裡一直都有你，只是這份情感並不是戀人或另一半。」

於我而言，劉謙文是我不想失去的——摯友。

儘管他再怎麼冷漠，從來都不會丟下我不管，會因為我纏著他喊喜歡而轉身走掉，又在我追不上時放慢步伐；他嘴上說不願意跟我上下學，卻還是每次都等我；就算被我問數學問到煩，也沒有趕我走；每次被我占便宜都沒有怨言；偶爾跟他分享日常或心事，他不太會有回應，但會聽我說完不曾打斷我。

然而，我們十七年的友誼，是無法換算成一場愛情的。

我小心翼翼接著開口：「劉謙文，或許你對我也並不是喜歡？」

我們對視著，寒風在我們之間穿梭，前前後後兩輛公車駛離，我遲遲得不到回應。

這陣子積累的話一吐為快，我的脈搏瘋狂跳動。

我就快要不爭氣地別開視線時，劉謙文緩緩開口道：「妳說得對。」

沒有電閃、沒有雷鳴、沒有天崩、沒有地裂，我以為我即將擁抱一場腥風血雨，沒想到如此平靜。

「確實像妳說的那樣，我不習慣妳不在我身邊嗡嗡吵。」

嗡嗡吵？這是什麼新興形容詞？

「我以前那樣才不是嗡嗡吵。」我不滿抗議。

「總之，這段時間我也有重新審視，我發現我能慢慢習慣妳去吵別人。」劉謙文說得輕鬆，不像是勉強自己。

就跟我一開始不習慣分班那樣，慢慢就能適應了。

對嘛，翁琬瑜還說我想像力太豐富，我看腦補過度的是她才對。

「所以我們還是好朋友對不對？」

「不對。」他走到站牌前舉起手，「車來了。」

太好了！這就是我熟悉的劉謙文！

「走咧。」一樣是我先上車，他跟在後面。

這種如釋重負的感覺，就像灰濛濛的天空，有道光穿過雲層窺探大地一隅，而被照亮的地方，就是我的所在之處啊！

我整個人大放鬆，本來就不存在陰霾，但現在我的世界更加晴朗了。

「劉謙文，我跟你說喔，我數學課五十八分欸！我本來理想是五十七的，然後……」

我開始向他分享日常，就跟以前一樣，什麼都沒變。

我本以為與劉謙文說開後，我能好好讓魏知宇承認喜歡我的，豈料迎接我的是更大的挑戰。

一夜好眠，隔天我照慣例去劉謙文家。

剛到早餐店，我就和乾爸乾媽道早安，然後直接上樓。

冬天的早晨沒那麼早亮，明明已七點了，太陽卻才剛有升起的跡象，窗外還是一片灰濛。

「劉謙文，起來了嗎？」

「起了。」沒過多久他就從房間走了出來。

我們一同下樓，

「我今天要吃兩個培根蛋餅，一個薯餅。」

「就說我們家遲早被妳吃倒了。」

我打了一個哈欠，這個季節怎麼睡都睡不飽。

早餐店的客人們也都是掛著睡眼惺忪的臉皮，各個昏昏欲睡。

「小熊，今天臉色特別好呀？」乾爸在打包客人的餐點，他能一心二用。

「對啊，我的心情就跟用撬子捅過一樣暢通。」我幫忙倒飲料跟封膜。

「曾奐晴，有客人在吃早餐，講話文雅一點。」劉謙文在送餐，順便收空盤。

用餐的客人聞言一笑，「沒關係，小熊就是這樣才可愛。」

「來小熊——乾媽給妳煎的是用三蛋的蛋餅。」

「哇喔太棒了吧，保證吃到連一滴油都不剩。」光用聽的我就流口水了。

「走了。」

「好啦好啦。」我提上早餐背好書包，「乾爸乾媽我們走囉。」

「路上小心——」

我準備追上劉謙文，發現他悄無聲息地放慢速度，我暗自竊喜並跑了過去。
「我有點好奇，為什麼妳會喜歡魏知宇？」
「嗯……」拇指和食指捏著下巴，像是在思考什麼重大決策，「我說不太上來，喜歡一個人會想讓自己變得更好，目光會為他停留，會像剝洋蔥一樣知道他越來越多小習慣，然後熱淚盈眶……」我無法精準用言語表述，只能盡可能傳達自己的感覺。
「剝洋蔥？」劉謙文被這個形容雷到了。
「啊就一層一層的咩。」
「這樣啊。」
我往上瞄了一眼確定他沒異樣，這下可以完全放心了。

到教室時，就看到翁琬琦毫不掩飾迫切想知道昨天的結果。
我慢條斯理地拉開椅子坐下，打開香噴噴的早餐盒，開始享用今日的三蛋蛋餅。
「妳很故意欸，快說啦。」
我先塞了一口裝傻，動作還要非常優雅，「說什麼呢？」
「昨天妳跟劉謙文啊。」
「一切都跟妳想的完全相反。」
「也就是說，劉謙文也誤把習慣當成了喜歡？」
「對啊，他是這麼說的。」我接著吃下一盒蛋餅，「要不要吃一塊？」
「不要，我吃飽了。」

「雖然劉謙文是這麼說的，可是他的態度我又很難確信他話裡的真假。」我咬著筷子，「不過我不想再問下去了，妳懂那個感覺嗎？我想一直一直裝傻。」

「我知道，妳很珍惜他。」

「對，他以後遇到喜歡的女生我會油門踩到底祝福他，但他真的對我是別有心思的話，那我會選擇視而不見。」

翁琬瑜若有所思，「這樣也好，說不定劉謙文跟妳一樣，很珍惜你們兩個之間的情誼。」她摸摸了我的頭，動作溫柔至極，我差點要飆淚時，又突然捏我的臉頰，「不要愁眉苦臉的，不然魏知宇看到會心疼的。」

「妳又搞偷襲！」我作勢要咬她的手指，她才馬上鬆開。

「魏知宇喜歡妳的話幹嘛不承認啊？」

「我哪知啊，害羞吧。」

「惡男怕烈女，居然被妳追到手，這世界還真無奇不有。」翁琬瑜從書包裡拿出兩張練習卷。

我這才想起班導講解完考卷後發了預習的練習卷，有夠變態的，課都還沒上就先出作業。

「借我參考。」

「抄就抄，還參考咧。」翁琬瑜遞給我。

我提筆開始抄，還好都是選擇題，抄起來很快，「妳到底去看魏知宇的辦公桌沒？」

「對喔，還沒欸。」

「等等上完體育課我們去辦公室一趟。」

「妳那是什麼眼神，我有預感……妳對他的辦公桌肯定幹了什麼不堪入目的事。」

4

我現在的臉超級臭，快氣炸鍋了！

明明輪到我們班上室內的桌球課，結果哪個班跟哪個班調課，所以我們要跟別班共用「室外」的「籃球場」。

奇怪，你們調課關我們什麼事啊！冬天在外面上體育課比夏天還累欸。

「因為比較臨時，所以這堂課我們就輕鬆自由一點。」不知道是不是所有的體育老師一年四季都穿短袖。

我倒要聽聽自由是多自由。

「大家排隊輪流投籃，輪個五次就休息，沒進沒關係。」隨後體育老師吹哨，「按照座號排。」

「這樣也叫輕鬆？」我生無可戀地抱著球。

「別哀了，等等就能休息了。」

最煩的不是排隊的時間，也不是投不進，而是球落地後會被風吹走，然後就要去追回來，跑得稍微慢一點都不行，否則就要跑很遠。

偏偏只有一個球場，而且還只能使用半個，要是另一半也能用就不用排這麼久了。

重點是，另一個班級根本就沒人下來啊？

終於追到最後一顆球的時候，另一個班才陸續有人出現。

我和翁琬瑜到場邊坐著，球場留給要打球的男生用。

我滑手機，看到學校後街那邊好像開了一間主推鮮奶茶的手搖飲店，改天要找個機會去嚐鮮，我把貼文點按收藏。

「欸？是一班的欸。」

我漫不經心，「是喔。」

「欸你們這節也是體育課喔？」

「嗯？」我聽見熟悉的聲音於是抬起頭，「對喔，黃芮，妳是一班的。」我放下手機，憤恨不平地說道：「就是你們班調課調來調去，我們才在室外的！」

「欸什麼咧，我根本也不知道嘿。」黃芮坐到我們旁邊，「快來報告一下最新進度吧。」

「你們體育老師不管嗎？」

「他也是剛剛才收到通知的，所以我們才這麼晚下來啊。」

翁琬瑜嘴替上身，「她跟劉謙文攤牌了，他們和好了，一切都是場美麗的誤會。」

「妳好歹甩一個眼神暗示我，讓我有點心理準備行不行。」我都還沒反應過來她就說完了。

我大致說了下我和劉謙文怎麼和好的，以及昨天在公車站時的對話。

要再複述一遍其實挺不好意思的。

翁琬瑜已經聽過了，黃芮則聽得津津有味。

「所以就像我說的，你們太習慣以前那種相處模式了。」

「黃芮，我以前都不知道妳這麼博學多情欸。」翁琬瑜把我的心裡話說出來了，她果然是我肚子裡的蛔蟲。

「這算是讚美嗎……」黃芮無奈。

「黃芮，以妳的智慧判斷，魏知宇為什麼不承認喜歡我們家小熊？」翁琬瑜又幫我提問了。

「會不會是跟他家人有關係？」
「家人？」我不解。
「對啊，也許他的家人不允許兒子談年齡這麼小的女朋友？」
「我也不是永遠十七歲啊……」
「是這樣沒錯啦，但不排除兩老已經想抱孫了。」黃芮聳肩，說出了現實層面的問題，「畢竟妳還在唸書嘛。」
「說得也是……」
「我覺得最白痴的是陳加承，竟然一點都沒察覺，哈哈哈——」她嘲笑得十分中肯了。
「一班集合——」一班的體育老師姍姍來遲。
「我先回班了，等等解散再來找妳們。」
「我今天早上遇到周孟芳跟吳婷恩，她們兩個還問我妳跟劉謙文的進展欸。」
「欸？她們兩個同班喔？在哪班啊？」
「七班。」
我恍然大悟，「在對面那排，難怪這麼久沒看到她們了。」
「對啊……」翁琬瑜一頓，「妳搞錯重點了吧，她們問我妳跟劉謙文的進展欸。」
「那妳怎麼回答的。」
「我說妳移情別戀囉，然後她們還蠻震驚的。」
「有什麼好震驚的？」
「妳忘了喔，她們是你們的死忠CP粉。」

「這種事當事人不知道才正常吧。」我們有粉絲這件事，我還真是第一次聽說。

男生們球打得激烈，球沒進網彈到籃框滾到我們這邊來，離我最近，於是我站起身幫他們扔回去。

開學後也歷經了兩次段考，我們有了班對，而且沒有半點遮遮掩掩，在教室裡瘋狂放閃，不過偶爾還是會因為一些芝麻綠豆大的小事吵架，但我們通常會解讀為打情罵俏。

一班今天按表操課，黃芮到鐘響都沒能再來找我們聊天。

下了課大部分的人馬上就離開球場，至於還留下的人都是本來就在打球的，他們會繼續打到上課為止。

我和翁琬瑜前往辦公室，我迫不及待要讓她看我的傑作了。

「剛好他在。」我看到魏知宇在座位上，代表他上節是空堂。

他也看到我們兩個了，「琬瑜？有什麼事嗎？」

翁琬瑜正在欣賞這張由我親自操刀設計的辦公桌，似乎難以想像魏知宇為何能忍受。

不過我發現一個奇怪的現象，「為什麼小熊娃娃的臉是朝裡面，它怎麼背對你啊？」

「因為它心情不好。」魏知宇並沒有因為我問了這個問題就把它擺回來，「要消化一下情緒。」

「為什麼心情不好？」

「它不想說。」他聲音悶悶的。

「老師，原來你也喜歡這一味。」翁琬瑜大大的佩服寫在臉上，「我以為全世界只有曾奐晴對熊情有獨鍾。」

「不排斥，但稱不上喜歡。」

「你今天怎麼講話陰陽怪氣的？」我摸不著頭緒。

明明還是會讓耳朵懷孕的嗓音，可是說出來的話又像刀刃那樣，別說動到胎氣了，流產都有可能。

「沒事的話不要在辦公室逗留，會吵到其他老師。」

我問號，大大的問號。

是怎樣？我做什麼事惹到他了嗎？沒有吧？

「我哪有逗留，我就只來一下下而已。」我不想照他的意思離開。

「老師，是不是有學生惹你不高興啊？」翁琬瑜問道。

魏知宇從一開始注意到我們進來後，就沒再把眼神分給我們了，「的確有，所以妳們趕快回教室，不然會掃到颱風尾。」他一直在看電腦螢幕，右手的滑鼠沒有動過半步。

「喔……」我很失落。

「哪個學生能讓他氣成這樣。」

「我也不知道。」我搖頭，打算等他心情好了再來找他。

起初我以為魏知宇只是心情不好罷了，殊不知案情並不單純。

好幾天了，不論是下了課我去辦公室找他，或是課堂上我舉手想回答問題，又或是在走廊攔截他，他都對我不理不睬，甚至連數學問題都不讓我問。

這種感覺就像無緣無故被判死刑，連怎麼死的都不知道。

我不可能任由這種負面情緒牽絆著自己，再這樣下去我的身心靈都會受到影響，然後翁琬瑜就會遭受池魚之殃，劉謙文也逃不過。

5

機會是留給準備好的人，我是準備好了，可是機會不留我。

「小熊寶寶？」翁琬瑜俯在我耳邊輕喚。

我趴在桌上，用實際行動對魏知宇表示抗議。

不一會，魏知宇來到教室，他的聲音傳入我耳裡，「各位同學，今天開始上最後一章，照目前進度來看，期末考前還可以有兩三堂課用來小考跟複習。」

我就看他什麼時候會發現。

可是等了好久，我都快睡著了。

「琬瑜。」

「啊？」

「旁邊那位同學是身體不舒服嗎？」

旁邊那位同學？

那位同學？

那位？

我現在連姓名都不配擁有了。

翁琬瑜明顯一愣，「呃……老師你過來一下。」

這就對了。

「怎麼了？」魏知宇站在我們座位旁。

「老師。」翁琬瑜用氣音說話，「小熊她今天帶來的奶茶一口都還沒喝，她真的怪怪的。」

魏知宇嘆氣，「奐晴，身體不舒服嗎？」

「嗯。」我悶聲。

好了，我這麼楚楚可憐，任誰都會心疼吧。

「怎麼了？」

「氣的。」

「那就趴著休息，我們繼續上課。」然後我就聽到腳步聲離我越來越遠。

我頭轉向翁琬瑜，偷偷從縫看她，她也沒料到魏知宇的態度會如此冷漠。

我傻掉了，跟他以往溫柔的模樣簡直天差地遠，而且還只對我這樣，對其他同學都很有耐心、有說有笑，一接觸到我的視線，他的嘴角就馬上垮掉。

我是幹了什麼傷天害理的事嗎？我做過最大的壞事，就是去奶茶試飲活動連喝五杯奶茶而已。

室外吹寒風，我的心鬧凍宮。

下課鐘聲一響，我分秒不差抬起頭，結果看到的就是魏知宇抱著教科書離開教室。

好一個準點下課的老師，我該開心嗎？

「他是怎麼了啊？不可能一個學生惹他生氣然後遷怒於妳吧？而且也氣太久了。」翁琬瑜皺眉，她不停咋舌，「我就知道！」她猛地拍桌，「渣男，就跟妳說了，他段數太高了，我勸妳儘早抽離，趁越陷越深之前。」

「來不及了，兩隻腳都陷進去拔不出來了。」我撕開早餐奶茶的封膜，仰頭一口氣乾掉。

「嘴角的奶擦擦。」翁琬瑜抽衛生紙，「雖然還是糟老頭樣，但這次不像美酒了。」
「是燒酒。」我把空杯往教室後方一扔，精準投進回收桶。
「借酒……不，借奶澆愁呀。」
「哼。」
「不要理他了啦。」
「那怎麼行。」我絕對不服，「我一定要搞清楚是怎麼回事，死也要死得明明白白吧？」
「反正都已經死……」感受到我的死亡凝視，翁琬瑜沒繼續說下去，「好吧，妳打算怎麼做？」
「當然是問到底。」
「好簡單粗暴的方法。」
「我現在就去！」我站起身，椅子差點被我碰倒，「妳陪我去！」
「不要，你們兩個的事，我去幹嘛啦？」
「人多力量大，氣勢要拿出來，不能讓他覺得我就是好欺負。」我把翁琬瑜拽起來就往外走。
唉呦，氣勢還沒拿出來就先被風吹滿地了，得先把外套撿起來穿才行。
我們兩人走在走廊上，走出踱到不行的步伐，一路向辦公室，只缺一副墨鏡。
還沒走到辦公室我就聽到裡面的交談聲，不大，從窗戶打開的一小縫中傳出來的。
「好可惜啊，魏老師，才待半年就要離開了。」某個老師這麼說。
「畢竟不是正式教師嘛。」魏知宇的聲音略帶尷尬。
後來我就什麼都聽不到了，所有字語化作嗡鳴在我腦裡迴盪，在凝聚成一團時又突然炸響開來。

到底是有多討厭我才選擇離開學校，我的存在給他帶來這麼大的困擾嗎？討厭，我的自信是剛剛跟著奶茶被我吞肚裡了嗎？

「啊？他為什麼要走啊？」翁琬瑜一樣很意外。

我挽起袖子，準備破門而入。

「喂喂喂妳幹嘛啊妳。」翁琬瑜拉住我。

「我要討個……」

「又要討什麼了？」

「聽我把話說完，我要討公道！」

「他又沒有把妳怎樣，妳討不到的啦！」她死活不放開我。

就在緊張時刻，魏知宇走了出來，他看我的眼神明顯閃躲，「妳們怎麼了？」

「你為什麼要走啊！」我開口就是質問，「你是有多討厭我！你要拒絕人家也不是這樣的！奇怪欸你，哪有人這樣的，我以後不會出現在你面前了行不行，數學我也不問了！」我滿杯的委屈，恨不得潑出去，一時之間口氣沒控制住。

「妳們知道了？」

「你有必要嗎？我又不是什麼愛得起放不下的人。」

「我運動會那天都聽到了。」魏知宇這回終於看我了。

「聽到什麼了啦？」我氣鼓鼓的，就算是站在辦公室外也不怕。

「妳很在意謙文對妳的告白。」

啊？天公伯啊，我耳朵的業障有點重喔。

我沒有回應。

「還有那天，妳把謙文拉走，不就是為了接受他的告白嗎？」我鼻子裡好像卡著屎，很酸，「我有問題都會直接問你，可是你連問都不問就誤會我，這樣對我很不公平。」

「我……我聽到妳跟琬瑜說的，妳很在意謙文的告白。」

「對，我很在意，但你沒聽全啊。」好在我記憶超群，運動會說的話還沒忘，「我在意是因為怕你誤會。」

「我……」

「然後怎麼樣？你直到我拉劉謙文走才爆發？」

「對不起……」魏知宇和我道歉，蠻誠懇的。

「那你可不可以不要走。」我放低姿態，「我再一年多就畢業了，不用因為討厭我就離開。」

我曾小熊居然也有這麼卑微的一天，這傳出去我一世英名就毀了。

不喜歡我就不喜歡我，反正……反正我上大學後，爛大街的帥哥排隊供我挑選嘛。

可是我不開心，超級不開心，眼睛浮上一層薄霧，感覺我一眨就會有什麼溼溼的液體流下來，我希望那是奶茶。

「我不討厭妳，是因為我只是代理教師，而下學期就有正式教師回來了。」魏知宇輕聲解釋，「我不討厭妳，妳……妳不要哭。」

「你才哭！你全家都哭！」害我虛驚一場，「那你走了要去哪裡？」

「準備考試。」

「喔……」我梳理好自己的情緒，在確定緩和後繼續說道：「我以為你討厭我。」
「我不討厭妳，奐晴。」
「但我下學期就看不到你了。」
「我不討厭妳，奐晴。」他又重複了一遍。
「我知道啦你要講幾……遍。」我瞪大眼睛，「是我知道的那個意思嗎？」
「嗯。」
「真的嗎！」我抑制不住燦笑，「真的嗎真的嗎！」
「真的，我不討厭妳。」
不討厭就是喜歡。
魏知宇說不討厭我，那就是喜歡我！
我聞到陣陣芬芳，是開在我心上的一朵花香。
「那我們……」我急不可耐，渴望馬上知道答案。
魏知宇又移開視線，「期末考……期末考有六十分的話。」
我嘴角瘋狂上揚到太陽穴，「好！」
「聽我說完，期末考有六十分，並且等我離開學校後。」
「好！」我知道他顧慮的是什麼，也明白他是在保護我。
「已經上課很久了。」魏知宇看了看手錶，「快回去，我得趕去上課了。」
「嗯嗯嗯！」我目送他離開，然後也準備上樓，「欸？」
「怎麼？終於想起我的存在了？」翁琬瑜雙手環胸，「我剛剛站在那邊，你們演了好一齣偶像劇，一鏡到底沒人注意到我。」

「總有人要受傷的，對不起了魚寶。」我大大擁抱她。

「少來這套啦，看妳甜笑成這個樣子。」她把我推開，「算了，誤會解開了就好，替妳開心。」

「嗚嗚嗚魚寶——」我佯裝成潸然淚下的模樣再次擁向她。

「所以剛剛他說的那些，意思是吃醋了？」

「對欸！」我居然沒有察覺到，「魚寶，我也愛妳！」

「好了，我們大遲到了。」

我動作秒停，「班導的課欸，快跑快跑快跑——」

我們不敢再耽誤半分，用最快的速度衝回教室，並統一說詞。

「報告——」翁琬瑜攙扶我。

「怎麼這麼晚？」班導不可能馬上放我們進去。

我不發一語，躬曲著身體。

全班同學的視線都往我們這邊瞧。

「奐晴肚子不舒服，我陪她去廁所，擔心她出事所以不敢離開。」翁琬瑜謊話說得跟真的一樣。

「那為什麼她在笑？」

完了，還沉浸在剛剛和魏知宇創造的粉紅世界裡。

我不能承認，看妳了啊魚。

「她拉傻了，還二度誤闖男廁。」翁琬瑜坑我的能力也是一流。

「回座位，等等還不舒服就請假回家休息。」

我用很微弱帶了點顫音開口：「謝謝老師。」

「妳給我差不多一點，我要詛咒妳期末考五十九！」翁琬瑜氣極了。

好神奇的一天，我如坐在浮木乘著浪在海上漂泊，誤打誤撞靠了岸，而朝我伸手的人是魏知宇。過程有點曲折，但很悠閒、景色很美，我享受每一場相遇，也慶幸結果是他。

第九章、他的情話不動聽

1

我和魏知宇不遠不近正慢慢靠近，關係仍停留在師生，我努力追上那六十分，他盡可能幫我縮短與六十分的距離。

當然啦，他提升我能力同時，全班同學也是跟著一起嘛，他不可能為了我開小灶，這點我是理解的。

第一次有「期末考趕快來」的邪惡想法。

漸漸有其他學生發現我會放學留下來問數學，然後就也跟著效仿，這已經不是我的特權了，雖然本來就不是。

辦公室後面本來就擺著一張大桌，偶爾會有學生來補考，現在要問數學的話也可以坐在這裡。

「沒想到各位同學這麼上進，真不錯真不錯。」主任駝著背走過來，「繼續保持啊。」

「老師老師。」我坐在魏知宇旁邊，唯有這個位置不能被搶走。

「怎麼了？」他低頭改作業。

「你覺得我能考超過六十分嗎？」

「當然，妳要對自己有信心，目標可以放遠一點。」
「那你希望我考超過六十分嗎？」
「當然，我……」他沒中招，「奐晴，這裡是學校。」
「幹嘛啊？我們只是在說悄悄話，又不是在偷情。」我戲謔地看著魏知宇，期待他的反應。
「老師，這題我不會，可以幫我看一下嗎？」
好吧，有同學救了他一命。
呿，我撇嘴。
真不好玩。
魏知宇翻了翻大桌上的書，似乎沒看到需要的那本，於是對著那位同學說：「我這本課本放桌上，你幫我拿一下好嗎？」
「好。」
「數學老師也需要課本喔？」我好奇一問。
「給妳。」魏知宇在某本書裡夾著巧克力。
「欸？這是你之前給我跟翁琬瑜吃的巧克力。」
「琬瑜跟我說妳還把包裝紙放在錢包裡，丟掉吧。」
我接過巧克力，也沒在客氣直接打開來吃，「你不能她說什麼你就信什麼啊，我才是你女朋友欸。」
「咳咳——」他咳嗽，而且很大聲，「那妳錢包真的沒放？」
「呃……放了。」
「很不衛生，拿出來。」

我下意識從椅背拿書包，「現在？」見他點頭，我只好乖乖把錢包掏出來，打開拉鍊用兩隻手指頭把包裝夾出來，「噔噔——」

「都發霉了，妳沒有洗嗎？」魏知宇一把抽走，然後往旁邊的垃圾桶丟。

「我舔得很乾淨啊。」

「妳想吃跟我說就是了。」

「那不一樣。」我也是剛剛才知道發霉了，想撿回來的想法被打消，「那是第一個你送我的東西欸。」

「反正不要收集垃圾，這都很容易滋生細菌。」魏爸爸式說教。

我一口接著一口吃巧克力，「那我再跟你說一件事。」

「老師，給你——」那個同學回來了。

我停住話語，讓魏知宇好好指導他的作業。

翁琬瑜就是囂張，放學就走了，害我現在找不到人聊天。

至於劉謙文，他依然會等我一起回家，只不過他會跟陳加承到籃球場找人組隊打球。

關於我和魏知宇的事，我打從一開始就沒有想瞞著劉謙文。

他的反應呢，也跟我設想的完全吻合。

某個週末，我輪流捏躺在床上的幾隻小熊娃娃的臉頰，並反覆傳訊息給魏知宇，確認不是在做夢後，從床上蹦起來。

媽媽看我下樓，「要去隔壁的話，順便幫我把那邊那袋水果拿過去。」

「妳早上怎麼不拿去？」我提起袋子，重量還不輕。
「太冷了不想出門。」
「我要是不下來，這袋水果豈不是會放到春天？」我走到玄關換室外拖。
「我本來是想等妳爸回來我再叫他拿去的。」
看看我媽，使喚人的時候眼睛眨都不眨一下。
她現在側著身，兩隻腳打橫在沙發上，就是一副美人魚坐在礁石上的姿勢，舒服得很，尾巴還蓋著我的粉紅芭比熊毯子。
「我出門囉。」
「去吧。」美人魚殿下的眼睛就沒離開過電視。
我穿得單薄，快速跑到隔壁。
乾爸在給盆栽換土壤，他穿著運動套裝，頭上戴了頂花灰色毛帽。天氣不好他沒辦法出去釣魚，花也隨著週期枯萎了，正好利用這個時節換土壤。
「乾爸，要不要我幫你？」
「不用不用，這我想慢慢玩殺時間。」乾爸拿鏟子鬆動舊土。
現在看到鏟子或沙土還是讓我餘悸猶存，我也不再堅持，「那我進去找劉謙文吻。」
「冰箱有奶茶，想喝就自己拿別客氣。」
「好！」
一樓已經被打掃乾淨了，我直接上到二樓，看到劉謙文坐在客廳看球賽，不見乾媽的身影，應該是在房間休息。

我先去冰箱救呼喚我的奶茶，才到沙發上坐著，「劉謙文，我跟你說一件事，聽了別太驚訝，先給你三十秒做心理建設。」

「我有更誇張的事跟妳說。」

「什麼啊？」我的注意力馬上轉移。

能被劉謙文說誇張，絕非等閒之事。

「妳看電視櫃那個白色的相框裡的照片。」

「蛤？」我走過去近看。

是一張有些泛黃的大合照，爸爸媽媽和乾爸乾媽，似乎是早餐店落成後合的影，而在最前面站著的是年幼時的我和劉謙文，我們兩個牽著小手。

我小時候有這麼胖嗎？

正當我腦袋裡冒出這個問題時，下一秒：「妳小時候真胖。」劉謙文幫我解惑。

我真的是謝謝。

「這張照片怎麼會突然拿出來放啊？」我放下相框。

「我媽打掃的時候翻到的，掉到櫃子後面了。」

「怪不得。」我坐回沙發，扯走劉謙文背後的毯子蓋在腿上，「喔對了，我跟你說……」

「妳穿睡衣過來不冷嗎？」

「是有點冷啦，不過喝到乾爸買的奶茶，我整顆心就熱烘熱烘的了。」我喝了一口奶茶，熱量使我快樂，「我跟魏知宇中間那層窗戶紙終於被捅破了。」

「你們在一起了？」

「你問到重點了──還沒，還有層層關卡要闖，第一關也就是最難的一關，期末數學要考六十分。」
「那祝妳好運。」
我改坐盤腿，「你不幫幫我嗎？」我側身擋住劉謙文看電視的視線。
「不幫。」他推開我，「是妳要談戀愛，不是我。」
「小氣鬼喝涼水，長大變魔鬼。」我嘟囔著對他做鬼臉。
「能察覺到自己真正的心意，一定是一件很棒的事吧？」劉謙文忽然問道。
「是啊，會覺得超級無敵幸福。」
「不像某些人搖擺不定，等到後知後覺的時候就錯過了。」
我總覺得他這段話意有所指，「什麼意思啊？」
「陳加承……」
「陳加承！他他他……」我震驚得話都說不出來。
「陳加承的表哥的朋友。」
「啊？喔喔喔……他表哥的朋友。」我似懂非懂，反正不是陳加承。
「考六十分就能換到一個男朋友，魏知宇還挺便宜的。」
「對我來說是巨額了。」
劉謙文關掉電視，「我要去看書了，妳自己看著辦。」他走到廚房又倒了一杯水就準備進房間。
「看什麼辦！我也讀書！」我扔開毯子起身，本來要跟著他進去，「我先回去拿書！」
「我沒有說要跟妳一起讀。」
「誰理你啊。」

最後我當然是纏著劉謙文囉，他要是敢不理我，我就去找乾媽告狀。

2

劉謙文彷彿是聽了一件稀鬆平常的小事，甚至沒問我和魏知宇的那層窗戶紙是怎麼捅破的、誰捅破的，一點讓我說故事的機會都不給我，於是我只好把這無處安放的分享欲往我的好朋友身上宣洩啦。

「我耳朵要長繭了。」翁琬瑜一臉世界快被毀滅，雙手捂住耳朵，「我那天也在現場，拜託不要再提了。」

仔細想想，這應該就是她出賣我錢包裡放巧克力包裝紙的動機。

在等魏知宇給其他人講題的時候，我就先寫他印的練習卷。

感覺對數學這項學科越來越上手了，我的六十分近在咫尺啊！

「有問題再來找我。」

「謝謝老師。」

魏知宇終於閒了下來，但我已經準備要回家了。

我收拾東西，「我要先走了，趕最後一班公車。」

「我可以載你們回去。」

「親愛的，你主動呢，我很開心，可是——」我看向坐在我一旁認真學習的學生們，「他們不能沒有你，除非你說不能沒有我，那我就留下來。」

「妳剛剛要跟我說什麼事來著？」

「你話題轉得太生硬了吧。」我沒繼續鬧他，「喔對，除了巧克力包裝紙，我連你第一次請我喝奶茶的空杯，我也留著。」

魏知宇太陽穴旁邊冒出三條黑線，「留著幹嘛，丟掉。」

「每逢考試，我出門前就會向它祈禱，而且效果出乎意料的好。」我很認真，不準有人褻瀆。

「很容易滋生細菌，會長蟲。」

「你再買奶茶給我喝，我就丟掉。」

他點頭，「可以滿足。」

嘻，得逞了。

「魏老師，我以後還要更多，你都能滿足嗎？」

「……儘量。」

「噗——」我也是在儘量，儘量不要讓自己笑得太大聲。

「曾奐晴。」劉謙文來找我了。

「喔好。」我背上書包，「老師拜拜。」

「拜拜。」

一轉身要走向門口，就看到劉謙文對我後方的人點頭打招呼，我轉回去確認是誰，果然是魏知宇，他還露出官方假笑。

劉謙文對魏知宇的敵意沒有那麼重了，真是可喜可賀呀。

「走吧。」

「嗯。」

出師不利，期末考要考數學當天，我一如既往，從早上洗漱、換衣服，到出家門走去隔壁問早，然後上二樓叫劉謙文起床，這一切都井然有序地發生，可是一下樓就全走鐘了。

「你來這裡幹嘛？我天……這是什麼不祥之兆吧。」我抱頭差點痛哭。

「沒禮貌，我只不過是來買早餐。」

陳加承什麼時候不來，偏偏挑這麼個重大的日子來，我做錯了什麼上天要這麼懲罰我。

「阿姨，我要三個總匯三明治、三杯紅茶，謝謝。」

「撐死你。」我從冰箱裡拿出三杯紅茶裝進袋子。

「我爸跟我媽也要吃，我哪可能一個人吃三個。」陳加承站了個三七步，「劉謙文咧？」

「你來幹什麼？」劉謙文從後面走出來。

「買早餐啊？你跟曾奐晴果然是一家人。」

「我直接幫你帶去學校不就行了。」劉謙文開始幫忙送餐。

「你太暖了謙文寶貝，不過我爸媽也要吃，他們在車上等我呢。」陳加承用很嗲的聲音說話，最後還嗆到。

「來。」乾爸把袋子遞給陳加承，「是謙文跟小熊的朋友吧？紅茶就不算錢了，我請你們喝。」

「謝謝叔叔。」陳加承頗有禮貌地微微頷首，「那我就先走囉，學校見。」隨後他對劉謙文拋了個媚眼。

「快滾。」劉謙文用兩個字打了回去。

「你們兩個也先去學校吧，考完就準備放寒假了。」乾爸對著我們說道。

早餐店的事也基本上都忙得差不多了。

我洗洗手，水在接觸到皮膚的時候，臂膀起了雞皮疙瘩，「冷冷冷。」

「好了嗎？」

「好了啦。」我最後圍上圍巾，「乾爸乾媽，我們出門囉。」

「路上小心。」

春日的氣息趁我們不注意的時候悄然來到，我看到在路邊長出了小雜草、樹梢冒出可愛的嫩芽、終於聽見麻雀吱喳吟唱了，這些都象徵著季節在些微些微地交替，等過了寒假，就正式步入春天了。

雖然過了跨年溫度回升了不少，但體感溫度還是偏低。

「妳有把握嗎？」

「一半一半？」我知道劉謙文問的是數學。

「我這麼認真教妳，魏知宇應該跟我在一起才對。」

「你要不要聽聽看自己在說什麼？」我早餐卡在喉嚨差點吞不下去。

「不然……共享？」

「劉謙文，你不要用正經八百的臉講這麼駭人的話嘿。」

「我是在緩解妳緊張的情緒。」

我和劉謙文肩並肩走向公車站，沿路總能聽見其他學生嘴裡發出「嘶——嘶——」的聲音，因為這條路是迎風面，除非倒著走路風就不會吹到臉了。

「我決定了！」我猛地跺腳。

「妳又決定什麼了？」

「這次考不到六十分的話——那我下次繼續努力……」我越說越心虛。

我認為一透早就遇到陳加承是一件極其晦氣的事，他額頭上寫著清楚的「逢我必衰」。

「如果魏知宇也喜歡妳，即使妳沒考到六十分，他也會用各種理由為妳開脫。」

「哇……你說得好有道理……」我茅塞頓開，「結果就是我們一定會在一起！咿嘻！」我原地跳了一下。

「不過既然你們都說好了，就要遵守約定。」

「我儘量啦，實在不行就要賴。」

「哪有妳這樣的。」劉謙文的防風外套被風吹得鼓起來，他突然就圓了一大圈有些滑稽。

我把手伸出袖口戳口往他側腰戳，風一直灌進去，蓬鬆蓬鬆的。

「不要戳。」他用手壓住。

「咧咧咧——」我收回手，「我們的約定裡沒有提到不能耍賴，所以我就要耍賴。」

公車在這時停下，我們排在隊伍中段陸續上車。

上車後不得了，居然沒位置！

這班車不應該這麼多人啊？

我認為這一切都是有跡可循的，百分之百是因為陳加承。

剛想爆怒質問一波劉謙文，司機大哥的聲音就從前頭傳來：「稍早的那班車在行駛途中故障了，所以這班車會擠一點，不好意思啊。」

好吧，擠一點，我甚至不用握拉環或扶手也能筆直站著，完美卡在前後左右的人中間。

不過安全起見我抓著劉謙文的書包背帶，「為了生命安全著想，我得抓著你。」

「這樣我的生命安全會有疑慮。」劉謙文一手勾著拉環，他也動彈不得。
「不會的，我相信你。」
「我不信。」

3

許是因為期末考，大家都希望能用漂亮的成績單換舒坦的寒假，今日的同學們格外反常，都待在座位上啃書，連平常最愛調皮搗蛋的李毅佑都安靜地做自己的事，這時候敢吵來吵去就要做好被全班圍毆的心理準備。
我走進教室，氣都不敢喘一下。
這確定是在讀書嗎？
我走了一圈，左看右看上看下看，桌上擺的是書，但眼神都是空洞無力的，跟喪屍一樣。
這就對了，讀書讀到走火入魔，現在是靠意志力不讓自己發瘋的。
我是這個班裡最後的防線。
「妳不去找魏知宇嗎？讓他給妳精神喊話一下。」
「我這個人自始至終都是靠實力。」我放下書包，繼續吃完剛剛只剩一半卻被劉謙文的話搞到不香的早餐，「而且我剛剛跟劉謙文討論了沒考到六十分的解決方案。」
「別耍我，分明是妳自己的決定。」翁琬瑜篤定道。
她什麼時候變這什麼聰明了？
「妳不要講這麼大聲，我會害羞。」

「所以呢，什麼解決方案？」她跟前桌借了幾張衛生紙放口袋。

「也給我兩張好了。」我順道抽個兩張。

學期末了，誰也不想再帶衛生紙來學校，這邊借一張，那邊抽兩張，連買都不願意買，我上週帶了一包新的，轉眼三天就被借光了。

「現在衛生紙比金子還珍貴。」翁琬瑜跟前桌同學道謝後，那包衛生紙又傳到別人的手裡。

「如果我沒考到六十分，我就跟魏知宇耍賴！」我的目光堅定，立誓要盧到成功。

「欸其實妳有沒有想過一個問題。」

「又來了。」

「明天就休業式了，期末考不會發考卷，最後只會公布學期總成績而已。」

「所以咧？」

翁琬瑜戳我的額頭，「妳怎麼那麼笨，這不就代表妳不會知道這次考試有沒有過六十嗎？」

「嘿，然後咧？」

「所以妳究竟有沒有過六十，要親自去問魏知宇，他說有過就有過，沒過就沒過。」她突破盲點，「就算妳沒過，他也可以說過了。」

「對耶！」

「也說不定他會老實說妳沒過。」她聳肩，「但你們互相喜歡的話，早晚都會在一起的嘛，不著急一定要現在。」

象徵著時候已到、決戰倒數的鐘聲響起，我大大地深呼吸，然後吐氣。

確認自己抽屜裡的東西都清空後，我把書包跟手機也放好，走到這次被分到的座位坐好，有很多人還在掙扎著多背一行公式。

屁股接觸到椅子的瞬間，就是這個瞬間，有了，我有感覺了，陳加承帶來的霉運一掃而空，我有預感接下來四五十分鐘的數學考試，幸運女神一定會幫我作弊。

「欸同學，我上個廁所，老師來了的話幫我說一下！」話音剛落，我也不確定他有沒有聽到就衝去廁所了。

媽呀，我昨天是吃了什麼現在居然鬧肚子。

「欸？熊？」黃芮走出教室就碰上火速奔赴馬桶的我。

「哪裡有熊？」她朋友還搞不清楚狀況左右張望著。

我哪有時間跟她敘舊，「嗨黃芮，不說了，我拉屎去。」

如果媽媽在這裡，一定會唸我講話太粗魯。

不知道該哭還是該笑，順暢得很，回到教室正好打了考試開始的鐘。

天吶、地啊、奶茶之神哇、房間裡窗台上的飲料杯啊，求求了，今天真的不能再更糟了……

上個廁所把我全身的力氣耗盡，無暇顧及是誰來監考了。

反正不可能是魏知宇。

我蔫巴巴地趴著，面朝桌面。

「各位同學，注意座位上遺留的物品，任何會造成嫌疑的東西都不能留。」

喔，魏知宇現在已經能很流利地說完這句話了。

等等。

我秒抬頭，然後就跟本場的監考老師，也就是魏知宇，來了個視線交流，碰碰又撞撞。

考卷發下來，我不知道哪來的自信，花一般地寫上名字，然後就開始看題目，正面的、背面的都看了三遍。

我再次望向魏知宇，用眼神詢問他：「這是我們班的考卷？高二的？哪個瘋子出的？」

他查覺到我的目光，歪著頭不明所以。

真是一點默契都沒有。

但從其他同學們一聲聲絕望的嘆息中得到了答案。

全校只有一名老師會出這樣的題目，絕對是我的前班導。

我上輩子鐵定是炸了前班導家的車庫，這輩子是來還修繕費的。

能怎麼辦……盡全力吧。

頭一回寫考卷寫到絕望。

這時候太陽露臉幹嘛的？來嘲笑我的？大冬天的麻雀不出門，現在倒啼唱起來了？

不光只有我覺得難度加大了，其他同學也是頻頻發出「嘖」跟「吼」的聲音，坐我旁邊那個男生，頭快被他抓禿了，我後面的女生氣嘆了不下十次，搞得我心態全崩。

明明考卷就兩面，可是翻面的聲音就沒停過。

是怎樣啦，多翻一次能加一分是嗎？

魏知宇看到大家的臉色都不太好，於是起身下台巡視了一輪，結果他的臉色比我們還更差。

完了，全完了，我連他經過我這裡要跟他偷來暗去的心情都沒有了。

考試結束，考卷被收走的那一刻，我謀生出一個想法，今晚要喝爆奶茶，不醉不歸的量。

「什麼鬼，這張考卷是被詛咒了嗎？」

「肯定是被下了黑魔法！」

「我選擇題第一題算了十分鐘。」

「最後面那道計算題占了十二分，這是什麼鬼之分配啦。」

「很明顯這張試卷的出題老師是想當掉我們！」

同學們熱烈地討（抱）論（怨）數學的期末考。

我呢？不知道，我不知道剛剛發生了什麼事，甚至有沒有把名字寫上都不太敢確定了。

「曾小熊，妳還是跟劉謙文在一起好了，他至少沒要求妳要考六十分。」

「不要。」我要有點骨氣，「妳的主意越出越餿了。」

翁琬瑜擺了擺手，她也不太想面對，「隨便吧，我要去廁所。」

「喔。」我跟著就要起身。

豈料，她又說了一句：「我自己去就好，我去廁所面壁思考一下人生。」

「那……那妳去吧……」我又坐下來。

打擊挺大啊……

以往我就覺得數學很難了，所以比起其他人，我顯得從容些，但好像給大家落下了不小陰影。

我實在沒那個臉去找魏知宇，也知道他正忙著，所以放學我是直接去三班的教室找劉謙文，想早點回家洗洗睡了。

「難得這麼早。」他在收拾東西，包括一些雜物，「有同學分我糖果，在桌上，是妳愛吃的。」學校有規定學期末要把教室淨空，一點東西都不能有。

「劉謙文，你覺得數學考卷難嗎？你有把握嗎？」我撕開糖果包裝，試圖用味蕾感受到的甜味掩蓋身心靈的苦澀。

陳加承似乎是回家了，沒看到他，這簡直棒透了。

「這次蠻難的，出題方式跟我們高一的班導很類似。」

「嗯，你說對了，應該就是她。」

「那不意外。」劉謙文帶了個大塑膠袋裝東西，沒剩多少了，一個袋子綽綽有餘，「妳東西都拿了嗎？」

「好像還剩一點吧，明天再拿。」

「妳每次都這樣說，結果都是我幫妳扛回家。」

「你好囉嗦，快點快點，我要回家喝兩杯。」

「未成年請勿飲酒。」

「喝奶茶啦，然後再睡個覺，明天又會是美好的、嶄新的一天。」

劉謙文把椅子靠上，「妳真樂觀。」他背上書包，掂了掂袋子的重量，「走吧。」

「走走走，我不想繼續待在這裡。」

4

隔天的休業式只有半天，而休業式跟開學典禮一樣無聊。

同樣是那套流程，其中最最最無聊的，那當然還是致詞環節，就都講的一樣。

想到要放寒假了，大家都心不在焉，教官罵了好幾遍保持安靜，差不多靜個三秒又開始吵了。

我翹著二郎腿滑手機，毫不避諱有老師或教官看到，因為他們要抓的人太多了，根本就輪不到我。

我打了個哈欠，手機突然震動兩聲，通知列跳出魏知宇傳的兩則訊息。

「魏知宇叫我等等休業式結束去辦公室找他……」

「去啊，妳怎麼可能不想去？」翁琬瑜低著頭吃麵包。

「我是想去啦，可是我數學考砸了啊。」

「他怎麼可能妳沒考過還叫妳過去，肯定是有好事啦，妳就安安心心等著脫魯吧。」

「我哪有等，我是主動出擊，魏知宇被我感動到嘿。」

「這不就對了嗎？」她用手撕了一片放我嘴邊，「妳就是死皮賴臉也要跟他在一起不是嗎？所以妳就去吧。」

我一口咬下麵包，是奶油餡的，「妳說得對，我曾小熊什麼時候這麼怕東怕西的了！我既然喜歡，那就是很喜歡！」

「記得把欠我的奶茶還完。」翁琬瑜又在破壞氣氛了，「下學期別玩我了，風紀股長這個幹部太得罪人了，我這學期幫妳cover了好幾次，有些同學知道後就開始拉仇恨值了。」

「好啦好啦，愛計較。」我選了一個究極可愛的小熊貼圖回覆魏知宇，他秒讀後就沒再來訊息了，

「輪到誰致詞了？」

「教官。」

「喔，那快結束了。」致詞的順序我清楚得很。

「放假期間注意交通安全，危險的地方不要去，別以身試法，那些在學校側門偷抽菸的同學，別以為沒被抓到就沒關係，白天不做虧心事，半夜不怕鬼敲門，不要以為都沒人知道……」教官噼哩啪啦說了好大一串，提醒眾人這個不能做，那個不能試。

手機的電量從百分之百掉到百分之八十後，終於聽到最重要的兩個字，「最後……」不誇張，這兩個字的魔力比班導的低氣壓還強大，所有包括上一秒還在打呼的同學，立刻馬上坐直身體，把手機跟零食抓緊，此一動作就是準備離場奔向假期的擁抱了。

我當然也是蓄勢待發，蓄投入戀情的勢，待愛之花盛開的發。

「知道你們都無心在休業式上。」

我忍不住嗤笑，「既然知道我們無心在休業式上了，那還不趕快放人。」

「那就到這裡，通通有，原地解散——」

「終於喔。」我先是坐著伸懶腰，打算等人都走得差不多後才離開，「中午要不要去吃飯啊？」

「妳應該會跟魏知宇吃才對吧？」

「喔……可能喔。」我和翁琬瑜跟在人流最後，我看到三班的座位區還有人還坐著，「劉謙文應該還沒有回教室，我先去找他。」

「陳加承還真是一點都沒發現，他現在還活在妳深愛劉謙文的世界裡。」

「他就沒神經啊。」

來到三班的座位區，果然人還在椅子上，劉謙文靠著椅背滑手機，陳加承枕在他的肩頭上睡覺，整個身體都軟爛地靠著。

這兩個人才是真的一對吧？

翁琬瑜已經把手機拿出來拍照了，還放大陳加承嘴角那滴搖搖欲墜的口水。
「劉謙文，我待會要去找魏知宇。」
「那我先回家了。」劉謙文抬眸。
「你不等我一起嗎？」
「天曉得下午就放假了妳會待多久。」他移開身子，「正好讓他幫妳搬東西回去，我才懶得扛。」
「哎呦——」陳加承反應不及，頭敲到椅子，口水也跟著滴落。
「我就沒有很多東西咩。」我記得沒有。
「課本、水壺、筆袋、資料夾……」劉謙文一一舉出。
「好好好停，稍微有那麼一點點點多而已。」我不讓他繼續說下去，「好啦那你先回去好了。」
「有事再……有事也不要打給我喔。」
「什麼！」
陳加承吃痛地揉著頭，眼角那點溼絕對是打哈欠的淚珠，「劉謙文，我不是叫你要叫我嗎？」
「沒聽到。」劉謙文好冷漠，「我要走了，你還要繼續睡嗎？」
「你你你……你太狠心了。」陳加承站起來，「腿麻掉了，等我一下。」他握拳輕輕敲大腿兩側，隨後就追了過去。
「妳有沒有覺得陳加承喜歡劉謙文？」
翁琬瑜這句話成功害我頭皮發麻，「不要說出來，說出來就變味了……」
「妳要直接去辦公室嗎？」
「對啊。」

我們邊說邊往外走，人還是很多，免不了被碰撞，走出禮堂的那個瞬間，全身下的毛細孔暢通無比，尤其空氣中夾雜著放假與自由的芬芳，讓我連昨天拉完肚子的餘痛都消散了。

我們才剛走出禮堂，就看到有人背著包包要走了，還真是一刻都不想多待。

「那我也要走了，我媽說要來接我。」翁琬瑜說道，「寒假有空再約喔，出來還債。」

「好啦好啦。」

翁琬瑜直接回教室，我則是踏上愛的征途。

有人看到我往辦公室的方向走會多注意我兩眼，這當中也有以前同班的同學，久未見面也沒什麼好聊的，就打打招呼開開玩笑而已。

有點意外，辦公室裡居然沒人？就只有魏知宇自己坐在座位上。

難道他包場了？

「報告？」我試探性喊了聲，並探頭往內看。

「明明就沒人，幹嘛裝這麼有禮貌的樣子。」

「我本來就很有禮貌。」我走進去，「你找我呀？你難得主動找我耶。」

「有東西給妳。」

「什麼呀？」我既期待又怕受傷害。

期待領大禮包，害怕被數學成績傷害。

魏知宇打開抽屜，拿出一個吊飾，而且是珍珠奶茶造型的。

我又驚又喜，「這不是書店裡文創商品那區賣的嗎？你怎麼知道我想要這個？」

「我不知道，昨天去書店看到，覺得妳會喜歡就買了。」

「哇喔好感動喔，這不便宜欸。」我捧在手裡愛不釋手，「好啦，那我把那個飲料杯丟掉好了。」

「妳怎麼還沒丟……」

我環顧四周，「為什麼辦公室只有你一個？其他老師呢？」

「去開期末會議了。」

「那你怎麼沒去？」

「我只待到這學期，可去可不去。」

啊，對喔……

我這才注意到魏知宇桌面的東西幾乎都清空了，連我送他的小熊收納跟擺飾都不在了。

一想到我下學期就見不到他，我不禁潸然淚下。

我是想啦，但哭不出來。

魏知宇提了我最不想面對的事情，「妳不想知道妳數學考多少嗎？」

「你是不是根本就不喜歡我，我知道我考得很爛，你還故意問。」我肩膀垮掉。

「妳考過了，六十分。」

「啊？」

他搓了搓鼻子，又喝了一口咖啡，再抓兩下頭髮，最後還退了下眼鏡，「考過了，六十分。」

看他這麼多動作，我憋笑憋得很辛苦。

他接著道：「但沒辦法給妳看，這是學校的規定。」

「魏知宇，你為什麼之前一直不承認喜歡我啊？」我靠近他，掩飾不住就不掩飾了，嘴角如脫韁的野馬暴衝到後腦勺。

「妳什麼時候發現的？」他這回也不藏了，還上手捏我的臉頰。

「你害羞的時候，耳朵很紅，比如現在。」

他馬上收回手捂住自己的耳朵，「這也不代表就是喜歡。」

「但在我們剛開始認識的時候，你還不會耳朵紅啊。」

「要是妳對數學也有這麼高強度的觀察力就好了。」

「哼。」我拍開他的手，「我以為就像黃芮說的那樣，你的家人不接受你交年紀這麼小的女朋友……」

我差點以為我的愛情會像小鳥一樣飛走，我和魏知宇就要這麼錯過了。

「沒有，我的家人不會干涉我什麼，相反的，他們知道我有喜歡的女孩子，非常開心。」

「喔。」

有點不可思議，就算早就確認了心意，但在親耳聽到對方所說的，那種感覺宛如置身雲端，被溫柔環繞。

半晌，他問：「要不要一起去吃午餐？」

「那你要載我。」

「當然。」

我們相視而笑。

辦公室裡沒有其他人，沒有其他聲音，我分不清那陣陣的心聽是出自於誰，還有穿梭在我們之間的曖昧分子，以及縈繞在彼此間的暖流。

5

「不過你得先幫我個小小的忙。」我討好一笑。

「怎麼了？」

「就……我有一些東西還沒拿回家，可以先塞在你後座嗎？」

「我能說不行嗎？」魏知宇穿起外套，從桌上拿起包包，「要跟妳去搬嗎？」

「要要要。」

「搬一趟夠嗎？應該是說……載一趟夠嗎？」

我停下腳步，回頭淡淡地鄙視他，「你跟劉謙文一樣誇張，你們兩個談戀愛好了。」

此時校內已經沒什麼學生逗留了，唯有一些社團活動有安排練習，比如熱音社或熱舞社之類的，我參加的電影欣賞社就沒有。

我跟魏知宇完美詮釋了校園情侶的唯美瞬間，走廊是布景，我們一前一後，最完美的距離是一公尺又二十公分。

此情此景，可不就是電影海報才會出現的畫面嗎？

教室內，門窗是關著的，但裡面還有兩三個人。

我走到座位上掃視了下我還剩多少東西，「明明就沒有很多……」

也就兩疊書跟一個大餅臉小熊背靠枕而已。

「老師？」有人注意到站在門口的魏知宇。

「我只待到這學期，既然已經過了休業式，那就不算是你們的老師了。」他訕笑，眼眸中流淌著的溫柔溢到鏡框外了。

「哪有啦，我到現在遇到小學老師也是會叫老師的！」

他沒有回應，轉而問道：「你們在等家長嗎？怎麼還沒離開呢？」

「我們等等要去吃火鍋，這個天氣吃火鍋最爽了。」

「多吃點，長得高。」

劉謙文說得對，我好多東西沒帶走，以前有他幫忙所以沒察覺，現在自己整理才後悔沒有早些天開始打包。

幸虧在班導提醒要慢慢把東西帶走時，我就拿了兩個杏色的帆布袋來準備裝東西用，否則我只背一個書包恐怕是不好帶走。

「老師，那你呢？你現在要去哪裡？」

我雖然手上在整理東西，但耳朵是非常認真在聽的。

「我啊？」他稍作停頓，接著含笑說道：「待會跟女朋友去吃午餐。」

「哇喔——」幾個同學紛紛起鬨。

——女朋友。

我的心臟是不是有小蟲在爬，怎麼癢癢的，臉頰也跟著灼灼燃燒，感覺到有道視線在我身後，連帶著背都彷彿裹上十層蜜糖。

嗚，好爽喔。

「老師你們要去哪裡約會啊？」

約會？

我腦袋轟的一下，在快炸毛的邊緣來回試探。

「還沒決定要吃什麼的，看她。」

我加快收拾的速度，抱起兩個帆布袋、背上書包就往外走。

「那老師就先走了，假期愉快。」魏知宇和其他同學們道別。

一走到樓梯口，我就把那兩袋遞出去，「重。」

「妳臉紅什麼，平常不是挺囂張的嗎？」

我跳著下樓，「第一次談戀愛，我得適應適應，不然我現在發一篇文官宣也可以。」

「這個就先不用了。」

「你耳朵又紅了。」我打趣道。

他泛紅的耳根，百看不膩。

翁琬瑜跟我說這個現象叫什麼來著？反差萌？

「……我們還是先去停車場吧。」魏知宇不反駁了，加快腳步反超我走在前面。

我已經跟魏知宇的車有感情了，就算被高個的箱型車擋住，也能聽到它在呼喚我過去。

終於可以名正言順地檢查那張被我夾在遮陽板的發票了。

以前都是聽別人說說，這下我算是相信有男朋友是一件很方便的事情了，我剛想接走那兩袋東西放後座，魏知宇一解鎖車門就先放好了。

見我詫異的目光，他問：「怎麼了？上車啊。」

「喔，上車，好咧。」我拉開副駕的門坐了進去。

我們兩個一齊繫上安全帶。

第二次坐在副駕，女朋友的專座，這次我是堂堂正正地坐在這裡。

「老師，你還沒回答我，為什麼一直不承認喜歡我？」

「我怕妳真正喜歡的是謙文，對我只是一時興起罷了，畢竟你們認識的最久，妳喜歡什麼、想要什麼，他是最清楚的。」魏知宇把鑰匙插入鑰匙孔發動引擎，並開了暖氣，「更何況妳之前喜歡他好久好久不是嗎？我也會想，是不是新鮮期過了，妳其實就又會重新把目光放回謙文了。」

「剛開始會注意到你確實是因為你帥氣的小臉蛋，可是相處久了，會慢慢想知道更多關於你的事，每知道一點我就超級開心。」我看向他，褪去往常愛說笑的態度，讓他明白我是真心的，「中間一度認不清自己的心意，好在你的耳朵給我指引了方向，也弄明白對劉謙文和對你的情感是不一樣的。」

「奐晴，不論妳是什麼原因而開始注意我、喜歡我，我從現在開始會試著回應妳的。」

「那你告訴我，你為什麼會喜歡我呀？」我星星眼看著他。

「你們小女生都喜歡問這種問題，喜歡就喜歡，怎麼還會問原因？」魏知宇慢慢倒車，然後開出停車場就遇到第一個紅綠燈。

「我就想知道嘛。」

「一開始只覺得妳亂開玩笑，沒想到妳這麼主動，後來就很期待妳來找我，從不知道什麼時候開始，我的目光所及就全是妳了。」

「你這樣誇獎我，我會不好意思啦。」我嬌羞地捧著臉傻笑。

「吸引力法則吧，或許明天有別的女孩子一樣這麼吵吵吵，我也會轉移注意力。」

我哪有吵？欸……不對。

差點搞錯重點，「你敢？」

魏知宇笑了笑，見綠燈亮起就踩油門繼續前進，「不敢不敢，我跟妳不一樣，不擅長表達自己的情緒，所以能被妳發現我耳朵會紅的祕密，其實很開心。」他專心地看著前方路況，聲音溫柔且堅定，耳根還透著那麼一點粉。

我用力捏自己的大腿，確認不是在做夢。

有痛感，不是夢。

「這一切就像便祕已久突然暢通一樣。」

「這是什麼形容？」

「太不容易了。」我感嘆似地搖搖頭。

「以後不會這麼艱難了，好了，這樣可以了吧。」

「那我再提一個小小的要求吧。」

「嗯。」

「你講兩句情話讓我聽聽吧，總不能都你耳朵享福。」

「這……我不會……」魏知宇的的耳朵全紅了，越來越接近番茄汁的顏色。

「唉呀隨便試試看啦。」

「那妳……寫數學的樣子很迷人？」

「你認真？」我有點後悔了，「算了，我們先來決定午餐吃什麼好了。」

他打了方向燈左轉，若無其事說道：「這條街上很多吃的，有想吃什麼嗎？還是想下車走走？」

「清粥白飯吧。」

「這麼清淡？」

「你臉就很下飯了呀。」我這張嘴就來的撩撥技巧連我都有點佩服自己，「你說是吧，老師。」

他置若罔聞，馬上轉移話題，「為什麼還是叫我老師？」

「情調啊，你要是喜歡我叫你教授或大叔也可以。」

「奐晴。」

「嗯，怎麼了嗎？老師。」

「我記得妳說過不吃海鮮，是因為會過敏嗎？」

我就當他是接受我繼續用老師稱呼他了，「不是喔，因為我是美人魚，年滿二十五歲就要在大海和陸地之間選擇一邊生活。」

魏知宇找到空位裝備靠邊停車，他單手轉方向盤的時候真的帥死了，「不能吃同類的意思嗎？」

「對的，我選擇大海的話你要跟我走嗎？」

「妳去哪裡我就去哪裡囉。」他熄火拔出鑰匙，「先去買奶茶給妳喝，然後走一走看要吃什麼？」

「你說的都好！」

奶茶欸，誰能拒絕啦。

我的心情比全糖珍珠奶茶還甜一千倍！

偏偏魏知宇非得接一句：「不過不能喝太多，正餐會吃不下。」

我的嘴角高高翹起。

他的情話不動聽，但動得了我的心。

後記

沒有錯！後記了！不管說幾遍都還是要說一下，好喜歡好喜歡寫後記，我可以在這邊瘋狂自言自語哈哈哈哈哈（誤）。

這個故事的別名應該是《作者有多喜歡喝奶茶》，沒啦開玩笑的沒有這個別名，喜歡喝奶茶是真的，但我絕對不會點什麼奶茶五姐妹。另外一個很喜歡的元素就是熊熊，為什麼女主角綽號叫小熊呢？其實就只是因為我高興而已啊哈哈哈哈哈，所以在寫的時候就覺得……哇哇好開心呀！

第一次挑戰寫雙男主！希望沒有翻車，一直想試試看那種讓讀者猜男一到底是誰的感覺，聽小夥伴說，陳加承和小熊貌似也有CP感呢哈哈哈，這也是我第一次寫主動型的女主角，而且好像用力過猛了，我不小心生出好多幹話，由此可知，作者本人平常也蠻幹話的（大錯誤！作者是氣質型美少女），希望大家沒有被小熊寶寶吵到，寫著寫著就覺得她有點吵。所以說有站錯邊的請自首一下，也歡迎來私訊我，告訴我一開始站哪邊。

還有，這是我第一次寫到停不下來哈哈哈，完全沒想到能寫到十二萬，跟我預計的差超多，當初設定是一個章節一萬上下然後十萬完結欸，一個小心嗨過頭了，直接飆到十二萬。

稍微提一下文案這句「世上最遙遠的距離，是奶茶在我眼前而我卻喝不到」，這句的由來呢，源自於前年某月我的胃發炎了什麼的，反正爛透了，我這種視奶茶如命的女子，看到一杯奶茶在我眼前，我想喝卻喝不下，那三四個月對我來說簡直是酷刑（痛哭），於是我就下定決心要把對奶茶的愛寫進作品裡。至於熊熊的部分，我也不知道為什麼我那麼喜歡，超級可愛的嘛！

真的真的真的非常開心我們小熊能成為我的出道作，這個作品絕對有不足之處，我也還有很多很多進步的空間，每寫完一個作品，除了享受完稿的快感（？），還有就是聽到文友對我說「進步了、好棒、進步好多！」，我喜歡這樣慢慢成長的自己，也喜歡因為寫作和每個人相遇的過程。

非常感謝出版社幫我圓出書夢，也感謝編輯的耐心與協助，我什麼都是第一次經歷，有好多事情不懂，問了好多問題，真的超級大感謝編輯的包容嗚嗚嗚，但不排除會問更多問題的可能，期待未來能有再次合作的機會（花式比心）。

謝謝禾子央跟漠星幫我寫推薦序，妳們兩個把我誇到快飛起來了哈哈哈，很開心小熊能短暫吵到妳們，因為有妳們，出版的過程又更更更美好了！本來是想轟轟烈烈號召五十個人幫我寫，但有點擾民，而且我怕印出來跟字典一樣厚哈哈哈。謝謝曾經看過這個作品的讀者們，是你們成就了我，讓我想把小熊送往更高更遠的地方。

至於書封的部分，雖然在寫這篇後記的時候我還沒看到長怎樣，但我相信肯定超霹靂無敵美（點頭）。

當然也要謝謝我的親人們啦，當我害怕外人目光所以盡可能低調時，他們願意相信我，讓我知道我超級棒的！

最後的最後的最後！我還是想說，男生的瀏海溼掉真的超性感的啦（嘿）。

謝謝看到這裡的你們，我們下個故事見。

凱菈

要青春119　PG3157

要有光
FIAT LUX

他的情話不動聽

作　　者　凱　菈
責任編輯　吳霽恆
圖文排版　黃莉珊
封面設計　也　津
封面完稿　嚴若綾

出版策劃　要有光
法律顧問　毛國樑　律師
製作發行　秀威資訊科技股份有限公司
114台北市內湖區瑞光路76巷65號1樓
電話：+886-2-2796-3638　傳真：+886-2-2796-1377
http://www.showwe.com.tw
劃撥帳號　19563868　戶名：秀威資訊科技股份有限公司
讀者服務信箱：service@showwe.com.tw
展售門市　國家書店（松江門市）
104台北市中山區松江路209號1樓
電話：+886-2-2518-0207　傳真：+886-2-2518-0778
網路訂購　秀威網路書店：https://store.showwe.tw
國家網路書店：https://www.govbooks.com.tw
經　　銷　聯合發行股份有限公司
231新北市新店區寶橋路235巷6弄6號4F
電話：+886-2-2917-8022　傳真：+886-2-2915-6275

出版日期　2025年6月　BOD一版
定　　價　380元

讀者回函卡

Printed in Taiwan

國家圖書館出版品預行編目

他的情話不動聽 / 凱菈著. -- 一版. -- 臺
北市 : 要有光, 2025.06
面 ; 公分. -- (要青春 ; 119)
BOD版
ISBN 978-626-7515-52-5(平裝)

863.57 114005566